亡灵的歌唱

裴指海 / 著

花山文艺出版社

图书在版编目（CIP）数据

亡灵的歌唱/裴指海著. —石家庄:花山文艺出版社,
2016.8（2022.1重印）
ISBN 978-7-5511-2919-0

Ⅰ.①亡… Ⅱ.①裴… Ⅲ.①中篇小说－小说集－
中国－当代 Ⅳ.①I247.5

中国版本图书馆CIP数据核字（2016）第165787号

书　　名：**亡灵的歌唱**
著　　者：裴指海

责任编辑：刘燕军
责任校对：齐　欣
美术编辑：胡彤亮
出版发行：花山文艺出版社（邮政编码：050061）
　　　　　（河北省石家庄市友谊北大街330号）
销售热线：0311-88643221/29/31/32/26
传　　真：0311-88643225
印　　刷：三河市华东印刷有限公司
经　　销：新华书店
开　　本：650×940　1/16
印　　张：16.75
字　　数：200千字
版　　次：2018年1月第1版
　　　　　2022年1月第3次印刷
书　　号：ISBN 978-7-5511-2919-0
定　　价：52.00元

目录

亡灵的歌唱

　　我是拉撒路，从死人那里
　　来报一个信，我要告诉你们一切
　　　　　　——艾略特《阿尔弗瑞德·普鲁弗洛克的情歌》

一、他们说我是英雄

　　我在上军校时，一位知识渊博的老教授突然抛开了课本，给我们讲起了新物理学的时间。他说，时间从来都不会流逝，过去和将来的一切都在那儿。他的这种说法把我们都镇住了，但他接着说，这不是他说的，这是一个叫爱因斯坦的科学家说的。

　　我看着这位老教授，有点发愣。那一会儿，正好有阳光照在讲台上，空气中微小的灰尘在光线下舞动着，那些粉笔末像面粉一样落在他的白头发上。我呆呆地看着他那满头白发，很激动地想，我如果拥有每秒几万千米的速度，我向前跑，就可以赶去参加他年轻时的婚礼；如果我向后跑，那我就可以在几分钟后看到他的葬礼。

　　当我再次想起这位老教授的奇妙的说法时，我正坐在家乡木扎北边的山坡上。那是九月的一天，整个大地被绿色的树木和杂草覆盖，野花像星星点缀在夜空，在这片绿色的海洋里随风飘摇。风从村庄吹过，乳白色的炊烟从我的头顶飘过，我闻到了玉米粥和白面馒头的清香。村庄里人影绰绰，美丽的邻家女孩、淳朴的王家大叔、总是背后说人闲话的吴家大婶，他们和鸭子、黄牛和狗一起从大路走过，他们的影子忧伤而诗意，就连那些很土气的狗叫声也是如此悦耳，我甚至想为飘荡在早晨天空中的炊烟写一首诗。

爱因斯坦相对论中的时间是对的。我和雷老末坐在一块石头上，我们并没费什么劲就看到了几天以后的《麦城日报》，这是我们家乡政府办的一份报纸。在三四天后这份《麦城日报》上，第四版上有一大堆"招聘"广告："洗头小姐，不会可，包900元/天""正规足疗保健小姐，日薪千元，食住、安全，全包""聘！聘！聘！生活助理1名，诚实、体贴、年轻、强壮，能陪出差，月薪万元，无学历要求，×××××××（电话号码）赵姐"。第二版的"社会新闻"有篇报道却说，一个可怜的小伙子到城里打工，在路边的电线杆上看到一个招聘"生活助理"的小广告，他在应聘的过程中，被人家以交纳"保证金"的名义骗走了三千块钱。报道提醒广大人民，这些小广告就是骗人的，天下没有这样的好事（它的潜台词是说，如果这是真的，就是一件好事了？）接着还有一个报道，说是公安机关通过明察暗访，又打掉了一个洗头房的卖淫团伙云云。我发现雷老末和我一样都有一个坏习惯，看报纸时不按照先后顺序来，总是先看这些活色生香的广告和新闻，并且还看得津津有味。雷老末侧过头，他的鼻梁上淌着一些汗水，在金黄色的阳光照射下，一闪一闪地发着亮光，他很认真地对我说："如果把这一份报纸，从第一版到第四版，一个字不漏地抄下来，就绝对是一篇精彩的小说，比那些西方作家的后现代主义小说还要有意思。"

我在军校学习《艺术鉴赏》时，听我们那个美丽的女教师讲过后现代主义小说，因为我曾经有段时间暗恋她，所以还很听话地把她推荐的几个后现代主义小说都看了，但雷老末只上过小学，在我印象中，他甚至还没走出过麦县一步，他怎么会知道得这么多呢。是啊，他说得没错，我们的生活的确就像一部后现代主义小说，反讽、解构、拼贴、无意义、反英雄，既平凡又疯狂，既庄重又滑稽，一个农业大国居然充满了后工业时代才会流行起来的后现代主义，这本身就很后现代。

我很怀疑地问雷老末："你怎么变得文绉绉的？"

他抬起头，目光望向远方，那里有无边无际的蓝天白云和通往远方的大路，麻雀尖厉地叫着冲上天空，还有爱情和诗歌、垃圾和阴谋并存的都市。雷老末说："这些年来，我经常在外面游荡，我甚至还知道你暗恋的那个女教师的名字。"

我惊讶地看着他，他有点得意，脸上荡起一层层向周边慢慢扩散的笑容，就像年长的老人面对一个一无所知的小孩。他摇了摇头，安慰我说："你放心好了，从一个时空跳到另一个时空，对我们来说，是件再容易不过的事情，以后我会带着你到处跑着玩的，只有你想象不到的，没有我们做不到的。"

我很崇拜地看着他，他的这种说法让我痴迷。就在几个月前，我还在阅读一个叫玛丽·罗奇的美国女记者写的《魂灵——死后生命的科学探索》。那是本讲述人死后，灵魂往何处去的书。玛丽·罗奇宣称，死亡并不是永远的终结，而是另一段生命的开始。灵魂21克，它是永生的。她甚至还很可笑地在全球跑着追寻那些试图用人类笨拙的方法证明灵魂永生的科学家，当然也有人说他们是科学疯子。她的结论是，灵魂是可以自由地在不同的时空中穿梭的，她甚至在书中还记载了与亡者进行电话通信的案例。

玛丽·罗奇是对的。

这是我后来才知道的，当时我以为雷老末在给我开玩笑，说的是印度佛教中"灵魂出窍"的事情。我有这方面的体验，有时我在睡梦中，经常梦到我飘浮在床边，打量着流着口水熟睡的自己，对自己充满了怜悯，有时还会对这个从小挣扎着要离开乡村的年轻军人感到伤心，他在睡梦中还紧紧地皱着眉头。

我朝他笑了笑，摇了摇头，刚要把那份《麦城日报》扔到一边时，雷老末挡住了我，很神秘地凑到我耳朵边说："你把第一版忘记了。"我皱了皱眉头，按照惯例，一份严肃的报纸在第一版是从来不给我们开玩笑的，那是专门让领导看的。

雷老末把第一版展开铺在他的腿上，手指捣着头版一篇很长的文章问我："你难道不想看看这篇文章吗？"

这是一篇典型报道，题目是"军校学员勇救落水少年光荣牺牲，英雄被授予'见义勇为'称号"。这是一个英雄遍地的时代，这类报道我看过很多了，也经常学习，还写过很多"学习体会"，决心要向英雄学习，也做一名英雄。事实上我很清楚，我不可能是个做英雄的料子，有点多愁善感、有点犹豫不决，这样的人只能成为沉默的大多数。但有一点我是肯定的，我是个军人，除非有战争，在职业道德的驱使下，我才有可能成为一名英雄。但在这个和平年代里，我注定只能是这支庞大军队中默默无闻的一个，在等待战争渴望成为英雄中慢慢变老。

雷老末有点执拗地又用手指重重地捣了捣那篇新闻："你还是看一看吧，你看了以后，肯定会有触动的。"

他一脸真诚地看着我，眼神温柔，就像情人的目光，还有一点儿哀求的意思，像一个可怜的小兔子，充满无助和忧伤。我如果不看的话，他说不定会流出伤心的泪水来。这引起了我的好奇，于是我就看了。

军校学员勇救落水少年光荣牺牲，英雄被授予
"见义勇为"荣誉称号

（本报记者张瑞钢）麦县政府昨天上午决定，授予勇救落水少年的军校大学生孙国栋"见义勇为英雄"称号，号召全县人民向英雄学习。

8月30日傍晚，天气闷热，玉米镇木扎村一些淘气的孩子在村子东边的麦河水库游泳。他们正在水库里打着水仗闹着玩时，突然，一个叫雷小强的少年滑到了深水中，挣扎着双手呼救。河边的孩子吓坏了，大声地哭喊着："救命啊，救命啊！"

眼看雷小强就要被河水吞没，正在家里过暑假的军校大学生孙国栋正好路过这里，听到有人呼救，就一边往河边跑着，一边脱着身上的衣服，毫不犹豫地一个猛子扎进水中，抓住雷小强往岸边推去。两个人在水中挣扎着，体力不支的孙国栋用尽最后一点儿力气，把雷小强猛地推向岸边，然后一句话都没来得及说，就沉入了水中。英雄并不会游泳……

孙国栋今年23岁，是个品学兼优的军校大学生，明年就要毕业了。

昨天下午，麦县县委常委、副书记李应天一行来到英雄的家里，给英雄的家人带来了"见义勇为英雄"荣誉证书，送来了6000元的慰问金。李副书记紧紧握着孙国栋父亲的手，久久不肯松开，他说："孙国栋同学是党的好儿子，是麦县人民的好儿子，为千千万万当代青年展示了一位优秀军校大学生舍己救人的崇高精神，是全县党员群众学习的好榜样，是麦县人民的骄傲，我们要把他当作全

县重大典型进行宣传报道……"被救的少年雷小强所在的木扎小学的学生们也自发地赶来了，他们给英雄献上了花圈，木扎小学校长吴小梅紧紧拉着了孙国栋母亲和父亲的手，流着泪水连声感谢他们养育了一个好儿子："他并没有走，他的崇高精神会一直激励着我们。我们都是你们的儿女，千千万万的木扎小学的学生们都是你们的儿女，你们为国家为人民培养了一个合格的大学生，人民永远感谢你们……"乡亲们含着热泪说："国栋娃儿是我们村第一个大学生，他是个好孩子，不但是我们村的骄傲，也是麦县人民的骄傲，他会始终和我们在一起，永远活在我们心中！"

被孙国栋救起的落水少年雷小强是木扎小学五年级的学生，他已经哭肿了眼睛，他的父母都很伤心，说他们对不起孙国栋，这笔感情债他们是一辈子也还不完了。雷小强抹了一把眼泪，强压着悲痛，对英雄的父母亲说："国栋哥哥为了救我而牺牲了，但你们放心，我以后就是你们的儿子了，我一定要好好学习，也要去上军校，完成国栋哥哥没有完成的遗志……"

麦河在呜咽，村庄在悲痛，人民在怀念。

记者还电话采访了孙国栋所在军校的学员队王队长。他沉重地告诉记者，孙国栋是个品学兼优的学员，他的这一壮举，体现了"人民子弟兵，一切为人民"的伟大传统，学校正在号召全校官兵向英雄学习，校领导近日还要亲自赶到麦县去看望慰问英雄的家人，悼念英雄。

这篇报道没什么文采，但我不能不认真地看上好几遍。

我以为自己眼睛看花了，趴在那张报纸上，指头捣着那些字，一遍又一遍地看着。没有错，白纸黑字，我甚至能闻到每个铅字散发出来的油墨香味。我用手在上面使劲地擦着，不但没有把那些字擦掉，还在手指上留下了一层黑色的油墨。我的手颤抖起来，整个报纸哗哗地响着，那些铅字慢慢变大，像一颗颗子弹飞了过来，划过空气，带着炙热的火焰射进了我的胸膛，我听到了胸口的肌肉被它们啃咬的嗞嗞的声音。我想站起来，冲着家乡木扎，冲着大地和天空吼上一声，把压在我心口上的那些字吼到空中，让它们在无边无际的风中消失。我慢慢地站起来了，但我的嘴巴张了张，什么都没有吼出来，那份报纸像一堵倒塌的墙压在我的身上，让我无法呼吸，那篇报道的每一个字都变成了一块又一块沉重的石头，重重地击打着我的心脏。我紧紧地捂住了胸口，支撑着不让自己倒下去，但泪水却不可抑制地流了出来，滴在报纸上，慢慢地扩散开来，整个报纸变得越来越重。我颤抖着身子，瞪大眼睛看着雷老末，巨大的悲伤吞没了我：我就是孙国栋！

我已经死了？

雷老末仰着头，直直地盯着我，他的声音像木扎风中飘荡的树叶一样含混不清："你真的死了，你如果没有死，你就看不到我了，咱们都是死人。再说了，报纸上白纸黑字也写着你死了。以后的动静会越来越大的，你还会被评为'革命烈士'，你在军校里那个班还会被命名为'孙国栋班'，你的一些同学会来看你，甚至还有你的一些战友也会赶到木扎来，他们带着小白花，扔到麦河里悼念你……"

我愣愣地看了看他，他很认真，脸上充满了亲人一样的怜悯和温柔，他试图用这种表情来安慰我，但这有什么用呢？我其实应该早就想到这一点了，他死于二十年前，我甚至在他生前就没见到过他，现在却像一个老朋友一样蹲在这块石头上聊天，一切都那么自然，我甚至都没问过他，我怎么会和一个死人在一起呢？玛丽·罗奇在《魂灵——死后生命的科学探索》中说，刚刚死去的人并不会感觉到自己已经死了，在那一刻里，他的灵魂甚至是欢愉的。只有等到他确信自己已经死时，他才会感到悲伤与难过。是的，我现在已经感受到自己是个亡者了，我把手伸出去，想把一棵小草掐断，我把身上的劲都使出来了，但那棵小草却依旧生机勃勃地向上长着。我把脚踢向了一棵树，我的腿却从那棵树的中间穿了过去，没有任何来自肢体的感觉，灵魂像烟一样。我回头看了看木扎，看到了明亮如镜的麦河，看到了金黄色的麦秸垛，看到了天上飘着的棉絮一样的云彩，也看到了我正躺在我家院子里，那些亲人们的哭声像夏天被惊起的麻雀一样在木扎的上空飞翔。我是死了。

雷老末笑了，他说："你应该感到高兴，你是个英雄！"

我摇了摇头，脸上的泪水像蜘蛛吐出来的丝一样覆盖了我的脸庞，巨大的悲痛与伤心是波涛汹涌的麦河河水，它们漫过了我的整个身子，涌进了我的嘴里，像海水一样苦涩。我使劲地从这片海水中露出了脑袋，贪婪地呼吸着充满庄稼清香的空气，我一点儿都不想死。是的，我是一个军人，学员队王队长没有说错，人民子弟兵，一切为人民，如果遇到了一个落水少年，我是会毫不犹豫地跳下去救他的，但我也不能因此死掉，最好是我既能救了人，也能保全自己的生命。作为一个军人，最好的结局是在最后一场战争中死于最后一颗子弹。这是那个叫巴顿的军人说的，有人说他是疯子，但我们军人都当他是英雄。我想当这样的英雄，而不是一个被可笑的河水淹死的英雄。

二、往事并不如烟

我躺在我们家的院子里，身上盖了一层白布，但我的头还露着，这样可以让每个亲人都能看我最后一眼。我很难看，嘴巴半张着，整个脸庞瘦得不成样子，几乎像个没肉的骷髅了。我的眼睛黯淡无光，瞪着家乡瓦蓝色的天空，空洞而又怅惘。我的身体四周放满了冰块，还有花露水和呛鼻的酒味，天气很热，他们怕我发臭了。可能我已经散发出了臭味，但我已经闻不到了，我好像有点感冒，鼻子有些塞。我感到伤心和难过的是，家里人还特地给我穿上了我最喜欢穿的军装。他们以为这能抚慰死者，但他们错了。穿着军装的死者是神圣的，我虽然是救人了，但我还是觉得被平淡无奇的河水夺去生命是件窝囊的事情，我宁愿这时换上一件便装。死者身上的军装应该是被子弹撕破的碎片，是为祖国流出的鲜血染红的，而不是像我这身军装干净得甚至连块泥巴都找不到。我飘在空中，倒挂在树枝上，俯视着自己丑陋的尸体，我被河水窒息而死的样子让我害羞，有一会儿我甚至闭上了眼睛，还想抽身从这里慌慌地逃走，再也不看自己一眼。我已经死了，但我为什么还会像烟一样飘荡在木扎？这难道就是玛丽·罗奇讲的灵魂吗？我小时候并没有看过她的书，但在乡村无数的传说中，灵魂是存在的，它只有在过了奈何桥，喝了孟婆的迷魂汤，才会迷失。我本来不应该相信这些的，我是个军人，是个坚定的无神论者，但我现在确确实实地看到了我死后的难看的尸体。

我清楚地记得，乡亲们把我从麦河打捞出来后，把我放在我家堂屋里。母亲还不相信我死了，她瘫坐在院子里，挣扎着要到麦河边去，她高声哭着喊着说我没死，我还在河边。村里的妇女们陪着她，一边说着安慰的话，一边陪我母亲抹着眼泪。母亲哭得没有力气了，她的泪水把干燥的大地都濡湿了一大片。母亲的嗓子已经哭哑了，但她仍旧不肯进来看我一眼，她仍然在哭着说我没死。一直到中午时，母亲才停止了欺骗自己，她的头发被她扯得像堆乱草一样，她几乎是被那些妇女拖进了堂屋的。她一看到我就瘫倒在了地上，她伸着手，叫着我的名字，艰难地向我蠕动着，哭着喊着："娃啊，娃啊，你让我好好看看你……"快到我跟前时，她身上突然有了力气，把那几个妇女甩掉，猛地冲到我面前，长满硬茧的手抚摸着我的脸，大声地呼唤着我的名字，好像我还没有死，只是睡着了。我很心疼，从屋梁上跳下来，站在她旁边，想去帮她，我把手放在她肩上，想安慰她，但又想不出来要说什么，我使劲地想了半天，想起了三四天后《麦城日报》上那些活色生香的广告和那篇报道。是的，我是英雄，一个将被树为典型的英雄了。我于是就想起了我当新兵时，指导员带着我们学习《为人民服务》，那里面有许多语录非常激励人。我就俯下身子，轻轻对母亲说："妈，人固有一死，有的人死得重如泰山，有的人死得轻于鸿毛，我的死就重如泰山。你别哭了，应该为我感到骄傲才是，你歇一会儿吧。"母亲却好像没有听见一样，继续呜呜地哭着。我这才想起，我已经死了，母亲是永远也看不到我了。

我无奈地转过身去，看见了父亲。他跪在我的脚那边，头几乎要抵着地了，双肩抽搐着，黄色黏稠的鼻涕掺着泪水，已经拖下很长了，但他顾不得去擦一下。他的嘴巴歪到一边，露出被旱烟袋熏黑的牙齿，舌根通红，就像发炎了一样，他的嗓子已经嘶哑了，这使他的哭声更加难听，就像一个沉重的油锯啃咬着树干不停地来回尖叫。他一边哭着，还一边在喃喃地说着什么。我仔细地听了听，他在哭诉着他对不起孙家的列祖列宗，让我死掉了。他的声音虽然刺耳，但并不是很高，这和母亲用尽力气的悲伤不同，但他的悲伤一点儿都不亚于母亲，他不但为我的死去而伤心，而且还想到了孙家从此要绝后了。这是一个男人的痛苦。我是孙家唯一一个男孩，我上边只有一个姐姐，并且我们有二十来年没有见过她了，我们甚至不知道她是活着还是死了。

孙家算是彻底地完了。

村里的大人和小孩挤在四周看着我，大人们用悲伤的目光交流着，低声地说着惋惜的话。小孩们个个紧绷着嘴巴，带着和他们年龄不相符的严肃表情看着我，偶尔会露出害怕的眼神来。乡亲们能到我家来帮忙的都来了，他们面色沉重地在我家院子里走来走去地忙碌着，每个人都哭丧着脸，配合着我们家人的悲痛，充满了温暖的人情味，就连那些我们孙家得罪过的人家，从前可能把我们恨得牙痒，甚至会盼着我们全家死掉的人，此时也会觉得这太惨了。一个军校大学生，眼看就要毕业了，成军官了，要光宗耀祖了，说死就死了。心眼再小的人，也会生出无限的同情来。我在人群里张望，看到了一张张熟悉的面孔，那些父老乡亲，压抑不住的悲伤使他们更加可亲，像我的亲人一样值得我永远尊敬。我如果没死，我做梦也没想到，乡亲们会这样看待我，我一直以为，我讨厌家乡的每一个人，家乡的每一个人也都讨厌我。作为农民的儿子，谁都想离开这片土地，再也不回来了。我当兵是这样，考上军校也是这样，我甚至从来都没想过要在家乡娶一个女孩做我的老婆。如果有可能，我愿意永远离开这片土地。我飘荡在我家满是牛粪和猪屎的院子里，跟随着每一个在我家忙碌的乡亲，他们堆满皱纹的面孔比我见过的所有的人都要美丽。

一个诗人说过，我为什么泪流满面，因为我深深地爱着这片土地。

木扎，这个美丽的村庄，我将长眠于此，请你永远都要陪伴着我。

我看到了雷铁虎，他是雷老末的父亲，也是我救出来的落水少年雷小强的爷爷。他现在已经很老了，头发全白了，背也驼了，拄着一根拐杖，颤巍巍地站在我家院子里，他嗓子里总像含着一口痰，走到哪里都咳个不停。他站在那里，混浊的眼睛里突然就有了泪水，他长长地叹了口气，嗫动着嘴巴，喃喃地说："世事无常啊，我们这些不中用的人没死，人家好好的娃子怎么说死就死了呢？老天没长眼啊！"他好像是对身边一个中年妇女说的，但那人没有理他。他这种年龄，已经没有人会喜欢或者重视他了。我感到奇怪，雷小强并没有跟在他身后。他喜欢听爷爷讲故事，爷爷走到哪里，他就会跟到哪里，就像他的尾巴一样。再说，我是为救他而死的，他今天怎么没来呢？他的父亲雷大娃也没有来，甚至连他的儿媳妇也没来。他们雷家的人为什么不来呢？他们至少应该来看看我啊。

　　我蹲在我家墙头上，托着腮，皱着眉头，看着这个连路都走不稳的老人，苦笑着摇了摇头，我怎么会这样想呢？我已经是个死人了，还计较这个干什么呢？如果我真的是个英雄，我就不应该要求回报，他们就是把我忘了又有什么呢？在我们这支伟大的军队里，最多的就是无名英雄。我算什么呢？

　　人群里有些骚动，我抬起头，阳光在那一会儿，刺疼了我的眼睛。一个陌生的妇女拉着一个小女孩，身后跟着一个中年男人站在我家门前。她显然走得很急，穿着碎花短袖的上衣几乎被汗水湿透了，露出了藕一样白的胳膊。头发被汗水浸湿贴在额前，虽然她已经有三十七八岁了，但她看上去还很漂亮，眉毛细长，眼睛大大的，但她和我母亲的眼睛一样红肿，脸上不知是汗水还是泪水。她双脚跨进我家大院，突然就丢掉了手里牵着的小女孩，发出了一声尖厉的哭声："妈呀妈呀，我来晚了，妈呀，出了这么大的事，你们怎么不给我说一声……"父亲和母亲都抬起了头，他们张大嘴巴，吃惊地瞪着眼睛看着那个妇女。她扑到了母亲的跟前，抓着了母亲的胳膊，放声大哭："妈呀，你不能再哭了，国栋不在了，还有我啊，我是你女儿啊……"

　　我一下子呆在那里，做梦也没有想到，姐姐会在这个时候回来了。我贪婪地打量着她，舍不得眨眼睛，想把她脸上的每一条皱纹、每一句话都刻在心上。我无数次想象过姐姐的模样，今天终于看到她了。虽然她很悲伤，但仍旧掩藏不住她年轻时美丽的容颜。我无数次想象过我们姐弟重逢的场面，却怎么也没想到，只有在我死后，我才能看到姐姐。我的泪水又涌了出来，要是我生前能看到她该多好啊。

母亲抬起胳膊，擦了擦眼睛，愣愣地看看她，又看了看那个中年男人，那个男人有点不安，紧张地搓了搓手，嘴唇嚅动着，但什么也没说出来。母亲的目光落在了那个小女孩的身上，那个中年男人像是得救了一样，忙把那个小女孩往前面推着，嘴里一个劲地说："喊姥姥，喊姥姥。"小女孩却像被吓着了一样，胆怯地看着脸上都是鼻涕眼泪的我母亲，使劲地往后面躲着。母亲又看了看姐姐，眼睛使劲地瞪着，茫然地问她："你真是小玲？"姐姐哭着点了点头："妈，我是小玲，我是小玲，我回来了……"

父亲不知道什么时候站起来了，慢慢地蹭了过来，伸出手拉起了跪在地上的我姐姐，他的手在不停地颤抖着，好几次都从姐姐的胳膊上滑了下来，他的腿也是颤抖的，目光带着一些不安和讨好，他的嘴巴嚅动着，想对我姐姐说些什么。那些微小的灰尘颗粒在空中左右上下地翻动起来，悲伤的气氛里夹杂着一些想不到的小小的惊喜和意外，撞在一起，空气也是颤抖的。父亲终于说出话来了："小玲，你也别哭了……"话刚一出口，他自己却又哭了起来，哭声里除了悲伤，竟还夹杂着一些小小的委屈。他看看我，又看看我姐姐，是的，他的哭声不再仅仅属于一个成年男人的痛苦了，也是一个悲伤、委屈的孩子的哭声了。三个人蹲在那里呜呜地哭成了一团……

我悄悄地出来了，我怕我会忍不住也放声大哭的。我一直知道我有个姐姐，但我从来没有见过她，我也许见过她，但我那时只有一两岁啊。

我妈妈在我上中学时，曾经告诉过我，姐姐说过，她就是死了也不会再踏进孙家一步的——你们永远都别想再看到我！是的，我父亲和母亲的确都伤害过她，他们都没想到，她会在这时重新回到我们家。父亲和母亲不仅仅是在为我而哭泣了，那哭声里也有对姐姐的愧疚和自己的委屈……

木扎所有上年纪的人都知道我姐姐的故事，但我知道得并不是很清楚。它似乎是我们孙家的一个巨大的耻辱，父亲从来不提，母亲提起时也是含含糊糊的。我蹲在我家鸡笼旁边，看着满院子里的人为我忙个不停，偶尔会停下来带着疑惑和好奇打量着一脸灰尘的我姐姐，小声地议论着姐姐变老了，还瘦了，过去的事情他们心知肚明，没有人再提起。我就在他们身边，但没有人能看到我，没有人能听到我的话，也没有人能告诉我姐姐的故事……

我没地方可去了，灵魂在村里飘荡。我来到了村子北边高高的山冈上，向四周瞭望，家乡的庄稼丰收了，庄稼的清香随风而来，玉米叶子在风中歌唱，大豆荚子在阳光下噼噼啪啪地响着。我这时就看见雷老末了，他正坐在坟头上，还是二十年前的样子，穿着一件旧军装，那是那个年代最流行的衣服。他长得还算英俊，眉毛很浓，鼻子挺挺的，国字脸方方正正。过去的记忆一下子扑面而来，我终于记起了母亲曾经给我讲过的只言片语，他是为我姐姐死的，是我们孙家把他害死的。他蹲在自己的坟头上，笑着向我招了招手，我也朝他笑了笑，如果他还活着，现在应该是我的姐夫了。

雷老末朝我点了点头："你去过家里了？看到自己了吧？"

我像老朋友一样朝他点了点头："我是死了。我想起来了，雷老末，我很早以前就见过你了。"

他有点惊讶："你从前见过我？"

我抬起头，目光穿过岁月的幕帐，我又回到了穿着开裆裤的童年时光，那时我知道了一星半点姐姐的事情后，就常常做梦，梦里总是出现雷老末，但他在我的梦里总是那么丑，根本就不值得我姐姐去爱他，也不值得我姐姐发下毒誓，就是死了也不会再踏进孙家一步的。那时我很想念姐姐。

雷老末笑了："我也是看着你长大的，又看着你回来。"

　　我有点羞愧："我是淹死的，我在军校的运动会上还得过游泳冠军，小河沟里翻了大船。"

　　雷老末抬头看了看木扎，我家房子的上空正缓缓地飘起了带着乡愁的淡蓝色的炊烟，那是我姐姐在做饭，她一边往灶膛里添着柴火，一边流着眼泪。我们两个都有点沉默。我们都很清楚，我们已经死了，我们只能在那里看着，我们无法介入活着的人们的生活。雷老末扭过头，他脸色红润，温柔地看着我，轻轻地说："你终于也死了，孙家就你一个男娃，这是报应啊。"

　　他很真诚地看着我，脸上没有一点儿恶意，也没有幸灾乐祸的样子，我摇了摇头，心平气和地对他说："我不相信报应，如果我小心些，我就不会死了，是我自己大意了。"

　　他沉默了一会儿，叹了口气："你是一个好人，木扎也只有我一个人知道，你是个好人，也许你真的不该死啊。"

　　他能说出这样的话，我很感动。我很清楚，在我没有死之前，木扎没有一个人认为我是一个好人，就连我的父亲母亲也有点疑惑，他们甚至还怀疑过我有精神病呢，曾经请过一个跳大神的老头来我家给我看病。因为我死了，木扎的乡亲才开始谈论我身上的种种优点：比如他从小学习就很好，虽然高考落榜了，但他当了兵一下子就又考上大学了，还是不用交学费包分配的军校，将来是军官了，他是木扎的骄傲啊，甚至还有人记起我小时候曾经把一头猪从他们家的菜地赶了出来。他们心照不宣地回避了许多事情，他们心地善良无比朴素。只有雷老末，一个死去了二十来年的人才知道我是个好人。我做的事没有错，除了我被麦河的河水淹死这件事。

　　雷老末说："你也不要难过了，你死得比我强多了，你死得真的重如泰山。"

　　我苦笑了一下："换了任何人，都会去救的。实际上我根本就不想死，本来也是可以避免的，对一个军人来说，我自己觉得这个英雄当得还是有点窝囊，我应该把人救出来，自己也能活着出来。这本来应该是能做到的。"

雷老末晃了晃那张《麦城日报》，说："上面说你不会游泳。"

我笑了："这怎么可能呢？好多新闻都是假的，要不是写的是我，我还真不会去看这篇报道呢。"

我抬起头，很真诚地看着雷老末，喃喃地说："我姐姐回来了，父亲和母亲都很高兴，他们都没想到她能回到这个家……我们家把你害死了，我们两家是仇家，我又救了你侄儿雷小强。谁会想到我会去救他呢？"

雷老末说："是，的确是这样，木扎的乡亲们都没想到你会去救他，你肯定也没想到吧？"

我点了点头，很老实地向他承认："我自己也没想到。"

整个事情犹如冬天的大雾，面目可疑，模糊不清，就像姐姐和雷老末恋爱的事情，我也只是知道一点点。我知道得最清楚的是从我记事起，我们和雷家就从不来往，在村里见面了都不说话，一点儿鸡毛蒜皮的小事在两家都可能掀起滔天巨浪。有好几次，我们两家就因为牛啃吃了麦苗、鸡叨吃了两粒玉米而吵得天昏地暗。

我问雷老末："那到底是怎么回事？"

雷老末说："我带你回到那个时候去看看吧。"

于是我和雷老末就回到了1983年的木扎，那其实是个很简单的过程，我们想到了那个时候，我们就来到了那里，时间真的一直都在那儿存在着。木扎到处飘扬着彩旗，墙上贴满了红色的标语，广播里放着革命歌曲，在这一天里，我父亲作为木扎的村支书，主持了联产承包责任制在木扎的落实。生产队的东西全被分掉了，我们家和雷家都分到了一头耕牛。我看到我父亲高高兴兴地牵着那头耕牛回到了家里，姐姐正坐在院子里和母亲一起织着毛衣，父亲把牛缰绳扔给了姐姐，很响亮地说："把牛拴起来，以后它就交给你了，你以后要放牛割草了。"

雷老末看着我，嘿嘿地笑了："牛是我和你姐姐的媒人，我们家是我放牛割草的。"

雷老末那年二十四岁，他的父母一看到他，脸上总是充满了忧愁，他这个岁数，在乡下都是几个孩子的爹了，他却连老婆都没有。那年我姐姐十八岁，是木扎最漂亮的女孩子，谁也想不到，她竟然在放牛割草中和雷老末建立起了感情，谈起了恋爱。雷家怎么能和我们孙家比呢？我爷爷是木扎第一任农会主席，而孙家却一直戴着地主家庭的帽子。乡村里当干部就像世袭的一样，我爷爷死了，我父亲就接着当了大队支书，已经是 20 世纪 80 年代了，但我父亲仍旧看不起孙家。孙家一直是被斗争的对象，他们一家人在木扎也的确是在夹着尾巴做人，是木扎最窝囊的一户人家，即使改革开放了，木扎的乡亲们依旧没人把他们家放在眼里。"自由恋爱"在乡下本来就是件伤风败俗的事情，我姐姐孙小玲又是和雷老末"自由恋爱"，我父亲是说什么都不会答应的。他嫌丢人。

在一个晚上，雷老末带着我姐姐私奔了，他们牵着手在大路上奔跑着，幸福像条狗一样追着他们，他们跑得气喘吁吁，滴在尘土中的汗珠带着爱情的清香。第二天早上，我爹带着一帮亲戚沿着这股奇异的清香追了很远，他追到了玉米镇，又追到了一个小河边，那股清香的味道消失在了无边无际的田野中，我爹像条狗一样在河边急得团团乱转，最后只好在黄昏里拖着沉重的耻辱回来了。有着光荣传统的孙家出了这么大一件伤风败俗的事情，我父亲觉得没脸再见乡亲们了。那段日子里，我姐姐和人私奔的消息的确是周围十几个村最大的丑闻，乡亲们的唾沫星子在木扎乱飞，父亲像生了大病一样，关在家里不肯出门。

过了几个月，雷老末又带着我姐姐回来了，她已经怀孕了，肚子已经微微凸起了。他们俩把这事想得很简单，反正已经怀孕了，生米做成熟饭了，我父亲总不会还反对吧。他们还是想错了，红了眼的赌徒永远都没有收手的时候，被耻辱击垮的父亲只有把这个耻辱解决掉，才有可能重新活过来。那天我姐姐一脸尘土出现在村口时，得到消息的父亲拽着一个锄头，哇哇地叫着要冲出去，我母亲死死地护住了大门，但她也只能把锄头夺了下来，父亲飞快地蹿上了墙头，然后又跳了下来，他一脚把雷老末踢倒了，伸出巴掌就扇姐姐的耳光。姐姐被他一个耳光就扇倒在了地上，然后他大声地咒骂着，用脚去踢她。姐姐脸被吓得雪白，浑身哆嗦着看着父亲。雷老末要去护她，却被乡亲们死死地摁住了。父亲的脚又踢在她身上，姐姐尖叫着，曲着身子，死死地护住自己的肚子。父亲伸出手，我以为他要把她拉起来，谁知他拽着她的胳膊，把她拖在地上拉回了家。姐姐的裤子被地上的石子磨破了，腿上划出了血道子。我痛苦地闭上了眼睛，如果不是我亲眼所见，我做梦也没想到对我一向都很疼爱的父亲竟然会像疯子一样对待我姐姐。

我拽着雷老末的胳膊，姐姐被拖走的路上扬起的灰尘像冬天的冰雪一样覆盖了我，使我几乎不能呼吸了。我感到浑身冰冷，嘴唇上像覆盖了一层冰霜，我颤抖着对雷老末说："我不想再在这个时间里待下去了，你给我讲讲吧，你给我讲讲就行了。"

我们又回到了木扎的山冈上。雷老末说："第二天，你父亲就带着你姐姐到了镇上，把她弄到计生办，计生办一看是个计划外的，二话不说就把孩子引产了。"

我父亲把我姐姐从镇上弄回来，锁在了家里，外面还拴上了狼狗，然后叫上村里几个混混，到了雷老末家，把他家砸了个遍，把雷老末兄弟和他父亲都打伤了。但雷老末还是不死心，还想见我姐姐。他一个人跑到我们家，还给我父亲下了一跪，求他成全他们，但我父亲不让他们见面不说，还打了他一顿。他父亲知道我们孙家是不会答应这门婚事的，就劝雷老末算了，别做这个梦了，惹不起人家。雷老末像霜打了一样，整个人都木呆呆的，眼睛盯着一块地方，半天都不挪一下。别人问他话，他也不吭声。那天半夜里，他就喝农药自杀了。

我姐姐知道这事后，哭了好几天，还喊着要跳井自杀，父亲母亲在村里找了几个媳妇天天看着她，连上厕所都有人跟着，恐怕她也寻死了。闹到最后，我姐姐没办法了，只好认命了，过了几年，她就出嫁了，嫁到了三十里外的一户人家，但她是一个人走的，她走时就站在我家门前，恨恨地对我父亲母亲说："我死了也不会再踏进孙家一步的，你们永远也别想再看到我！"

后来我父亲母亲就真的再也看不到她了，她从来不回娘家不说，也不让婆家的人到我们家，我父亲母亲去了，她就让婆家的人把大门关上，不让我父亲母亲进去。我父亲的犟脾气一上来，说什么也不去看她了。我父亲说："就当这个女儿已经死掉了。"

我一直到十来岁时，才知道原来我还有个姐姐。

雷老末说，事情就是这样。

我很难过，抱着膝盖，愣愣地看着炊烟袅袅的木扎。即使放在现在，木扎也很少有"自由恋爱"的，乡亲们都觉得那是一件很丢人的事情。岁月就好像停滞了，现在和1983年又有什么区别呢？我和雷老末一瞬间就把1983年重温了一遍，实际上它和现在也没什么不同，我父亲依旧是村支书，在木扎拥有绝对的威信，雷家依旧让人看不起。我死了，村里人都来看我，雷老末的父亲也来了，他甚至都不敢堂堂正正地站出来，只能偷偷摸摸地挤在人群后面。他这会儿刚刚从我家院子出来，拐过我家邻居的院墙，那里有棵杨树，上面的树皮已经被淘气的牛犊啃光了，露出了惨白的树干，整个树木已经枯死了。老人累了，扶着树干，低着脑袋站在那里，满头乱草一样的白发和惨白的树干混在一起，分不清哪是树，哪是他了。他站了一会儿，脑袋晃动起来，双肩颤抖着，突然就哭了。他的嗓音暗哑，哭声含混不清，但我清晰地听到了泪水落在地上啪啪的响声。我抬起头，伤心地看着木扎，我知道，他现在的悲伤并不是属于我的，而是属于他的小儿子雷老末的。我姐姐的到来，让他再次想到了伤心往事。

我把目光投向了我们家，寻找着姐姐。乡亲们已经陆续离开了，我父亲母亲被悲伤拖得筋疲力尽，浑身没有一点儿力气，他们靠在墙边，茫然地盯着地面。姐姐做好了饭，把饭端来了，他们没有接，甚至没有看那碗饭一眼。他们甚至已经忘了我姐姐的存在了，目光黏在地上，怎么也不肯移开。姐姐叹了口气，回到了灶屋，出神地望着灶膛，火光映着她的脸，她脸有些红，她眨着眼睛，嘴角突然泛出了一丝笑容。谁也想不到她居然能在这个时候笑起来，也没人知道她正在想什么。

雷老末朝我神秘地笑了笑，说："她在想我，她一会儿就会过来看我的。"

我愣了一下，扭过头去，姐姐果然站了起来，她看看自己的丈夫，他正在喂着那个小女孩吃饭，能看得出来，这是个很老实的男人。姐姐撩了撩额前的头发，说："我心里很闷，想到外面走走。"那个男人点了点头，"嗯"了一声，他一向话都不多，不像雷老末，打开话匣子就不打算关上了。

我姐姐出了村，站在山冈下，她犹豫了一下，回头慌慌地张望了一会儿，急急忙忙地爬到了山冈上。她来到了雷老末的坟前，愣愣地看着那个长满了杂草的坟堆，风吹日晒，他的坟已经不像个坟了，像个小小的土堆。姐姐在那里站了一会儿，泪水突然就涌了出来，她扑到了坟上，脸贴在那里，手里抓着那些青草，狠狠地拽着，用手捶打着那个坟堆，恨恨地说："你怎么要死呢，你这个坏蛋，你怎么要死呢，你为什么就不能等我几天？"坟上的杂草中有石子，石子硌着了她的拳头，划出了几道血印子，但她好像没有看到，依旧拉扯着那些杂草，捶打着那座土堆，那些鲜血点点滴滴地洒在草尖上，在阳光的照耀下，晶莹剔透，就像姐姐美丽的容颜。

我看了看雷老末，他的眼睛有点红了，他突然站了起来，伸了伸胳膊，向着天空叫了起来："闷啊，闷啊，真闷啊。"

姐姐哭了一会儿，慢慢地站了起来，我们以为她要走了，但她却突然弯下腰来，使劲地扯着坟上的杂草。那些杂草茂盛，长得很不像话，它们把雷老末的坟遮盖得严严实实，你如果不注意，根本就看不出那是一个死者的家园，你还以为它只是一堆乱草。他毕竟死去二十来年了，亲人们的感情已经被时光磨得越来越钝了，他们有时甚至会忘记了这里葬着他们的一个亲人。我姐姐埋头清理着那些杂草，很快又开始低声地哭了。那些杂草中有些是带刺的，但她根本就不管它，狠命地扯着，要把它们从地上连根拔起。她的双手涂满了杂草绿色的汁液，也涂满了自己手上流出的鲜血。她终于把整个坟堆清理干净了，然后又开始搬着石头垒上去，那个矮矮的土堆终于高了起来，看上去像座坟了。

姐姐上午刚哭过我，这会儿又大哭了一场，她的泪水早就没了，她也不用哭了，因为她看着那座干净了许多的坟，突然就笑了。她的脸色红润，睫毛长长的，眼睛大大的，里面好像充满了水珠，二十年前的姐姐是多么如花似玉啊。她的目光柔情似水，她拉着自己的衣角，低着头，喃喃地对死了二十来年的雷老末说："你好好地在这里待着吧，我会年年都回来看你的……如果我老了，会埋在这里，回来陪着你……"

她很开心地笑了，露出了一口糯米般洁白的牙齿。她这会儿已经把我忘得干干净净了，她的心里只有二十年前的雷老末。她为她年轻时拥有的爱情而充满喜悦。但我的胸口一阵疼痛，生活已经让姐姐越来越老，她的头发像堆杂草，脸上也有了黄色的色斑，皮肤松弛，手上也有了厚厚的硬茧，乳房也有点下垂了，年轻时的美丽已经荡然无存了……那本来是个很美好的爱情故事啊。

雷老末拍了拍我的肩膀，说："你舅舅来了。"

我抬起头，北边的大路上出现了一长溜的灰尘，一辆小汽车正飞快地向木扎驶来。我舅舅坐在车里，他的身子已经发福，胖了许多，他双手交叉着放在膝盖上，紧紧地皱着眉头。我能看出来，他很伤心，但司机就在他旁边，他要保持一个领导的尊严，所以他只是紧紧地咬着嘴唇，不让自己的泪水流出来。我从小就很喜欢他，他也很喜欢我，他现在是我们麦县宣传部新闻科科长，一个本来没有任何文化的人，官能做到这个地步，算是一个奇迹了。我舅舅就是有这个本事。我有点伤心，我想告诉舅舅，我其实并不想死。我爱你们，我爱我的每一个亲人。

姐姐也看到了那辆小汽车，眼睛里充满了疑惑。她没想到那是在县城当大官的舅舅回来了，她对我们孙家的亲戚已经很陌生了。她只是在想，这是谁呢？他为什么这时候要到木扎来了？姐姐想不出来，她摇了摇头，就不去想它了，她在那里又站了一会儿，然后就下山了。

看着我姐姐的背影，雷老末摇了摇头说："你看看，我们两家就是这样互相憎恨着，如果说你把雷小强推到麦河淹死了，木扎所有的人都会相信的，但如果说你是因为救雷小强而淹死的，尽管你也会成为一个烈士，但木扎还是没有一个乡亲会相信的。"

连我也感到有点迷惑了，我问他："我救了雷小强吗？"

雷老末笑了，他反问我："你自己说呢？"

我坐在一块大青石上，看着波光粼粼的麦河，我突然也开始怀疑起自己了：我救了雷小强吗？我真的是个英雄吗？

三、我站在高高的山冈上

有时候有些事情你不愿意再提起，就连鬼魂也不例外。从我舅舅那天来到木扎开始，我就恨我舅舅了，我永远都不会再原谅他了。他没有让我成为英雄，而是让我成为一个可怜的笑料。我本来想安静地死去，他却让我死了也不能安静下来，这个饱受摧残的灵魂注定还要被人折磨。我摇了摇头，他就像讨厌的头皮屑一样被我甩掉了，我决定不去想他了。我宁愿永远跳过这一天，直接来到 9 月 3 日。我要在这一天里被亲人们埋葬，我的灵魂将有一个美丽的家园，再也不用到处漂泊了。

木扎几乎所有的乡亲都来帮忙了。趁着我的尸体还摆在家里，我先溜了出来，跑到了村子北边的山冈上，我将被埋在离雷老末几步远的一块凹地里。那里已经有几个乡亲在挖着墓坑。新翻出来的泥土散发着清香，旁边的野花灿烂盛开，我很激动，这里即将成为我的家，我的尸骨要在这里和家乡的泥土融为一体，我将回到大地母亲的怀抱中。

那些正在埋头给我挖着墓坑的乡亲我都认识。我最先看到的是雷小强的父亲雷大娃。我没想到他会来。我顺着时间的河流回到了两天前，清晰地看到了前因后果。那天雷铁虎回到家里，雷大娃正闷着头给牛喂着草，他站在他身后，喃喃地说："村里人都到孙家帮忙去了……你也去吧！"

雷大娃忽地扭过头，瞪了他父亲一眼，把拌草棍在牛槽上使劲地敲着，恨恨地说："我凭什么去？他们家就是人死光了我也不会去的！他们害死老末，你还嫌不够吗？"

雷铁虎充满忧伤地看了看儿子，咽下了一口唾沫，混浊的眼睛里淌出了两行泪水，他低低地说："小玲也回来了……你还是去帮帮忙吧。"

雷大娃愣了一下，他站在牛槽边足足有两分多钟，这才闷闷地说："葬他那天我去吧，到时你给我说说他埋在哪里，我直接去给他挖墓去……"

我接着看到了李石头。除了雷家，他是最恨我们家的。准确地说，他最恨的只是我。他已经四十多岁了，仍是一个光棍。他娶不来媳妇，除了家里穷，还因为他长得太难看了，个子很矮，脑袋也很小，还是个酒糟鼻，但我知道，他从来都不喝酒的。他实际上是个很老实的人，但没有哪个姑娘会喜欢上他的。他本来是可以有一个老婆的，如果不是因为我，他现在可能已经有一个儿子或者女儿了。那是我考上军校第一年寒假回去时，我听母亲说，他已经娶上媳妇了，并且长得很漂亮，听说还是个高中毕业生呢。我吃惊地看着母亲，我说我不相信，谁会嫁给他呢？母亲说，这个女孩子是人贩子带到这边来的，是他们家花了八千块钱把她买回来的。

我吃惊地看着母亲，问她："那个女孩子现在怎么样了？"

母亲撇了撇嘴："就李石头长的那个样子，家里还穷，哪个女孩子能看上他？这个女孩跑过好几次了，都被抓回来了。她还用剪刀割过手腕上的血管呢。我们都去看了，血流了一地，好在发现得早。"

我皱了皱眉头："这是犯法的！怎么没人报案呢？"

母亲比我还要吃惊，她抬起头，好像不认识我了一样，愣愣地问我："为什么要报案？这可是让人家断子绝孙的大事，都是乡亲哩，谁再缺德都不能干这种事！"

那是一个晚上，我们一家人正坐在电视前看着《新闻联播》。我看着母亲，她很慈祥地纳着鞋底，丝毫没有觉得这事有什么不正常。父亲是木扎的村支书，他坐在那里抽着纸烟，就好像没有听到我们说话一样。我喊了一声爹，他应了一声，抬头看了看我，问我："啥事？"

我说："你是支书，怎么不去管管这事？"

父亲说："我去管了呀，我劝她老老实实地在李石头家待着，村里人都看着你呢，你能跑到哪里去？你就不要操这个心了，她现在也老实多了，我看八成也是认命了……"

我看着父亲，我怎么也没想到，他居然还没听出我的意思，还以为我和他们一样混蛋，我气得浑身发抖，血往脑门上涌，我攥着拳头，冲到了父亲的跟前，大声地叫了起来："你怎么能这样说话呢？我是说，你为什么不去给李石头说说，他这样做是犯法的……你要是去派出所报案也行啊。"

父亲瞪着眼睛，歪着头从上到下地看了看我，好像我不是他的儿子，而是一个他从来没见过的怪物。他皱着眉头，很不耐烦地挥了挥手："去去去，到一边去，你瞎掺和什么？你以为派出所会管这事吗？你把人家老婆弄走了，让人家断子绝孙，这样的事儿，是个人都做不出来！你要是这么干了，全村人都看不起你！你是不是当兵都当傻了？都不会用你自己的脑瓜子想一想？"

我问他："那个女孩子怎么办？这不是把人家的一辈子都害了？"

父亲不耐烦地说："你管好自己就行了，还管那么多事干什么？"

我不屈不挠地跨到他跟前，问他："爹，如果她是你的女儿，你会怎么样？"

父亲的脸一下子涨得通红，他使劲地瞪着我，眼睛几乎要跳出来了，他猛地站了起来，冲我吼道："能被人家拐跑了，说明她自己无能，活该！是我的女儿，就当她死了，没这个人！"说完，转身就走了。

　　我一下子愣在了那里，呆呆地看着他的背影。我说话是有点冲，但父亲也没必要发这么大的火啊。但我现在死了，回首往事，一下子明白了许多事，我知道我那次是戳到了父亲的痛处，让他想起了我姐姐，他一直认为我姐姐是被雷老末拐跑的，他根本就不知道什么是爱情。

　　那年寒假我干了一件大事，我偷偷地找到那个女孩子，让她给家里写封信，然后我到镇上用特快专递寄给了她千里之外的安徽老家。

　　几天之后，那个女孩子的父亲带着老家的两个警察和我们镇上派出所的民警来到了木扎。他们是白天来的，本来是带不走那个女孩子的，李家的势力并不大，但木扎所有的乡亲都会帮助他们的。乡亲们都觉得自己有这个义务。他们夸张地攥着铁锹和锄头，围在警车周围大声吵嚷着，不让他们去李石头家。我当时也在围观的人群中，身上都渗出了汗水，如果真的冲突起来，我要帮乡亲们，还是帮那些警察？我是个军人，应该帮助警察，但我真的能这样做吗？我正在犹豫着，这时警察拿出了一张通缉令和逮捕证，严肃地告诉木扎的乡亲，她在家乡已经结过婚，因为夫妻不和杀了丈夫潜逃，警察这次是来抓捕杀人犯的。我在人群中松开了紧紧攥着的拳头，开心地笑了。我当然知道这都是假的，但他们说得像真的一样，他们甚至把我们当地的公安也骗了，派出所所长一再给乡亲们解释，这是在配合兄弟省市公安人员执行抓捕杀人犯的公务，如果有人阻挡，将会受到法律的严惩。他甚至还放出了狠话，如果今天抓捕不了这个女孩子，或者让她逃跑了，他们就让武警来执行这个公务，那时就不会这么客气了！声色俱厉的公安终于震慑住了乡亲们，谁敢偏袒一个杀人犯呢？他们自觉地让出了一条路，甚至连李石头家人也没敢动，眼睁睁地看着那些公安把那个女孩子戴上锃亮的手铐，塞进警车里开走了。

最初的喜悦很快过去了，我愣愣地站在那里，笑容僵在脸上每一道皱纹里，心里有些难受。这件事的荒诞之处在于，伤害和侮辱她的人不戴手铐，戴手铐的却是她。那个女孩子一直都低着头，像个真正的杀人犯一样，她很聪明，知道如何配合公安的行动。她可能根本就没看到我也在人群里，但我知道，她会一辈子都忘不了我的，那个肩上扛着红牌牌的军人。我也忘不了她，回首往事，我真心祝福她忘记这个噩梦，有一个幸福美好的明天，但我知道这很渺茫，她回到家乡，迎接她的除了亲人，还要继续承受无边无际的流言的伤害。

警车已经完全在大路尽头消失了，李石头突然撒开脚丫子朝着大路狂奔起来，他一边跑着，一边扯着喉咙叫喊着："她是我老婆，她没结过婚，她是处女，你们王八蛋骗我！"

我看着那个丑陋的背影越来越小，慢慢地不见了，眼泪忽然就出来了。这就是木扎，这就是我生活了二十来年的乡村，我从前觉得它是美丽的，但我现在却觉得它是那么丑陋。乡亲们七嘴八舌地议论着，骂着骗人的公安，说着同情李石头的话。他们飞溅的唾沫星子和麻木的表情让我感到恶心。乡亲们说着说着，突然就想到了一个问题：是谁把消息传递给了那个女孩子千里之外的老家的？他们提醒了李石头的父母，他的父亲脸上肌肉抽搐着，抓住了一把铁锹，吼了起来："我 × 他八辈子祖宗，是谁干的这缺德事？有胆子给老子站出来，我不把你砸死我不姓李！"他一边说着，一边使劲地砸着地上的一块石头，仿佛它就是那个可恶的告密者。

我悄悄地挤出人群回到了家里。

我后来才知道，李石头那天居然真的追到了镇派出所，但那些外地的公安已经带着那个女孩子父女两人走了。派出所的人劝他回去，他还不听，在那里大喊大叫，让人家公安还他的老婆，最后把人家惹火了，把他拘留了半个月。

在这半个月里，李石头的母亲拎着一个破破烂烂的铁盆，每天都要用石头敲着，在村里走上几个来回，用木扎有史以来最难听的语言，边敲边骂那个告密者。她走到哪里，都会遇到同情的目光和温暖的安慰，都有人替她一起诅咒那个缺德的家伙，许多人表示，如果知道是谁，他们会一起收拾他的。每当这时，我的父亲母亲就像霜打的茄子一样耷拉着脑袋蹲在家里唉声叹气，就像自己丢了媳妇一样，又好像干了什么伤天害理的事情，没脸出去见人了。

我父亲母亲在那天晚上就知道是我干的这事。父亲小心翼翼地问我："娃子，是不是你干的？"我笑了笑说"是我干的。"父亲本来脸上还有一丝希望，可怜巴巴地看着我，希望我会说不是我干的，我的回答让他很失望。他的脸色一下子灰了下来，愣愣地看了看我，目光里甚至还闪过了一丝愤怒的火花，但很快就熄灭了。我现在已经是名军校学员，再过几年就是一个可以光宗耀祖的军官了，不是个光着屁股满村跑的小孩了，他知道他已经不可能再把拳头举起来了。过了好大一会儿，他才收回了目光，长长地叹了口气，低着头喃喃地说："疯了，疯了，你疯了，看看乡亲们知道了会怎么收拾你吧……"

父亲母亲说的不是气话，他们竟然真的以为我疯了，他们在一个漆黑的晚上，偷偷地把一个跳大神的老头请到我们家驱鬼赶魔，他围在我身边又跳又叫，嗓子眼里像塞了一把沙子，声音尖厉沙哑，难听死了。

事实上父亲母亲还是有点过虑了。

乡亲们后来还是知道了这事是我干的，因为那段时间只有我一个人到镇里的邮局发过特快专递，那是要在邮局登记的，不知道是哪家在邮局有亲戚，一问就问出来了，然后回到木扎就传播开了。但没人把我怎么样，就连李石头家也没怎么着我，因为我父亲是村支书，我舅舅是县里的干部，到我家来时，总是坐着锃亮的小轿车。

那辆放在城里再普通不过的桑坦纳轿车，总是让乡亲们充满了敬畏。也许是我穿着的一身军装也吓着了他们吧。李石头母亲知道后，甚至都不敢再拎着那个破铁盆在村里骂了，乡亲们也没人敢当着我们孙家任何一个人的面议论这件事。我很坦然，该干什么还干什么，我觉得我并没有做错什么，在木扎走过时，我的目光从来不曾躲闪过。但我还是很快就发现我被乡亲们孤立了，许多人当我是空气，就是走碰面了，我很谦恭地按着辈分喊着他们"大伯""大爷""叔叔""婶婶"时，他们都会装着没有听见，故意把脸扭过去，理都不理。他们的举动具有传染性，就连木扎的小孩们也都不理我了，甚至有小孩跟在我后面叫我"神经病"了，他们的父母肯定都是这么说我的。我也相信，如果没有我爷爷、我父亲几十年来作为木扎一把手建立起来的权威，如果我不是一个军校学员，只是一名普通的士兵，事情可能就不会如此简单了。但即使这样，爷爷的坟头上还是被人偷偷地钉下了一根桃木楔子，据说这是会破坏风水的，对子孙不利。这在乡下是件非常严重的事情，但我父亲发现后，也只是拔出那根桃木楔子远远地扔在一边就算完了。那段时间里，父亲碰到一个乡亲，离老远都要赔上笑脸给人家打招呼，老远就把手伸得长长地递出一支纸烟。这在从前，是从来没有过的事，都是人家主动给他打招呼。每当这个时候，我心里就很不是滋味，父亲完全没必要这样做。但我又能说什么呢？我又能做什么呢？我照样也得这样给乡亲们打着招呼，也要赔着笑脸，即使他们不理我了，我还是不能真的把头昂得高高地从他们身边走过去。有时我甚至还会觉得我是不是真的做错了，但那个可怜的女孩子无助的眼神立刻会出现在我面前，我这时就有点恨木扎了：我没有做错，我没必要在乎你们的眼神。我是这样想的，但在实际生活中我还真的不能不在乎这一切，我还得很谦恭地在他们面前低着头走路。他们毕竟是我的乡亲，我毕竟在这里生活了二十来年啊。

　　我知道乡亲们对待我的情感是复杂的，我是木扎的第一个军校生，是他们教育孩子的榜样，但同时也是一个让人无法理解的讨厌的人。现在好了，我死了，所有的这一切都解决了，我完全成了一个好人，一个善良的、懂事的、有上进心的人。我甚至为自己曾那么讨厌他们而感到羞愧。

　　这个孤独的灵魂现在站在自己的墓边，充满忧伤地看着正在为他挖着墓坑的乡亲们。我的墓是在山冈上，石头很多，很不好挖，他们至多会骂一句这块石头，然后往手上吐一口唾沫，继续用力地刨下去。李石头已经满头大汗了，汗水从他的头发上滴下来，他用手擦了一把脸，脸上立刻被手上的泥巴涂得乱七八糟。他把镬头高高举起来，重重地刨向地面，镬头砸在了一块坚硬的石头上，砰的一声，闪出了一串火花，镬头反弹起来，震得他的虎口发麻。他皱了一下眉头，又撅着屁股，呼哧呼哧地举起镬头挖着。我很感激地看着他，他是真心来我们家帮忙的，所有的人都是真心的。木扎的乡亲们其实都是善良的。我活着的时候偶尔会有点困惑，现在死了，但我还是忍不住又问自己：我那件事是不是做错了？但我很快摇了摇头，把这个让人苦恼的念头丢在了一边，再一次对自己说，我没有做错。是的，我没做错，我做了一个军人，甚至是一个普通人都应该做的事情。

　　我充满怜悯地看着这个叫李石头的男人，他其实完全有机会从我身上夺回他失去的东西，那就是他买媳妇时花去的八千元钱。我淹死的那天，第一个赶到河边的大人就是他，那时他正在几百米外的一块地里锄着草，他听到那群小孩的叫声后，就扔下锄头，飞快地向河边跑来。他先是看到了我的衣服，还有我放在地上的提包，接着就看到了我装在口袋里的钱。那天我本来是要到省城里的军校上学的，那是给我家一个亲戚的孩子捎的学费，他也在那里上大学，暑假没有回来。母亲在我的内衣上缝了八个口袋，每个口袋装了一千元。我脱衣服时匆匆忙忙，成沓的百元钞票已经露了出来。李石头看到那些钱，只是愣了一下，甚至连腰都没弯，然后就把目光投向了已经平静的河面，上面甚至连一个涟漪都没有。但他还是飞快地脱光了衣服，跃入了河中，他使劲地吸了一口气，潜到水里，努力地往下潜着，睁大眼睛使劲地朝河底看着，但他只看到了绿油油的河水，那个地方太深了，他不可能潜到河底。但他还不甘心，浮出水面，喘了几口气，又深深地吸了口气，再次潜了下去。等他再浮出水面时，那些大声哭喊着的小孩已经叫来了大人们，几个年轻人也跳进了水里，但还是没有一个人能潜到水底。其实这一切都没有用了，那时我已经灵魂出窍，静静地坐在我的衣服边，充满忧伤地看着河面，岸边挤满了人们，至少有几十人都看到了我塞满了钱的内衣，但就是没有一个人试图拿走一些钱。我后来就坐在那里呜呜地哭了，泪水纷飞，绿色的草地柔软，风像恋人的手抚过脸颊，阳光灿烂，大地充满芳香，我却无可挽回地消失在像噩梦般的河水中了……

　　我站在高高的山冈上。送丧的唢呐嘀嘀嗒嗒地响起来了，吹的都是流传在豫西南乡村的丧乐《大奔丧》《哭坟》，声音凄凉，像是被风吹断的老人的哭泣，飘荡在木扎的风中。我和雷老末站在那里放眼望去，看到四个年轻人抬着我的棺材，缓缓地走出了我家的院子。亲人们跟在棺材后面放声大哭着，声音像秋天落下的悲伤的枯叶。乡亲们站在旁边，看着笨重的送葬队伍，面庞如落下一层土黄色的寒霜，有些上了年纪的老人干枯的眼睛里甚至流出了泪水。妇女们挤在人群中，她们到现在也管不住自己的嘴巴，低声说话的声音像春天的蚕沙沙地爬过桑叶。我还是很在意别人对我的看法的，侧耳听了一下，没有一个人说起我干的那些坏事。我曾经劝他们卖粮食时把塞进麻袋里的砖头拿出来，还曾经拦住他们不要再往花生米里掺沙子了。我在他们眼里是一个可笑的人，我也知道他们私下里都叫我是"孙家的那个神经病"。她们现在为了安慰死者，说的都是我从小如何听话，上学如何用功。她们甚至还会竭力地发挥自己那点可怜的想象力，把一些事情放大。她们原谅了我所有的一切。谁都知道，孙家就这一个男孩，这一家是要绝后了，无论孙家做过多少坏事，多么对不起他们，他们也都不会放在心上了。和所有的遭遇比起来，还有什么能比让一家人绝后的事情还要严重呢？

他们很快就会使用同样纯朴的语言把这一切讲给那些来采访的记者们听的，《麦城日报》记者来采访时，乡亲们就是这样告诉他的。他们即使在内心里已经把我当作了一个可怜虫、一个年纪轻轻就死掉的傻蛋、一个运气坏得不能再坏的倒霉蛋了，他们仍旧会在外人面前维护我的面子，说我是英雄的。他们表情像秋天的果实一样真诚，面孔像土地一样老实，没有一个人在记者面前说我一句坏话，他们把能想到的最美的话都留给了我。其实我很惭愧，我并没有他们说的那么好。就连已经有些自己想法的雷小强，同样也会像平常写作文那样精彩地描述出我救他时的每一个细节，并且还经得起任何推敲。他的记忆力一向都很好。

我不能不承认，木扎的乡亲都是好人，无论是大人还是小孩，他们都很真诚地想让每一个人相信，我是一个英雄。

我看到了雷小强，他孤零零地站在一棵树下，咬着指头，皱着眉头看着正在乡间土路上缓缓移动的送葬的人们。树荫笼罩着他，他一半脸上阳光灿烂，另一半脸上落满了阴影，这让他的整个表情有点奇怪，既不是在笑，也不是在悲伤，而是在发愣，就像老师给他布置了一道超过了他理解范畴的习题，他茫然无解，但又不敢向老师发问。这道习题就是我的棺材。他实际上是很聪明的，已经收到了镇里重点初中的录取通知书，村里的小孩只有他一个人考上了这所重点初中。乡亲们都相信，只要不出意外，他将是木扎的第二个大学生。我站在他旁边，侧着脸看着他。他的嘴唇上还留着淡黄色的茸毛，但现在他像个老人一样沉默和呆滞。他的身体突然颤抖了一下，好像怕冷一样缩了缩肩膀，眼睛里充满了惊惶。他看见我了吗？村里老人说，三岁以下的小孩子才会看到鬼魂，他已经十二岁了，不可能看到我的。那他害怕什么呢？我顺着他的目光，落在了我的棺材上。天气炎热，我的尸体已经有些气味了。但他离得那么远，不可能闻到这股不好闻的气味啊，况且我父亲已经在上面洒了不少白酒，那些酒甚至渗过了桐木棺材，滴在了我的嘴巴里。我生前一直是个好士兵、好学员，滴酒不沾，现在却因此尝到了酒的滋味，我要说的是，白酒的确很难喝。我把目光收回，心疼地看着这个还没有成年的孩子，悲伤地摇了摇头，他小小的肩膀要承受多少东西啊！我的死亡给亲人带来了悲伤，也给这个本来和我毫无关系的孩子带来了一道难解的题，一个沉重的包袱。我蹲在雷小强的旁边，悲伤地掩住了脸，我死了，我以为我死了就死了，什么也没有留下来，至多会留下一些或好或坏的传说，随着岁月的流逝，也许他们很快什么都会忘了，但会记得我是木扎第一个大学生。这才应该是我。

我站在木扎高高的山冈上，对着整个村庄，对着麦河纯净的河水，对着自由飞翔的小鸟，大声地喊着：我是自己死的，我不是英雄！我在村庄的上空呼喊，我穿梭在人群中呼喊，我拉着每一个人趴在他们耳朵边呼喊，但他们什么也没听到，他们只听到了我的亲人们嘶哑的哭声，听到了风从山冈上吹过的声音，他们甚至听到了时间流逝的声音，但就是听不到我的声音，没有一个人听到我的呼喊……

我甚至也有点儿疑惑了：我真的救了雷小强吗？

我回过头来，在时间的河流里细细地寻找着我死去的那一天，认真地打量着、审视着那一天的每一刻每一秒，终于痛苦地确认了这个事实：我没有救过雷小强。我淹死在麦河那天，他甚至都不在木扎，而是在二十里外的姥姥家。

四、我真的不是英雄

那天，暑假就要过完了，我本来是要去军校上学的。我们一家人都早早地起来，父亲坐在堂屋，抽着旱烟，外面树上落下了几只喜鹊，冲着父亲叽叽喳喳地叫着，父亲充满慈祥地看着它们，笑容都从像用刀子割出来的深深皱纹里溢出来了。一大早就听到喜鹊叫，这是一个好兆头。但事后我父亲回想那天早上的情景，他已经有些拿不准那天看到的到底是喜鹊还是乌鸦。他最后觉得是乌鸦，他甚至跪在我的尸体旁边，呜呜地哭着，用拳头捶打着自己的脑袋，懊悔极了，我明明听到了乌鸦在叫，我怎么还让他走呢？其实我父亲记错了，那天早上他看到的的确是喜鹊。我也看到了，心情还很好地冲着那些喜鹊笑了笑。我穿着干干净净的军装，走到院里，伸了伸胳膊，踢了踢腿，终于要开学了。

母亲起得比我们都要早，她来到灶屋，给锅里添满水，又搬来了柴火，开始给我做饭。前几天下了雨，柴火有点潮湿，她用了好几根火柴才把它点着了，塞进灶膛里，一股乳白色的浓烟从灶膛里弥漫出来，母亲的面目有点模糊不清。我的眼睛突然有点湿润，想起我小时候，母亲也总是早早起来，在做饭时，把我的棉袄烤热了，然后跑到屋里给我穿起来。那时的冬天总是很冷。而我现在终于长大了，再上一年学就可以毕业了，我会成为一个收入还不错的军官，会挣来比他们种几年地的收成更多的钱，我可以把他们带到城市生活，甚至还可以让他们坐上飞机到遥远的异地旅游。他们将成为木扎最为幸福的老人。

母亲给我做了一碗面汤，里面还打了两个荷包蛋。她和父亲碗里什么也没有，只有稀稀的面汤。木扎现在除了我们家，没有人再去镇上卖鸡蛋了。我们家里本来并不穷，是我上学把我们家上穷了。

父亲母亲把我送到了村口的大杨树下，我说，你们回去吧。

母亲把手里拎着的煮好的鸡蛋塞到了我手里说，你到学校了，要照顾好自己，冬天来了，要多穿些衣服。父亲说，你到学校了，要好好学习，咱家庭穷，别谈恋爱，将来当了军官再谈也不晚。

我都答应他们了。但我知道我也做不到，特别是父亲说的，实际上我已经和一个叫周婷婷的女同学在谈恋爱了。我们是从一个部队一起考上这所军校的，她很懂事，我们的恋爱并不用花什么钱。

那天我步行二十多里到了镇上，又坐着公共汽车到了县城，已经快到中午了。很多人挤在那里买车票。那些要出去打工的女孩子都很年轻，她们个个穿得像乡下妖娆的蝴蝶一样花枝招展的。她们很多人都是到南方当三陪去的。这在我们家乡不是什么秘密，那种脏病被她们从遥远的城市带回来，已经在家乡麦县到处蔓延了。整个人群闹哄哄的，到处是家乡那种很不好听的方言土语，不时地有人伸出脖子，把黄色的浓痰吐在地上。我皱着眉头站在那里，眯着眼睛看着那些人，我是有点厌恶他们的。我当了几年兵，就再也不想回到家乡了。我不喜欢他们。

队伍在缓慢地移动着，不时地因为有人插队而发生一场不大不小的骚乱，那种露骨而肮脏的骂人的话到处乱飞，像苍蝇一样在我耳边嗡嗡地叫着。我突然就感到胃里一阵翻腾，难受得想要呕吐。我下意识地提了提手中沉甸甸的提包，里面有母亲给我煮的鸡蛋。我蹲下来，从里面掏出了一个鸡蛋，把蛋壳剥掉，然后放在口袋里，准备过一会儿再扔到垃圾桶里。周围有几个乡亲看到了我这个动作，他们眼睛里刚开始有点疑惑，接着就有点羡慕的样子了。我穿着军装，举止也很文明，身边有几个喳喳叫着的女孩子甚至放低了声音。我把头抬得高高的，心里说不清是得意还是一种悲哀，我就是想让他们看看，我虽然从小在这里长大，和他们喝一样的水、吃一样的红薯面馒头，但我现在是一个很文明的军人了。

我吃着母亲煮的鸡蛋，面前浮现出了母亲一头白发的模样。我本来并不让她煮鸡蛋，我说我在路上买包方便面泡泡吃就行了。母亲说，那没营养，还是咱家草鸡下的蛋有营养，你带到路上吃，吃不完也不要扔掉了，到学校再吃，你们训练很苦，好好补补身子。把那个鸡蛋吃完，我突然就有点舍不得离开家乡了。我觉得有些奇怪，我一点儿都不喜欢它了，早就厌烦了到处都是牲畜粪便的村庄，厌恶了指甲里总是塞满了黑色污垢的乡亲。我甚至还厌恶母亲做的饭菜，她坐在灶台前，身边堆满了柴火，腿上落了一层灰尘，浓烟笼罩了整个灶屋，她站起来掀开了锅盖，身上的灰尘飘在空中，她搅动着勺子，浓烟呛得她连连咳嗽。我皱着眉头站在灶屋外面，突然就感到烦躁不安，我觉得母亲做的饭很脏，虽然我是吃着母亲做的饭长大的。

那时我恨不得立即就开学，我觉得我已经在家待不下去了，我已经深深地喜欢上了部队里昂扬的歌声、口哨声和弟兄们的吵闹声了，我是属于那里的，那是我真正的家了。但我站在人群中，突然很想我的母亲，想我的父亲，想我们肮脏的木扎，想那难听的方言土语，想那澄清的麦河河水。我算了算时间，我如果明天走也还来得及，完全可以在家多待一天。于是我就从人群里出来了。这时我突然听到有个苍老的声音在喊："闺女，到那里要好好坐台啊！"我吃惊地扭过头，看见一个站在检票口的老头，正在踮着脚，冲着已经进站的女儿一边摇着手一边高声喊着。那个女孩好像没有听见，头也不回地走了。我站在那里，就像做梦一样，这个像我父亲一样满脸皱纹的老头为什么要这样喊呢？他难道连一点儿羞耻感都没有了？他知道不知道"坐台"是什么意思呢？他和他的女儿跟我无关，但我突然就脸红了，低着头慌慌地走出了车站。

我只想回到木扎。我急匆匆地踏上了回家的道路，影子拖得很长，我没有看到命运的黑色翅翼已经盘旋在我的影子上面了，我就这样被命运在阳光下牵着扯着一路狂奔地扑向了我的死亡。

命运是个很可怕的东西。我很早以前就认真打量过它，比如说车祸吧，一起车祸的发生，是注定要在那一天的那一刻，不早不晚在那个地方，一个司机，一个受害人要赶在那里，双方任何一个人哪怕迟一秒钟，可能就会错过这个时间。但他们从来没有错过。再比如我的死亡，我本来是要上学走了，但我却鬼使神差地又跑回了木扎。

我爱木扎，木扎却给我带来了死亡，难道这也是命运？

木扎其实是一个很好的地方，它的北面是山，其他三面都是水。那是一个水库，河水很清，我们下去游泳时，都可以把眼睛睁开，可以看到河底的鹅卵石，甚至还能伸开手掌抓住从指缝间穿过的小鱼。我小时候，经常跳进麦河，在河边的石头缝或者水草里摸到虾子，把头掐掉就吃了。那时我很相信大人们说的，吃生虾子会长力气的。有一点那个新闻说错了，我会游泳。木扎的小孩几乎学会跑时就学会了游泳。我在部队里每年都要进行武装泅渡训练，要穿着迷彩服，带着一支冲锋枪，再背上几颗教练弹游出三千米，我的成绩在整个学员队都是靠前的，还曾经在游泳比赛中得过冠军。但我也知道，会游泳的人也会淹死的，比如腿抽筋了，比如腿被水草缠着了，还有一些莫名其妙的原因，乡亲们说是被"水鬼"拉下水了。每年夏天，这个水库总要淹死个把人，不是这个村庄的，就是那个村庄的。

我从来都没想过自己也会淹死在这个水库里。

那天我从县城又回到木扎时，并没有直接走进村庄，而是爬到村子北边那座高高的山冈上，站在雷老末荒草萋萋的坟头上向四周瞭望，贪婪地呼吸着乡村干净的空气，仔细地打量着整个木扎，瓦房与草屋和平共处但又截然不同，瓦房顶上长满了青苔，草屋都已经上了年纪，年老色衰了，几乎看不出是用干草搭成的，屋顶一片黑色，飞鸟衔来的种子落在上面，长出了一棵棵又矮又细的小树，它们和村里那些瘦瘦的小黑狗似的小孩一样，都是营养不良的。在夕阳的照耀下，整个村庄宁静安详，犹如禅定的老僧。偶尔有牛叫的哞哞声传来，还有颠倒了时辰的公鸡的打鸣声，就像一支民谣中突然出现了几个尖厉的音符，划过空气，穿过你的耳朵，让人猛地精神一振。

我其实还是深深地爱着木扎的。

后来我就看到了那群小孩，他们正在村子东边的河水中嬉戏，他们欢快地叫喊着，打着水仗。这是我小时候最喜欢玩的游戏，三四个伙伴混战在一起，河水被击打起来，向空中飘起时，会出现和夏天雨后挂在天空中的彩虹一模一样的奇观，只不过是它更小一点儿。我眼睛追随着那些奇异的色彩，它让幼小的我觉得不可思议。那天傍晚，在河边喧闹的小孩们勾起了我对儿时绵绵不尽的思念，于是我就没有再回家，而是拎着提包直接到了河边。那些小孩我都认识，他们都是一些刚上小学的小家伙们，他们也都认识我，我一直都是他们父母教育他们的学习榜样。他们继续在那里喧闹着，根本就没注意到我的到来。但我还是有点犹豫，我突然有点不大习惯在乡亲们面前暴露身体了，哪怕他们只是一群小孩。我提着包，往旁边走了十几步，然后放下提包，脱下衣服。我看了看他们，尽管他们没有一个人注意到我，但我还是有点不好意思，飞快地跑到岸边，双手举过脑袋，合在一起，像支箭一样一头扎进了麦河，动作优美线条流畅。在那所军校的游泳馆里，我经常站在跳台上，像这样优雅地跳进水里。那天可能有点慌张，动作在空中有些变形，角度不对，河水拍打着肚皮，声音很响，我感到很痛。那些声音引起了那帮小孩的注意，他们停止了打水仗，一齐扭头看我，但他们什么也没看到，只看到河面上溅起的水花和一圈圈的涟漪，他们瞪大眼睛看着水面，等着我突如其来地从另一个方向潜出来。木扎所有的人都会潜水，我在上小学时，甚至还在大人的戏弄下，潜水绕过一个小坡头，突然出现在了村里女人们洗澡的地方，把她们吓得大呼小叫。我能潜很远，还能在水下待很长时间。

那天黄昏，我一头扎进了麦河，等我蹬着腿想浮出水面时才发现，两条腿疼得像针扎了一般，沉甸甸地往下坠。我的脑袋嗡地就炸了，我的腿抽筋了！刚开始我很镇静，我甚至还对自己说，不要慌，沉住气，你才刚刚二十三岁，你不会死的。我挣扎着在水中把腰弯下，用双手使劲地拧着掐着那两条可恶的腿，但一点儿用都没有。腿上的肌肉扭曲变形，整个小腿都变得硬邦邦的，它们根本已经不是鲜活的肌肉了，而是两根冷冰冰的铁柱子。我向上伸着头，甚至能透过水面看到暗红色的夕阳，听到那群小孩狂呼乱叫的声音，他们有的妈呀妈呀地叫着，有的哭着大声喊着："救命啊，救命啊……"我用双手扑腾着，想挣出水面，但双腿却带着我更快地向下面沉去。身上的压力越来越大，像背了一座山，耳朵里像捅进了一根针，一阵阵痛得钻心，接着我就看到了飘在我眼前的像空中薄薄的炊烟的血丝，它们在水中慢慢地扩散，慢慢地消失了，那些血有的是从我鼻子里涌出来的，有的是从眼睛里出来的。我再也忍不住了，在水中扯开喉咙高声地叫喊起来，但我什么也没喊出来，河水涌进来，呛到肺里，吐出来的不是河水，而是鲜血，然后就是一片黑暗，接着是一片亮光，它们像阳光一样，但又不是阳光，我慢慢地站了起来，看到了我自己的身体静静地躺在河底，脸色乌青，脸庞塌陷下来，好像一下子瘦了几十斤，但肚子却像一个孕妇一样鼓鼓的，一只青鱼游过来，用嘴巴碰了碰我的脚，又游过来碰了碰我的鼻孔，它不认识我，也不知道我是什么东西，摇了摇尾巴走了。我伸了伸胳膊，感觉很轻，我踢了踢腿，也没有了那种抽筋后的钻心的疼痛。我看着我那静静地躺在淤泥中的尸体，眼角边流出了一行泪水，我是自己死的，根本没有救过什么人。我并不是死于河水，而是死于虚荣。我不想在那些有小孩的地方游泳，不是因为我害羞，而是我不愿意和这些小黑狗一样的孩子混在一起。我当兵离开家乡三四年了，家乡留在我身上的东西越来越少了，我也越来越不喜欢家乡了，我想离它越远越好……

　　我现在才知道，我是如何也摆脱不了它了，我爱它，又恨它，但不管是哪一种，它都留住了我，我还将成为一个小丑，永远都留在木扎的民间传说中。这是我舅舅给我带来的，甚至还包括我的父母亲，还有木扎的乡亲们，他们一起导演了这场军校学员勇救落水少年的英雄大戏。那个西装革履城里来的舅舅，彻底地剥夺了我作为一名死者的尊严，让我成为一名可恶的英雄。他甚至让我对自己的军人身份都产生了巨大的耻辱感，我给我们这支伟大的军队没有带来荣耀，相反带来的只是耻辱。那些前来真诚悼念英雄的领导和战友，实际上被狡黠的乡亲们欺骗了。他们的战友只是一个平凡的人，并不是一个什么英雄。如果他们知道我是那样死去的，我相信他们依旧会来悼念我，怀念我的，战友之间的感情永远都不会因为是不是英雄而变质，但他们永远都不可能知道这一切了。

　　过去、现在和将来连在一起，让我眼花缭乱，我看到我背着书包，捧着一本小人书边看边向学校走去；我看到我高考落榜后，在田野里发疯一般地奔跑着，脸上淌满了绝望的泪水；我看到我穿着一身没有军衔领花的军装，胸前挂着鲜艳的大红花，在别人泪水涟涟地与家人告别时，我心花怒放地向家人挥着手；我看到我端着步枪，枪刺在阳光下闪闪发光，雄壮有力地踢着正步，步调一致地昂首走在学员队阅兵队伍里。我还看到那个让我讨厌的学员队长正在向整个学员队的弟兄们读着《麦城日报》的那篇报道，他读着读着，泪水一下子涌了出来，他没办法再读下去了，弟兄们昂首站在那里，但个个已经是泪流满面了。我也站在我从前站的那个地方，我的脸上也是泪水，但我的脸通红，因为羞愧而觉得无地自容。我成了一个英雄，但我无法面对我所热爱的军队了。

五、舅舅创造的奇迹

毛主席说，人民，只有人民，才是创造历史的主人。

我觉得毛主席说得很对。我舅舅不但能创造历史，他还能掌握未来。他就是有这个本事。但我现在一点儿都不喜欢他了，真的，我一点儿都不会喜欢他了。如果他了解我，他根本就不应该这么对待我，让我像个小丑一样任人摆布，尽管我知道他可能是真心地对我好的，但这不是我想要的。我既然死了，就应该清清白白地离开这个世界，人们记着也好，忘了也好，我的灵魂都会很安静，但我现在不能了，在木扎的民间传说中，我将成为一个任人取笑的可怜虫，一个运气很坏的倒霉蛋，一个鬼迷心窍走到半路又跑回来寻死的神经病，他们谁都可以嘲笑我鄙视我。他们配合着我的家人制造着这个英雄的谎言，可能是他们心生怜悯，天生纯朴，但也有可能正好相反，他们可以因此把我踩到脚下，随意地嘲笑和鄙视。我的灵魂因此充满了悲哀和愤怒，我装作什么事都没发生一样，和雷老末一起在木扎飘荡，但我的灵魂实际上一刻都不曾安静过。一个充满了悲哀和愤怒，甚至怨恨的灵魂会发生什么事呢？我不知道，但在我生前看过的很多影视作品中，那些灵魂最终会丢失自己的本性，变成一个自己也无法知晓的恶魔。这与我对自己的道德要求背道而驰了。

我恨这个充满精明和狡黠的男人，这个我叫作舅舅的人，无论他对我的死是多么悲伤和难过，我也永远不会原谅他了。

舅舅的小轿车直接开进了我家的院子里。已经被悲伤折磨得筋疲力尽的父亲和母亲一看到他，又开始哭了。舅舅站在我面前，泪水大滴大滴地掉了下来，抽搐着肩膀，呜呜地哭了。他低着头，脑袋不停地摆动着，我真担心一不小心会掉下来。他是我们家亲戚中官当得最大的，我是我们亲戚中文化最高的，他从小就很喜欢我，他是真心为我的死亡而悲痛。他哭了一会儿，抹了抹泪水，弯下腰来拉住了我父亲母亲的胳膊，安慰他们说："姐、姐夫，你们不要难过，人总是要死的，但要死得有价值……"

父亲的哭声更大了："他死得有什么价值啊，他昨天本来就去军校上学了，却不知道怎么又跑回来了，连家门都不进，一个猛子扎进河里就再也没出来……你说说，这不是'水鬼'在缠着他是什么？他这死得有什么价值啊……"他充满悲伤和哀怨地看着我舅舅，就好像是在埋怨我舅舅。

我舅舅愣愣地站了一会儿，然后就弯腰趴在我父亲的耳边，低低地说："姐夫，你不要哭了，他死得是没价值，但我们会让他死得有价值的，活着的人总还是要活下去的。我就是来给你商量这事的……"

父亲惊疑地看着他，舅舅的眼中闪着泪花，钻心的悲痛弥漫他的全身。我当兵时是他到武装部开的后门，我要考的军校是他给我挑选的，我上中学时，他还给我提供过学费，我探亲回来时，他甚至还偷偷地给过我他攒的私房钱。他掏出一个手帕，哽咽着擦了擦眼泪，扶着了我父亲的肩膀，轻轻地说："姐夫，这里人多，说话不方便，还是到屋里再说吧。"

我在旁边捂着眼睛，泪水从指缝滑过，一阵冰凉。我知道他要给我父亲说什么。他的到来不会让我感到一丝兴奋，只会让我感到屈辱。

我和雷老末站在这个时间点上，目送着舅舅把我父亲拉回了屋里，他们把门关上，把窗帘拉上，然后把脑袋挤在一起，小声地说着话。雷老末朝我眨了眨眼，说："我现在才知道，你舅舅是个人物，没有他，这场英雄的大戏就导演不起来。"

我沉默了一会儿，闷闷地说："我从前很喜欢我舅舅，他是当排长时转业回来的。他当过兵，让我觉得亲切。但我现在很讨厌他了。他把我弄成了一个英雄，让我的灵魂得不到安宁，连我都有点儿厌恶我自己了……"

雷老末抬起头，痛苦地皱着眉头看着木扎。我顺着他的目光，看到了我舅舅正趴在我父亲的耳边，低低地说："姐夫，我一接到国栋死掉的消息就想好了，他不能白死，咱要让他成为一个英雄。"

我父亲哭丧着脸说："他是被'水鬼'缠到河里淹死的，是窝囊死的，能当什么英雄啊。"

我舅舅说："姐夫，这你得听我的。我想好了，就说咱国栋是救一个落水少年牺牲的。咱们要把报社、电视台的记者都请来，把这个事情搞大，国栋就是英雄了。"

我父亲吓了一跳，他扭头看着我舅舅，非常惊慌："这要撒一个多大的谎啊，还要上报纸、上电视，要是露馅就难办了。"

我舅舅说："你放心好了，只要乡亲们不说，就没人知道。你们家出了这么大一个事，孙家绝后了，再坏的人，这时也不会再落井下石了。你想想是不是这个道理？"

我父亲点了点头，但很快又摇了摇头，他当了几十年村支书，得罪过不少乡亲，他心里真的连一点儿底都没有。但我知道我舅舅是正确的，别看他离开农村几十年了，但他对人情世故、对乡亲们的了解，就是一个天天生活在农村的人也未必比他强。他是很聪明，但我不喜欢，我对过于聪明的人都不喜欢。

我舅舅说："你别考虑那么多了，出了什么事我给你顶着。关键是要找对人，国栋救的这个落水少年得上过学，脑子机灵，胆子还大，这样才能应付记者和将来来慰问的领导们。这事你来办，我负责让记者来宣传报道。"

我父亲还是有些犹豫，他看着我舅舅，喃喃地说："这合适吗？"

我舅舅说："姐夫，你想想吧，国栋成了英雄，他们军校会派人来看你的，县里市里，甚至省里领导都有可能来看你的，那可是要带着慰问金来的。国栋如果再评上烈士，你每个月能领些抚恤金，我姐和你的日子也能过得舒畅些。你想想，如果不这样做，那国栋不就白死了？再说，他成了一个英雄，让大家都来学习他，他出名了，九泉之下也可以瞑目了，他这兵也算没白当了。"

我父亲狠狠地抽了口烟，浓烟遮住了他，我们看不到他的表情，但听到了他沉重的呼吸声。我充满忧伤地看着父亲，心在咚咚地跳个不停，活着的人们欲望无穷，但我的想法却很简单，我不想出什么名，只愿我的灵魂能安静地栖息在大地上，聆听小鸟的歌唱，自由地在天空中翱翔。我在心里祈祷着：爹啊，你要想想我啊，你儿子不是那样的一个人，你千万不要答应，不要弄脏了我身上的这身军装，你千万不要答应啊。

但我很快就失望了，父亲从浓烟中抬起头，目光里的悲伤已经淡了，甚至还多出了一些光彩，皱纹也舒展了许多，儿子成为英雄的前景让他激动，他手都哆嗦得拿不着香烟了。一个农民的儿子，要上报纸和电视了，要成为一个人人都知道的英雄了，这是几辈子都没想过的事情啊。父亲是真心想让我成为英雄的，他那会儿甚至根本就没想到那些可观的慰问金和抚恤金，他只想到了让儿子成为受人敬仰的英雄，这是一件无比光荣的事情。父亲再看着我舅舅时，脸上充满了感激和敬佩，他说："他舅舅，就按你说的办吧……这也是为了国栋。"

我舅舅长长地出了口气，说："姐夫，这事咱们要做得周密一些，除了木扎的乡亲，谁也不要讲，我回去了连他舅母都不讲。你放心好了，我一定能把国栋宣传成一个英雄的！"

我舅舅说完，向堂屋看了看，我正静静地躺在那里，他叹了口气，声音里充满悲伤："国栋这么年轻就死了，太可惜了，他本来应该能干出一番事业来的……他如果知道自己成了英雄，会好受些的……"

我小声地哭泣着，泪水掉在地上，腾起了一股股灰尘。他们的话像一颗颗尖利的子弹飞过来，把我的心击打得破破烂烂，到处滴着鲜血，我感到钻心的疼痛。在我这并不是很大的脑袋上戴上这顶外表光鲜的英雄帽子，对我只能是一种伤害，即使它是善意的，是亲人戴上去的，但那还是一种伤害，甚至是一种侮辱，是对我的侮辱，也是对我所热爱的军队的侮辱。亲人来侮辱亲人，这是一件多么可笑的事情，但它的确发生了，他们居然还不认为这是一种伤害与侮辱。也许他们知道，只不过装作不知道罢了，农民的狡黠使他们很容易找到一个理由来安慰自己的良心。周围的空气凝结在一起，像无边无际的河水重重地压迫着我，我几乎喘不过来气了。我喃喃地说："这不是我想要的，我是一个堂堂正正的军人，不是一个骗子。他们不是为了我，他们是为了自己……"

雷老末像个大哥一样拍了拍我的肩，说："你别难过了，我永远都相信，你不是那样的人，你是木扎最好的一个人。"

我再也忍不住了，趴在雷老末的怀中，失声痛哭起来。是的，我已经把他当作我的姐夫了，我的兄长，我唯一可以信赖的亲人了。只有死者才能理解死者。活着的人是从来不会为我们考虑的，他们围绕死者做的事情考虑的都是自己。我生前看过乡下的许多葬礼，看到过许多人使劲地揉着眼睛，甚至手里藏着辣椒来刺激自己眼睛流出更多的泪水。他们并不是在真诚地哭泣死者，而是给别人看的。我知道，所有的一切都不可挽回了，我很快就要成为英雄了。我母亲和我姐姐静静地坐在那里，母亲已经痴呆了，她的心里只有我，父亲说什么，她都低着头淡淡地嗯着。我姐姐吃惊地看着父亲和舅舅，她的脸有些红了，嘴唇嚅动着想说什么，可能就只有她觉得这件事的荒唐和可笑吧，我很想让她把它说出来，但她最后只是低低地说："嫁出去的女儿就是泼出去的水，你们说怎么办就怎么办吧。"

我蹲在我家的角落里，掩着脸低低地哭泣着，荒唐的闹剧已经开始，而我却没有任何办法。

父亲很快就提着两瓶小磨油去了雷大娃家。雷大娃一家正在吃晚饭，父亲的到来很让他们吃惊，雷大娃举着筷子停在了空中，张着嘴巴，愣愣地看着我父亲。孙家和雷家毕竟有二十来年没有走动过了。雷铁虎慌慌地放下饭碗站了起来，结结巴巴地问我父亲："孙、孙支书，您、您吃饭没有？"

我父亲把小磨油放在地上，没头没脑地来了一句："雷大哥，我对不起你们啊，要不是我，老末也不会走上绝路了……"

雷铁虎忙摇着头制止了我父亲："孙支书，那都是几十年前的事了，你提它还干什么啊……国栋年纪轻轻就死了，娃子死得可怜啊……"

我父亲的泪水一下子就涌了出来，他忙用袖子把泪水擦掉，然后抽着鼻子，竭力地忍住不让自己哭出来。父亲低着头沉默了一会儿，抬起头诚恳地看了看雷铁虎，又充满恳求地看了看雷大娃，红着眼圈，低低地说："雷大哥，还有大娃侄儿，我今天厚着脸皮求你们来了，看在我死去的儿子的脸面上，看在我们孙家要绝后的分上，你们就帮帮我这个忙……"

我父亲想让雷小强成为我救起的那个落水少年。

我父亲说完后，紧张地看着他们爷俩。雷大娃阴沉着脸，大口大口地吸溜着面条，就好像我父亲并不存在一样。我父亲的脸红了，可怜巴巴地看着雷铁虎，雷铁虎放下了饭碗，双手拄着拐杖，又开始咳个不停。我爹喃喃地说："雷大哥，大娃侄儿，我知道这事让你们作难了，我这是自作自受，我对不起你们雷家，你们就是看在老末的面子上，看在我家小玲的面子上……"

雷大娃抬起头，狠狠地斜了我父亲一眼，硬邦邦地丢过来一句："你找谁不行，怎么偏偏看上我家小强了？"

我父亲脸红了一下，低低地说："小强是咱们木扎最聪明的小孩，他头脑灵活，反应快，知道在什么场合说什么话，能应付那些记者们。雷大哥，大娃侄儿，你们自己说说，除了小强，咱们村里还有哪个小孩能超过小强？"

我父亲说的是事实，再说，哪个父母不想听别人夸自己的孩子聪明啊。但雷大娃还是恨我父亲，仍旧阴沉着脸，瞄着旁边摇着尾巴的土狗，就像它是我父亲一样，眼睛里充满了鄙视和愤怒。雷铁虎看了看我爹，又看了看雷大娃，带着恳求的语气说："大娃，要不，就让小强帮帮这个忙？"

雷大娃使劲地瞪了他父亲一眼，几乎是吼了起来："你说得倒容易，老末的事怎么能说忘就忘了？"

父亲忙欠了欠屁股，调整了一下姿势，有些尴尬地看了看雷大娃，雷大娃的目光像菜刀一样砍在他身上，父亲的身子颤抖了一下。他突然就感到羞愧起来了，恨不得钻进地缝里去。我父亲在想，我这是在干什么啊？我当年虽然做得有些过分，但那是他雷老末自己找的，他一个二十多岁的大男人，勾引我那十七八岁的女儿，还让她怀孕了，这是人干的事吗？再说了，他雷老末死了，你们雷家还有雷大娃，你们雷家香火没有断，我们孙家以后就要绝后了，和我们孙家比，你们雷老末那点事算什么啊？都快二十年了，你们还记着这事！我居然还来求你们，我这是发的哪门子神经啊！我这是丢人丢到家了！

我父亲一下子站了起来，悲怆地说："雷大哥，大娃侄儿，我不为难你们了，这是我们孙家的报应，这还不够，连我和孩子他妈都死光了才能偿还你们家的雷老末！我家国栋命贱，就该死！这是报应，我不怪你们！"说完，他就踉踉跄跄地往外走了……

　　雷铁虎愣愣地看了看父亲的背影，脸上的肌肉抖动着，颤巍巍地站了起来，举着拐杖使劲地捣着地面，充满怨恨地看着雷大娃，声音像风里的稻草人一样抖个不停："你是个木头啊！你心疼你兄弟，你也得想想人家啊，人家国栋死得不可惜吗？人家还是个军校的大学生啊……孙支书这是看得起咱，你的良心让狗给吃了？都是乡亲哪，做人不能做得这么绝啊！"

　　老人又开始咳了，脸涨得通红，脖子上露出了条条青筋，他无力地捶打着胸口，手指颤巍巍地指着雷大娃："你、你要把我气死了！"

　　雷大娃看了看他父亲，眼睛里充满了烦躁和不安。他把饭碗重重地放在了桌子上，恶狠狠地看着我父亲的背影。我父亲驼着背，像条悲伤的狗凄凉地走在木扎的黄昏里，就在他要拐过一个墙角时，雷大娃终于站了起来，冲着我父亲喊道："姓孙的，你等一下……"

　　我父亲站住了，他扭过头来，他们看不到他的表情，但我看到了，他的脸上已经满是泪水了。我父亲低低地说："雷大哥，大娃侄儿，我欠你们一个天大的人情，我下辈子做牛做马还你们！"

　　我父亲走在回家的路上，心情突然就很好了，这二十来年的仇恨一下子烟消云散了，雷家其实并不像他想象中的那么坏，雷老末其实还是个好人，如果放在今天，自己一定会答应那门婚事的。时光不能倒流啊。以后一定要好好补偿雷家，雷家有什么事了，我一定要把它当成自己的事来办！父亲这么一想，浑身轻松，只要雷家同意了，其他的事情就不是事情了。他甚至都不用给木扎其他的乡亲打招呼，他们都会替他保守这个秘密，就像那个被人贩子拐卖来的女孩子，乡亲们自觉地帮着李石头把她困在木扎，没有一个人会觉得自己做错了，他们甚至会为他们表现出来的强烈的道德感而感到自豪，他们一直都是善良和纯朴的。父亲的想法是正确的。后来，我所在的军校领导赶到了木扎，慰问了父亲，很慎重地向乡亲们询问我英勇救人的每一个细节，甚至还到我牺牲的地方看了看，该找的人都找了，每一个人都很真诚给他们描述我救人的英雄壮举，甚至有的还当场流下了眼泪。他们真的相信了这个谎言。这不能怪他们，就连《麦城日报》的那个记者都从来没有怀疑过我这个英雄，尽管他的那篇报道写得并不是很真实。

父亲内心里深深地爱着木扎，爱着木扎的每一个乡亲。

乡村九月的庄稼散发出来清香的味道，木扎的树叶在风中发出了纯净的歌声，但我的灵魂却在明媚的月光下感到了前所未有的虚弱，我什么也不想看了，什么也不想听到了，我只想静静地躺在我的坟墓中，安静地睡着……

六、让亡灵安息吧

9月3日，晴。土黄用时，曲星，冲龙煞北。宜沐浴、扫舍、安葬，忌开库、出财、栽种。

我父亲说，就选在这一天吧。他们这是在商量什么时间安葬我。

母亲和姐姐没有力气再哭我了，她们的眼中已经没有泪水了。母亲的眼睛肿得很高，她已经快六十岁了，这并不是一个很老的年纪，但她就是从这时开始，眼睛以后看东西时就有点模糊不清了。

我艰难地扭动着脖子，四处张望，我在寻找我舅舅，他是不是已经回到了县城张罗宣传我的英雄事迹去了？我不愿意这么快就开始了，我想让我的灵魂再安静几天。但我没有看到他，我不知道他去哪里了。我很着急，想问问我姐姐，我看着她，她只顾伤心，坐在那里一语不发。我一脸悲愤和苍凉，面对家乡的天空和大地，我想流泪，眼睛里却没有一点儿泪水……

我着急地在人群中张望，舅舅，舅舅呢？

父亲回来了。他的脸上已经看不出多少悲伤了，他开始全身心地投入处理我的丧事。他的身后跟着一个长着山羊胡的老头，手上拿着一个罗盘，面无表情地看了看我，他是个看风水的。我是淹死的，我父亲他们认为我这是暴死，按照家乡的风俗，我是不能葬在祖坟的。这我没有什么意见，入不了祖坟，我很高兴，我现在不喜欢我父亲了，他和我舅舅混在一起算计我，把我推到悲伤和愤怒的悬崖边，让我军人的洁净的灵魂蒙羞。我对他们没有一点儿好感了。我也不想再被埋到祖坟那里去了，我已经不干净了，会让先人也跟着我被人指指点点的。更重要的是，人固有一死，父亲也会死的，他死了，就不会和我埋在一起了，我就再也不会看到他了。

父亲带着风水先生出去给我找风水宝地。我知道，他这不是为了我，而是为了让我占一块风水宝地，保佑孙家以后幸福平安。父亲是村支书，却带着一个风水先生干这种事，我觉得这很可笑。父亲却很认真，他跟在风水先生的后面，不时地给风水先生递着香烟。长着山羊胡的风水先生煞有介事地转了一圈，最后在村子北边的山冈上的一块凹地上停了下来，那里离雷老末的坟地只有几步远。风水先生放下了罗盘，口中念念有词。父亲紧张地看着他，连气都不敢出。风水先生忙了半天，站了起来，对我父亲说："就葬在这里吧。山高水长，紫气东来，贵禄齐至，将来子孙肯定能加官进禄。"父亲激动地站在那里，搓着双手，不知道说什么好了。他掏出一支香烟，给风水先生点上，又掏出一百元钱递给了他。他真可怜。我看着就想笑，孙家就我一个男娃子，我已经死了，将来还有什么子孙能加官进禄？

长着山羊胡的风水先生掐着指头算了算："9月3日，晴。土黄用时，曲星，冲龙煞北。宜沐浴、扫舍、安葬，忌开库、出财、栽种。就选在这天安葬吧！"

父亲忙不迭地点头："就选在这天，就选在这天！"

9月3日，我要被葬在村子北边高高的山冈上了。

实际上我对这里还是很满意的。位置不错，还能看到村子路口那棵大杨树，在那里，我告别家乡，成为一名军人。父母站在那里，痴痴地看着我的背影消失了，还不肯回去，盼着我能光宗耀祖地回来。现在我回来了，永远都不会再离开了。但他们不知道，我当了兵，已经成了另外一个人，我即使死了，我的灵魂仍然是一个军人的灵魂。我安葬在木扎，但我再也不会属于这里了，我再也没有比这个时候更讨厌木扎了。

送葬的队伍缓缓地走出了村庄。

按照家乡的风俗，姐姐扶着我的棺材，很艰难地走在大路上，她要流泪了，泪水挂在了她脸上，邻居花奶奶忙掏出手绢，把它擦掉了，叮嘱她说："你的泪水千万不要滴在棺材上，滴在上面了，你弟弟会成精的，长出獠牙，以后会祸害咱村庄的！"姐姐惊恐地抬起了头，忙用袖子擦了擦泪水。

村子里看热闹的人跟在后边，刚开始很安静，充满悲伤的气氛，像个令人满意的葬礼。队伍慢慢地移动着，人群忽然就有了骚动，他们在低声地传说着我即将成为英雄的消息。他们好奇地互相咬着耳朵，同情和悲伤慢慢地从他们脸上消逝了，这个消息让他们感到惊奇和兴奋，他们的唾沫星子飞溅，手指朝着我的棺材指指戳戳，那种庄重的气氛没有了，乡亲们站在路边，我的死跟他们没一点儿关系了，他们并不悲伤，也不再同情我们孙家了，他们只是来看热闹的。整个葬礼除了我的亲人们，成了一个传播小道消息的集市。我的灵魂悲哀地飘在他们的头上，我看到了他们私下里嘲弄的表情、羡慕的语气，甚至还有一种嫉妒，孙家就是厉害啊，就连人死了，人家都能拿来做文章，人家就是厉害啊。

我把目光转向我的亲人们，他们痛哭着，泪水在脸上蜿蜒，哭声在空中挣扎飘荡。父亲扔着纸钱，风起来了，吹来了庄稼的清香，吹来了鸟儿幸福的歌唱。白色的纸钱在空中飞舞，吹着白幡哗哗地响着，天空很蓝，没有一丝云彩，这是个好日子，但我的灵魂却充满悲伤。

　　我的墓还没有完全挖好。但那个我即将成为英雄的消息像个瘟疫一样传染了这些挖着墓坑的人们，他们站在高高的山冈上，看着送葬的队伍还有一段距离，就扔下了镢头和铁锹，坐在一边，抽着我父亲散给他们的香烟，喝着我父亲送来的开水，开水里放有白糖，在我们村里，只有招待尊贵的客人时才会这样。来帮忙的乡亲们议论着这个消息，对死者的同情被这个消息击得四分五裂，他们和那些看热闹的乡亲一样，开始互相打趣开着玩笑，嘻嘻哈哈的，慢慢地就转换了话题，开起带荤的玩笑来了，逗着李石头讲讲那个女高中生是什么滋味。这个丑陋的男人居然还真的讲了，他的脸色通红，被往事激动得闪闪发光，让我听得都有点脸红，为他们感到羞愧和悲哀。李石头咂了咂嘴，站了起来，解开裤子，朝着我的墓坑撒了一泡尿，还呸地吐了一口浓痰："×的，要不是孙国栋这个神经病，我现在能是一个光棍吗？嘿嘿，我现在就是死了也值得了，他这个神经病连女人都没尝过就死了，真是报应啊。"雷大娃皱了皱眉头，说："李石头，你别太恶毒了，小心他夜里去找你。"他的话让人脊背发凉，李石头的脸有些发白，乡亲们也愣了一下，他们为了把我忘掉，忙又回头逗着李石头讲得更详细一些。他们继续眉飞色舞地吹着牛。我看着他们，心里很着急，我几乎要流泪了：乡亲们，求求你们了，你们快点挖吧，你们快点挖吧！

　　送葬的队伍已经来到了山脚下。亲人们的哭声像模像样，看热闹的乡亲们越来越不像话了。我看到一个年轻的小媳妇牵着一个小男孩，他把手指放在嘴里吮吸着，怯怯地看着我。我对着他笑了笑，小男孩突然拉紧了妈妈的手，把头埋在了她的腿上，说："妈，他在看着我笑呢。"那个年轻的媳妇惊恐地看了看我，紧紧地抱着小男孩，牙齿咯咯地打战："别瞎说，别、别瞎说！"那个小男孩又慌慌地回头看了看我，他几乎要哭了："妈，他是在看我，他什么都没穿，身上乌紫，脸上还有些泥巴，他头软软地耷拉着……"周围的人们惊恐地看着他，花奶奶跑了过来，急急地对那个小媳妇说："二妮，你快把娃子领走，三岁以下的娃子是能看到鬼的，你快把他领走！"那个小媳妇苍白着脸，急急地抱着那个小男孩，慌慌地走了。她的丈夫在后面紧紧地跟着，还不时地扭过头骂上两句："×你×孙、孙国栋，你这个神经病，死了死了还吓、吓人！"

我的泪水很不争气地出来了，阳光明媚，天空瓦蓝，日子像唐诗一样耐读而有味，而我，只是一个充满了悲伤的鬼魂，一个在所有乡亲的心中已经丑陋不堪的鬼魂。这不是我待的地方，我还是应该待在我的坟中，永远都不要出来了。

送葬的队伍已经到了我的坟墓前，那些来帮忙的乡亲们竟然还没有把墓坑挖好，这在木扎是从来没有过的，这也是对死者家人的一个明显的蔑视。我要成为一位英雄了，我和我父亲却因此丧失了乡亲们必要的尊重。这是不是很有讽刺意味？我自嘲地笑了笑，想找雷老末讨论一下，但我再也找不到他了，我扭头看了看，他已经在他的坟中安静地睡着了，他的脸色安详、平静，犹如一个初生的婴儿。他也许已经累了，也许这场英雄大戏已经让他觉得厌烦了。我突然觉得，如果灵魂能够安静，死亡其实也是一种幸福。

我看看我父亲，他默默地坐在那里发呆，乡亲们表现出来的蔑视让他难受，但他又不能说什么。我不想再看到他了，那一脸深深皱纹的幽暗里，充满了乡村灰暗的记忆只能让我恶心。即使他是我的父亲，我也想离他远远的。我坐在雷老末的坟头上，低着头，聆听着内心的哭泣，犹如一片孤独的落叶，在无边无际的水面上挣扎着。我是一个军人，一个灵魂洁净的军人，是谁弄脏了我的身体？

北边的大路上突然响起了汽车的喇叭声，站在周围的乡亲们抬起头，看见大路上腾起了一股股尘土，一长溜小汽车和面包车缓缓地驰向我们的木扎。如果你离得更近些，你会看到那些车子前面都放着一张"新闻采访车"的招牌……

所有的乡亲们都已经猜出来的是些什么人了，他们交换着惊奇的目光，我舅舅的能耐震撼了他们，也震撼了父亲，他已经忘记了自己在干什么，他和所有的乡亲一样，瞪着眼睛看着那些汽车，看着那些汽车腾起的尘土……

姐姐站在那里，呆呆地看着那些站在四周的乡亲们，就连那些帮忙挖墓坑的人们也停下了手中的活计，纷纷地爬了出来，充满好奇地向大路上张望着。姐姐突然又呜呜地哭了起来，乡亲们惊讶地看着她，她恨恨地瞪了瞪他们，冲过去夺过了李石头手上的镢头，突然就跳了下来，吃力地为我挖着墓坑。我抽了抽鼻子，脑袋里像有条虫子一样咬着我，脑袋里乱成了一团，甚至还有点痛。我很心疼姐姐，站在她旁边，想去帮她。我把手放在她肩上，我说："姐姐，这不是你干的活，你歇着吧。"姐姐却好像没听见一样，继续呜呜地哭着，使劲地刨着泥土……

坟墓挖好了。村主任黄贝看了看我父亲，说："埋吧。"

我父亲愣愣地看了看我的棺材，有气无力地说："埋。"

他们把我的棺材放在了墓坑里，一股泥土的清香包围了我，我大口大口地呼吸着，清香的泥土，美丽的家园……

姐姐又跳了下来，趴在我的棺材上，脸紧紧贴在上面，放声大哭起来："弟弟，你怎么就死了，你睁开眼看看吧，你看看他们是如何糟蹋你……你睁开眼看看吧……"

父亲的脸有些红了，他皱着眉头，声音很低，但很威严地朝着姐姐吼道："小玲，你在干什么？还不快出来！"

但姐姐仍旧不肯出来，几个乡亲只好跳进墓坑里，扯着她的胳膊，要把她拉出来，他们声音很大地说："你这妮子也真是的，跳进去干什么，出来，出来！"

李石头甚至还笑着小声地对旁边的人开了个玩笑："她是不是也想被埋进去？"

乡亲们把姐姐扯出了墓坑，开始向里面填土。泥土纷纷扬扬地撒进来，落在我的头发上、脸上、身子上，我抬起头，一把泥土落在我的嘴里，我大口大口地咀嚼着泥土，泥土芳香醉人，大地是万物之母⋯⋯

泥土越填越厚，我抬起头，看了家乡木扎最后一眼，我看到了丰收的庄稼，快乐歌唱的鸟儿，幸福的乡亲，美丽的家园⋯⋯

泥土把我严严实实地埋了进去，我的眼前一片漆黑，浓重的土腥气紧紧地裹着我，我舒展四肢，躺在大地的怀抱中，就像又回到了母亲温暖的子宫里，浑身轻松、舒坦。我看到我的灵魂飘扬，慢慢地离开了木扎，我又回到了部队，在那些面孔单纯的军人兄弟中间，踢着雄壮的正步，放声歌唱着，我们歌声悠扬，嗓音纯净，在大地上飘扬，永远不散⋯⋯

（原载《西南军事文学》2010 年第 1 期）

革命烈士

受争议的士兵

我们家在镇上，我是最先拿到入伍通知书的，镇人民武装部部长让我给木扎一个叫李怀军的送入伍通知书。木扎离镇上有 20 来里路。我穿着武装部刚发下来的新军装，骑着自行车，兴冲冲地跑到木扎。李怀军正在和父亲垒院墙，当他听到自己被批准入伍的消息，从破破烂烂的院墙上直起腰，冲着院里大声喊："妈，我要当兵去了，以后再也不用吃红薯面馍了！"他的声音很大，仿佛要把天空捅个洞。我冲着他的声音向院里望去，院里站着一个头发乱糟糟沾满草叶的女人，傻呵呵地看着我。她的身后是三间草屋，屋顶上的茅草被风吹日晒得发黑了，屋顶上有一棵身子瘦弱幼小的杨树，个子长得像根营养不良的野草。

李怀军跳下院墙，手上沾满泥巴，一把拉住我的手，非要让我到屋里坐一会儿。他摇着我的手很亲热地说："以后咱们是战友了，到了部队要互相帮助。"我怕他手上的泥巴再弄到我的新军装上，忙跟着进了他们家。他们家里有一股难闻的霉味，堂屋里空空荡荡的，像冰雹过后的原野。他母亲凑到我跟前，用手摸着我的军装，一个劲地说："你这衣服真漂亮。"她的指甲缝里都是黑色污垢。我不想让她摸，可又不好意思做出明显的躲避动作。李怀军过来拉开他妈，说："妈，这是军装，我以后也要穿了。"他妈说："那你也给我弄一套，我也想穿。"他笑哈哈地对他妈说："妈，你放心，我会给你和我爹都弄一套的。"他妈这才心满意足地到一边坐下了，还是盯着我看，目光直直的，看得我头皮有些发麻。李怀军有点抱歉地看着我，低低地说："我妈精神上有点问题，不过，你放心，她不会打人骂人的。"我慌慌地应着。他父亲蹲在墙角，脸上布满愁苦的皱纹，一个劲地抽着旱烟，一声不吭。他们家的气氛沉闷，令人压抑，我坐了一会儿，赶紧找个借口走了。

　　我们在县城坐上火车前去米城军营报到时，每个人都很兴奋，特别是那些农村兵，第一次坐火车，看啥都新鲜，火车路过一个城市，他们都会挤到窗口，贪婪地往外面看，向接兵的排长打听米城是什么样子，会不会也像这个城市这么大。只有李怀军，对那些路过的城市瞥一眼就赶紧收回目光，他瞪着眼睛时刻关注着接兵的排长，排长的茶杯一空，他就迅速蹿过去，拿着茶杯去倒开水。整个车厢乱哄哄的，排长要给新兵讲事时，刚一张口，李怀军就站起来大声吆喝："大家安静了，听首长做指示。"他的声音很大，震得整个车厢嗡嗡地响。整个车厢立即安静下来了。排长笑呵呵地看了一眼李怀军，看得出来，对他的表现很满意。李怀军得意地看着我们，好像排长的小跟班。我这才意识到，自己也是个兵了，应该像李怀军那样积极表现，给首长留个好印象。我也就注意上排长了，终于逮住一个机会，趁李怀军不备，蹿过去给排长倒了一杯开水。等我回来时，看到李怀军在看我，目光里似乎有些苦恼。我朝他笑笑，心想，这又不是你的专利，咱们都是一块儿当兵的，我凭什么要输在起跑线上呢？

　　到了晚上，新兵都睡了，车厢里发出此起彼伏的鼾声。我正在打着瞌睡，有人碰了碰我的肩膀。我抬头看了看，是李怀军。他说："王红强，咱俩出去聊聊吧。"我有些不情愿，但看着他目光里带着祈求，就只好站起来，跟着他到了车厢接合部。他低着头，沉默了一会儿，低低地说："红强，有件事儿，我不知道咋向你开口。"我感到奇怪，说："有啥事你就说嘛。"他抬起头，问我："你是不是非农业户口？"我点了点头。他又问我："当了三年兵，你退伍回去是不是也会安排工作？"我也点了点头。我疑惑地看着他，他问这些干什么？他脸红了一下，说："红强，我们家的情况你也知道，我想留在部队，最好能当上军官，最差也要转成志愿兵。"他的打算挺好的，但这又关我什么事儿？他把脸扭向窗外，声音里带了点怨气："你当三年兵，啥都有了。我们家全靠我了，我要是不努力，退伍回家还是个农民……你根本就不应该和我争着表现。"我愣了一下，他绕了这么大一个圈儿，原来是为这事儿？我有点哭笑不得："怀军，这对你如果很重要的话，我就不给那个排长倒水了。"他有些吃惊地瞪着我，显然没有想到我会答应得这么爽快。他搓着手，反而不知道说什么好了。

他犹豫了一会儿，小心翼翼地告诉我，他们邻村有个军官，他前几天还带着包点心找了这个军官的父亲，想讨点在部队当兵的经验。这个军官的父亲告诉他，到部队要有眼色，要会巴结当官的，比如连长起床了，要赶紧去给连长打洗脸水，牙缸里倒满水，牙膏挤在牙刷上。他说得很认真，我却觉得很荒唐，带着嘲讽的意味问他："你告诉我这些，不怕我学去了？"他说："我不怕，我告诉你了，你反而不会和我争了，你是高中生，脸皮薄。"我愣了一下，确实是这样。他笑嘻嘻地看着我，我觉得他的笑容很狡黠，还有一点儿成功地算计了别人的小小的得意。我突然对他感到有些厌恶。

李怀军到了部队果然是这样干的。他每天晚上把扫把什么的藏起来，天不亮就起来打扫卫生。连长屋里一有动静，他就赶紧给连长打洗脸水，挤牙膏。他是新兵连里第一个被评上标兵的，连队号召我们向他学习。我很不以为然，总觉得他这个人一点儿都不实在，净是干些投机取巧的事儿。我承认除了自以为是的清高，我多多少少也有点嫉妒的成分。

和李怀军的如鱼得水相反，我在新兵连过得狼狈不堪。刚到部队时，班长第一次给我们开班务会，问每个人的入伍动机。新兵的回答五花八门，有的说自己不想当兵，是父母逼着来部队锻炼的，有的说想在部队提干当军官等等。都很老实。特别是李怀军，他先从部队里的大米饭白面馒头说起，再对比家里天天吃红薯面窝窝头，觉得部队比家里更好，自己浑身有使不完的劲，一定在部队好好干，要对得起每天的大米饭和白面馒头。轮到我时，我觉得我是个高中生，应该比别的兵们更有觉悟，就挺直胸膛，响应说，我的入伍动机是为了保家卫国，维护世界和平。班长当时就愣了，他可能想到了我这个高中生会说"保家卫国"，但绝对想不到我还想"维护世界和平"。这样的高度显然超出了他的想象，一方面他立即对我进行了表扬，说我思想觉悟高，另一方面，我给他留下了很不好的印象，这个来自河南南阳的家伙比较虚，嘴巴上有花拳绣腿的功夫，不能不防。他确实对我不是很好，不管是训练还是整理内务，他总盯着我，一旦被盯上，当然会挑出许多毛病。有那么几天，我好像成了班里最差劲的新兵，每天总要被他训斥几次。其实我做得并不比别人差。比如我的五公里越野，除了李怀军，班里没人能跑过我。但即使这样，在班长眼里，这也没什么值得表扬的。他说，你肯定练过长跑。我说，没有，我就是准备当兵了才每天跑上几公里的。他说，那你为什么不练单双杠、俯卧撑？我看你是准备打仗就当逃兵的。他还真准备把我整死呢。

我刚要再辩解两句，李怀军悄悄地扯了扯我袖子，我忙立正站好，做出虚心接受批评的样子。事后，李怀军对我说，领导说啥就是啥，他让你踩猪屎，你千万不要去踩狗屎，更不能顶嘴。我想反驳两句，但想想他这样做了，确实在连队要风有风，要雨有雨，他像凤凰在天上飞，我像土狗在地上跑，也就不好意思再和他顶嘴了。我知道他这是对我好，从那以后，稍微对他有了点好感。

新兵连结束，我和李怀军分到了一个连队。他仍旧坚持比别的兵早起半个小时打扫卫生，给连长、指导员打洗脸水、挤牙膏。这些事儿本来是连队文书干的，他抢着干了，文书没事情干，就像个二流子一样站在连部门口，充满仇恨地瞪着忙得一刻也停不下来的李怀军，目光恨不得吃了他。李怀军却好像一点儿也没感觉到，该干啥还干啥，见了文书，比对其他老兵更亲热，班长长班长短地叫个不停。文书的手上生了冻疮，他给文书一瓶冻疮膏，说是父亲从山上打死的蛇里提取的蛇油。果然很管用，那个文书以后也不好意思再拿眼睛瞪他了。

连长其实并不习惯李怀军天天去给他打洗脸水、挤牙膏，每次都很尴尬地让他不要这么干了，他点头哈腰地说着好好好，但以后还是照旧干得挺欢。老乡在背后都撇着嘴说他像一条抽了筋的哈巴狗。我把这话给李怀军说了，还劝他，既然领导不让你这么干了，你就听领导的话，不要这么干了嘛。他却笑嘻嘻地说："你还真信了连长说的？他也只是做个姿态，其实巴不得我这么干呢。"我觉得有些不像，但又无法说服他。我只得好心提醒他，你这么卖力地巴结领导，其他兵们会看不起你的。他很不以为然地撇撇嘴："你别提别的兵了，他们个个盯着我呢，我稍一懈怠，他们就会抢着去巴结领导。"这个我没法反驳，因为连我都有这个想法呢，只不过都被李怀军抢着干了，找不到机会而已。

半年总结的时候，李怀军被连队推荐得了团嘉奖，是我们新兵中唯一一个得到团嘉奖的，让我们眼红得不得了，同时在心里盼着他赶紧出个洋相，倒个大霉。没过多久，他还真被连长狠狠地修理了一顿。

连长老婆来探亲，住在团招待所。我们都没想到，李怀军却想到了。星期天，别的兵在俱乐部鬼哭狼嚎地唱卡拉OK，他跑到招待所，鬼头鬼脑地躲在一堵墙后，看着连长带着老婆出去了，就赶紧偷偷地跑去对管理员说，连长让我来打扫卫生。管理员把钥匙给他，他打扫完卫生，又把连长和他老婆的衣服也洗了。这本来也没什么，但问题是他表现得有些过头了，把连长老婆花花绿绿的内衣、裤头也洗了。据说，连长老婆回来看到后，气得当天就要回家。

连长回到连队，集合全连，黑着脸把李怀军揪了出来，吼他："我是残疾人吗？"兵们都知道李怀军做错事儿了，但却不知道错在哪里，幸灾乐祸地看着他。他低着头，低声说："不是。"连长说："我没有手吗？"李怀军说："有。"连长吼道："那你为啥跑去给我洗衣服？"李怀军看了一眼连长，小心翼翼地说："我觉得您太辛苦了，好不容易嫂子来部队了，想让你陪着嫂子好好休息一下。"连长本来憋足劲要好好地收拾一下李怀军，听他这么一说，又不好发火了，但那酝酿了半天的架势又放不下来，脸憋得通红，结结巴巴地冒出一句："那，那你也不应该给她洗裤头……"连队一下子有了小小的骚动，我们这才知道李怀军居然跑去给连长的老婆洗裤头了。

大家都觉得他很贱，有意无意地疏远了他。我也曾经劝过他一次，要干好，不是靠讨好领导，要靠自己的实力。李怀军抬头看我一眼，说："×的，我要像你这样是个高中生，能考军校，我才不会这样做呢，可我只是个初中毕业生，我不靠这个靠什么？"我舔舔嘴唇，说："你军事素质那么好，靠这个完全可以了。"他笑嘻嘻地说："这当然是提干的硬杠杠，但只有这个还不够，我得给它上把保险锁。"

除了我和他关系好一点儿，连队几乎没人理他，觉得他太功利了。还有，他那么积极，显得别人就比较落后。他像一泡臭狗屎，人见人躲。我其实也有点躲着他，我怕和他走得太近，其他兵们也会孤立我。这种情况一直持续到年底，大家才开始慢慢接受他。

主要是他做了一件别人都做不了的事儿。

那是一个双休日，我们去打扫训练场旁边的一个公用厕所，粪坑里有块大石头。粪都被舀出来浇菜地了，我和几个兵用铁锹想把那块石头弄出来，但怎么都弄不出来。排长站在旁边指挥，几次都失败了，大冬天的，排长急得头上都出汗了。李怀军打扫完厕所，拿着扫把过来，有个老兵带着嘲讽对他说，你不是想好好表现吗？你跳进去把它搬出来啊。李怀军哦了一声，又伸头看了看那块石头，把身上的军棉袄脱下，捋起袖子，趴着粪坑的边沿就跳下去了。

我们刚开始都抱着膀子笑嘻嘻地看热闹，但李怀军真的跳到臭气熏天的粪坑里了，我们都不好意思笑他了，闹哄哄的队伍一下子安静下来，看着他双手抱起石头扔了出来，臭味跟着石头轰地散开，兵们慌慌地向四周跳开。李怀军爬出粪坑，身上布满颜色可疑的粪便。兵们不吭声了，所有的人心情都很复杂，甚至都不敢和他目光对视，脸扭向一边，装作看风景的样子。

我有些得意扬扬地打量着那些兵们，你们不是讨厌他吗？可他做这些事情时，眉头都不皱一下，相反，你们自作清高地看不起他，但如果让你们跳下粪坑搬石头，你们会跳下去吗？除非排长命令。但部队的事情，并不是全靠命令，更多的是靠自觉。

经过这件事，李怀军的处境稍好了一些，不少人改变了对他的看法。我当然也很高兴，我从此认定他是一个不错的兵，值得交往下去。李怀军是我们新兵中第一个入党的，他军事素质没得说，五公里越野全连第一，射击、战术都不错。连队的光荣榜上每周都少不了他。

第二年开训时，他被树为了团里的训练标兵，要在全团军人大会上发言。我这时已经调到团政治处报道组了，他求我给他写了一个发言稿。我本来写得很实在，但他做报告时，自己又加了很多内容，比如他说自己从小就无比崇拜解放军，从心窝窝里热爱人民军队等等。他还讲，他有一个表哥扎根雪域高原，献身国防，在一次手榴弹实弹投掷中，一个新兵把手榴弹掉在了脚下，在 3.5 秒的时间内，他把吓呆的新兵推进防护壕，他自己却壮烈牺牲了……

李怀军站在台子上，铿锵有力地做着手势说："同志们，想想吧，3.5 秒，根本不够我表哥考虑是救新兵，还是自己跳进防护壕。他根本就没考虑，本能地把自己的生命抛在一边。这是一种什么精神？"他还说，当他得知表哥英勇牺牲的消息后，痛哭一场，从那时起，他就立志要接过表哥手中的枪，长大要当兵，做一个像表哥那样的革命军人。阳光照在他身上，他满面红光，脸上的青春痘颗粒饱满，生机勃勃，仿佛即将怒放的花蕾。

师里听说这件事后，高度重视，让他在全师做巡回报告。那段时间，他很是风光。

老乡们私下里议论，都说这是他瞎编的，他根本没有这样一位表哥。我也感到疑惑，悄悄地问他有没有这回事儿。他承认是自己虚构的，但他说，这和你写的小说一样，源于生活高于生活，肯定会有这样的解放军，我只不过为了增加可信度说他是我的表哥，这样做起报告效果更好。我哭笑不得，劝他还是要老实本分一些，气球吹大了，破了就很难看。他笑嘻嘻地听我说着，不时地点头，但我觉得他似乎并没有听进去。我没把他往坏处想，在心底里甚至觉得他说的也不是没有道理。我们的友谊还是比铁更硬，比钢更强。

我那时怎么也没有想到，李怀军并不像我想象中那样是个好人，他后来的所作所为超出了所有人的想象。他根本就不能算是一个合格的革命军人，甚至连个普通老百姓都不如，普通老百姓都不会像他那样干的。

村姑、士兵与爱情

那年夏天，我们部队去安徽磨盘山区野外驻训。磨盘山区有个村庄，村里有个姑娘叫毛暖暖。那天她去地里锄草，看到一辆辆军车，车厢里坐满士兵，一个个风尘仆仆，怀抱闪着蓝色光芒的冲锋枪。每个人都懒洋洋的，睡眼惺忪。当军车经过毛暖暖身边时，突然拉了一声长长的喇叭，把她吓了一跳。车厢里的士兵瞬间清醒了，他们扒着车帮，大声地冲她嗷嗷地叫着，眼睛闪闪发光，还有人把手指放在嘴里吹着口哨。弥漫的尘土和卡车疲惫的吼声遮住了士兵们的口哨声，她站在地头，不知所措。

解放军在磨盘山区安营扎寨，村民们奔走相告。他们很快发现，解放军也是人，同样要吃饭喝水，洗脸刷牙。有些村民便带着食物和日常生活用品在帐篷外围转悠，茶叶蛋、火腿肠、啤酒，这些东西很受当兵的喜欢。当兵的还很大方，只要价格不太离谱，一般都不计较。毛暖暖的父母看着眼红，他们去了一趟玉米镇，批发回来几箱火腿肠和方便面，让毛暖暖挎着篮子去卖。她有点难为情，不想去。母亲说，人家都能去，你怎么不能去？她只好忸忸怩怩去了。

卖东西的时候，毛暖暖捡了一张报纸。村里很少见到报纸，她把它当宝贝一样拿回家。她读完小学就辍学了，在磨盘山区，很少有女孩子念中学。虽然只有小学文化，但她却喜欢看书，报纸上有篇文章吸引了她，文章标题是《天空为什么那么蓝》，写的是一个士兵入伍后的感受。她记住了作者的名字——王红强。她从未想过，有一天，她竟然会认识他。

在她的回忆中，一切都是自然而然发生的。她每天挎着篮子赶到那里，别人挤着喊着那些士兵，买我的吧，买我的吧。只有她躲在人群里，脸通红通红的，一声不吭。有一个士兵总是挤过来买她的东西，有时买一包方便面，有时买一根火腿肠。眼睛温柔地看着她，像会说话一样。她闻到了他身上的汗味，这让她紧张，笨手笨脚，不是拿错东西，就是找错零钱。他耐心地等着她，提醒她。她渐渐习惯看到他，哪怕他不过来买她的东西，只要看到他，心里便觉得踏实。

有天中午，天气很热，这个时间买东西和卖东西的人都很少。母亲让她歇个晌，睡一会儿。她却挎着篮子去了军营，心想，说不定会碰到他呢。

他果然就在那里，像是专门等她。看到她，咧开嘴，露出一口白牙对着她笑。他的样子傻乎乎的，她的心情一下子放松了。他问了她的名字，说暖暖这个名字好。她想问问他的名字，但又觉得开不了口。似乎没什么话说，她想了半天，好不容易找到了一个话题，问他："你们军人挺辛苦的，我看过一个叫王红强的当兵的写的散文《天空为什么那么蓝》……"

他登时怔住了，深深吸了一口气。她问："你怎么了？"他眯着眼睛，笑嘻嘻地说："我，我就是王红强。"

她瞪着他，呼吸急促，有点喘不过气。怎么这么巧？没想到他竟然是王红强，太意外了，太令人吃惊了。能发表文章的人，她还没有见过呢。她的声音都颤抖了，由衷地夸赞："你真厉害。"

他像个害羞的小男生，搔了搔头，"哎呀，这有什么，雕虫小技，雕虫小技。"

他眼睛发亮地看着她，好像有许多话要对她说。军号不早不晚在这个时候响了，他慌忙向她告辞，买的东西也忘了拿。她看着他的背影，风从山上吹下来，抚摩着她的脸，她感到脸上一阵滚烫。

她每天像只惊慌的兔子，急急忙忙跑到那些军人训练的地方。她渴望见到他，又怕见到他。巨大的自卑像水一样淹没了她，她感到胸口很闷很痛。她有时又生自己的气，军营寂寞，他只是想和她说说话，打发无聊的时光而已。时间一到，他就会走了。在那个色彩斑斓的世界里像鱼回到水里一样自由自在地生活，会把她忘得一干二净。想到这里，她总是想哭。

后来她就病了，头痛发烧，躺在床上像死去了一样。她愿意就这样死去了。然而，他的脸总是在屋顶晃着，朝她笑，眼睛闪亮。她多么想像一阵风，像空气，悄无声息地潜入他的身体，看看他的心，假意或者真心。他的脸消失了，那些坐在车上的士兵大声噭噭地叫着，把手指放在嘴里吹着轻佻的口哨。她闭上眼睛，觉得自己像个傻子一样。她只是一个山里姑娘，一个连县城都没有去过的女孩，她会像这里的每一个人一样，默默老去，骨头在泥土下腐烂。这是山区所有女人的命运。泪水涌了出来，她再也不会去见他了。

她的病好了，她不再去卖东西了。父母不明情由，责备她偷懒，但她就是说什么也不去了。

王红强却找来了。他让村里一个孩子给她送了一张纸条，约她晚上在村口南边的麦秸垛边见面。

她愣愣地看着那张纸条，他的字迹粗犷有力，和他的面孔一样棱角分明。他的文章就是用这样的字写成的吗？一个个字像一颗颗子弹呼啸而来，所有的犹豫轰然倒塌，她知道她无法拒绝了。她只有小学文化，除了在山区嫁个老实巴交的农民，生几个孩子，养一群猪，看不到有什么希望。而这个叫王红强的军人，却能带她走出山区，让她成为一个令人羡慕的军嫂，在城市里干净的马路上手挽手地散步。他会爱她吗？他会娶她吗？她觉得不大可能。但万一有这种可能呢？这是唯一一个离开山区的机会。她抓着那张纸条，手里的汗把纸条浸湿了。她把它贴在怦怦跳动的胸口，她决定去赌一把。

那天晚上，她慌慌地从家里出来，借着墙角阴影的掩护，顺利到达了麦秸垛，甚至连一条狗都没有惊动。她茫然而又不安地站在那里，麦秸垛的阴影像来历不明的野兽，随时要将她吞噬。阴影里传来轻微响动，他像一个特务站在那里，低低地呼唤："暖暖，我在这儿。"

她在他两三丈远的地方停下来，说："我不去，有什么话你快说。"

她的目光充满戒备，声音颤抖不安。她对此并不掩饰，她想让他感觉到，她是认真的，同时也是充满疑虑的。

他把腰挺直，满不在乎地说："怕啥，咱们正大光明哩。"

多么胆大的士兵，多么直接，多么随便，这让她更害羞，但也让她更高兴，心里的花儿一朵朵欢乐地叫喊着，含苞欲放，她不得不紧紧按住剧烈跳动的胸口。他又来抓她的手，她还是坚决地甩掉了，站在那里一声不吭。她甚至喜欢上看他着急的样子，皱着眉头，左右张望，急不可耐，他到底想要什么？这是爱情吗？他是一个来自远方的大兵，遥远得超出了你的想象，你不能让他成为你生命中的一个过客，你要让你在他心里落地生根。如果这是爱，就让它结出沉甸甸的果实。

他痛苦地说："暖暖，我们再过一段时间就要走了。"

她愣了一下，是的，从他们来到山区到现在，已经一个多月了，他们最多还有不到一个月的时间。时间过得多快。她还是没吭声，心思比月光下的杂草还要乱，她告诫自己要保持必要的矜持，不能让他随意得逞，越是不容易得到的，他才会珍惜。她看了看他，漫不经心地说："你们走了，关我什么事？"

他急急忙忙地说："咋不关你的事？我们可能再也不会来了，咱俩不知啥时才能又见面。"

他急切地看着她，她咬着嘴唇低着头不说话。

他的胆子更大了，说话更张狂："暖暖，我以后肯定会想你的。"

　　他认真地看着她，月光照着她细长的脖子，像平滑柔软的河水。他使劲地咽下一口唾沫，急得不停地搓手，额头上渗出细细的汗珠。

　　他咂了咂嘴，说："暖暖，我们这个部队是个王牌部队，现在世界乱成一锅粥了，只要一打仗，我们就得第一个冲上去，说不定我就会死了，你想见也见不到了。"

　　她什么都不懂，但她被他说的吓着了。那些炸弹从天而降，子弹像雨点一样落下，士兵的尸体躺在地上，像秋天被砍倒的高粱，满地鲜血在流，雨水冲刷掉他们破烂的皮肉，露出白色的骨头……

　　她的眼里蓄满泪水，再也无法保持必要的矜持和镇静，她几乎要哭了："你们真的会打仗吗？"

　　他过来抱住她，紧紧地箍着她的腰，趴在她耳边，像是刚刚跑过几千里路，气喘吁吁，带着炙热的汗味和燃烧的火药味："暖暖，暖暖，我爱你我爱你！"

　　她几乎要晕过去了，他的身体紧紧挨着她，男人的气息像愤怒的海一样拍打着她瘦弱的心脏。她闭着眼睛，仿佛灵魂已经飞离身体，整个身子都软软地靠在他身上。她想说点什么，但他不会让她说的，嘴巴亲着她的额头、鼻子，最后贴在她嘴上，固执地深入，噙着她的舌头吮吸。她的身体蠕动着，两只手紧紧抱住他的脖子，像个饿坏的小兽，急切地拱着他的脸。他把手伸到她的胸前，解开了她的第一颗纽扣。少女的身子刺痛了他的眼睛，他再解开一颗，更多美丽的肌肤暴露在月光下，他的心痛苦地呻吟着，叫喊着。他把脸从她的脸上移开，吻她的脖子，脖子下面的胸。

　　她突然醒了，一下子推开他，叫了起来："你耍流氓！"

　　她的声音把苍白的月光撞得晃了一下，整个世界一下子变得既真实又虚假。她的力气那么大，他毫无防备，往后退了两三步，身子晃了晃，差点摔倒。他吃惊地看着她，眼睛里充满疑惑。

　　她吓坏了，刚才的一切极不真实，她感觉到了他做的一切，她在心里叫着不能，不能这样，但她的身子却那么渴望和他紧紧相拥。她想不应该是这样的，她没有任何资本能留住他，她的身体是他最渴望的，那就更不能轻易地遂他的意。她完全拥有他时，她才应该是他的。外面的世界是一个无边无际的大海，他是一条随时会游走的鱼儿。她的身体是饵，她要以此来诱惑他、折磨他，无论他游得多远，总会回过头来找她。如果就这么轻易地给了他，他还会回来找她吗？

她低头看着自己被解开的两颗纽扣，脸红得像被太阳烧熟的天空，她急急地想把扣子扣上，扣眼却总是那么小。有那么一会儿，她对他充满了恨意，他会不会觉得自己是个轻浮的女人？他会不会觉得自己是个很随便的女人？她几乎要哭了，千万不要让他有这样的想法。她对他是认真的。

他急切地抓住她的手，说："暖暖，我爱你。"

她低着头，喃喃地说："你真爱我吗？"

他毫不犹豫，一刻都没有让她等待，说："爱！"

她反而更加不安，爱在他那里，就像装在口袋里的一块零食，随时都可以拿出来给她吗？他怎么能这么随便、轻易地说出这个字呢？这是不是他给她下的饵，以爱的名义让她咬钩，占有她的身体？她不由得打了一个冷战，不想再待下去了，她想走，想快点离开这个地方，远远地离开，再也不回头。

事情始终在她的掌控中。她和他约会，偷偷地借着山区树木的掩护，在绿油油的青草地，在遮着阳光的山沟里，他们紧紧拥抱，深深接吻，仿佛要把对方吞进自己的身体。他抚摸过她的身体，但她一直把握着她的底线，那就是绝对不能让他占有自己。他也曾经生气过，他告诉她，他的某某战友和哪一个村庄的谁谁恋爱了，他们已经那个了。他说这话时，她就勃然变色，坚决不允许他把她和别人混在一起，她不是那样的女人。她说这话时，无比地憎恨自己，多么虚伪的人啊，你装出一副圣洁的样子，实际上你是怕自己抓不住他的心，你在使用各种手腕牢牢地抓住他。她的心情一下子糟糕极了，他使劲地哄着她，想尽一切办法逗她，但都没有用了，两个人只能不欢而散。

夜晚到来时，她一个人孤独地躺在床上想着那个士兵时，又有点不安，如果一直这样下去，他会不会失去耐心，在伤心地离开磨盘山区后，把这段经历当作令人羞辱的失败？如果是这样的话，她将永远失去他。她瞪大眼睛，在黑暗中盯着屋梁，反复权衡利弊，决定在他们离开磨盘山区最后一次约会时把自己交给他。这样的时机最好，他不会厌倦，只会更加迷恋她、思念她。她在黑暗的夜色中流下了泪水。

这样的日子很快就来了。那天晚上，他们爬到高高的麦秸垛上，她拉着他的手引导着他，他的手是颤抖的。相反，她呼吸平静，她甚至有点恨自己，这和想象中的羞涩与忙乱并不一样，她表现得好像一个老手。金黄色的麦秸散发着清香，他紧紧抱着她的身子，浑身颤抖。他怎么也解不开她衣服上的扣子，额头上冒出一串串的汗珠。她不得不自己解开。他们像河里的鱼在月光下游动，天空中明亮的星星仿佛是一只只眼睛，她羞愧地捂住了自己的脸……

她对他说，这是我第一次，你是我第一个男人。我们乡下对这种事儿很在意，他们要是知道了，会看不起我，你一定要对我负责，把我娶走。

他说，这也是他的第一次，他一定会娶她。

第二天，那些士兵走了。乡亲们站在路边，目送一辆辆军用卡车隆隆地开走了。她不知道他在哪辆卡车上，她冲着每一个士兵挥手，但她一直没有看到他。她觉得自己的身体一下子变得空空荡荡的。他走了，把她的心也带走了。

他给她写了很多信，也给她寄来了他写的文章，她有些能看懂，有些看不大懂。她到镇上找来一本字典，也开始给他写信，她给他写了一封封信，他说他要提干了，她就祈祷他顺利地提干成为军官，将来把她带走。你要做一个负责的男人——她总是这样说。

士兵去哪里了

那年夏天过去了，接着是秋天和冬天。春天来的时候，我还在米城郊区的军营里当兵，每天都在抓紧时间温习中学时的课程，准备参加7月份的军校招生。

突然有一天，在纠察班当班长的老乡胡家野把电话打到报道组，他抑制不住在电话里哧哧地傻笑："老王，你快来吧，有人找你。"他们纠察班就在部队大门口，负责盘查登记进出部队的人，或者修理那些不假外出和军容风纪不整的士兵。我感到纳闷，当兵三年，没有人来找过我。我在这个城市没有一个熟人，我父母在遥远的豫西南伏牛山区，从来没有出过那个县一步，在这复习考军校的时间里，他们更不可能千里迢迢地来看我。

纠察班的士兵经常这样给老乡开玩笑，让人屁颠屁颠地跑过去，白白高兴一场。我皱着眉头，警惕地说："我正在复习功课，7月就要考试了，我可没空和你玩。"

他显然有些着急了，不再给我开玩笑了，很严肃地说："王红强，我可是正儿八经地给你说的，不是吓你的，你现在听好了，是一个女——孩——子找你！"

我更加肯定他是在给我开玩笑的。我们从当兵那天起就知道，士兵严禁和驻地女孩谈恋爱。这是一根高压线。如果违反这条军规，别说考军校，连部队都可能待不下去了。我也笑了："老胡，你以为我会上当吗？你有本事就把她送到政治处我领导那里去吧。"

他声音里充满疑惑："老王，这到底是怎么回事啊？人家是找你的啊……哥们儿刚开始也有点不信，反复问她好几遍，还让她把名字写出来，人家就是找你的啊……"

他的口气不像开玩笑的，我也疑惑了："真的有个女孩子找我？"

胡家野很肯定地说："这不是开玩笑的，她现在就在部队门口，哨兵把她拦住了，多亏我正好也在，把她叫到纠察班了。要不是我，她闯进部队，你们领导要是知道了，哥们儿，你就别想考军校了，还是跟我一起回家挖红薯去吧……"

我打断他："你别瞎扯了，我没有招惹过任何一个女孩子……是咱老家的吗？"

胡家野说："不是的，是磨盘山的，你去年有没有去磨盘山演习？"

他还没等我回答，又叫了起来："哥们儿，你真是玩大了，我看你如何收场吧。"

我握着话筒的手不停地颤抖，另一只手按在桌子上，桌子上的水杯也在轻微地晃动着。我的声音也是颤抖的，慌慌地对胡家野说："她在哪里？她在你身边吗？"

他的声音低了下来："不在这里，我在纠察班隔壁。真有这事啊？那你快来吧，我们排长这会儿正好不在，你快点来把她领走，让我们排长撞见了，我是无论如何也保不住你了……"

我忙说："你别让她进来，我现在就去见她。"

他说："好的好的。乖乖，哥们儿，果然是不叫的狗才是会咬人的狗，看你平时老实巴交的，原来比我们纠察班这帮狼们还坏……"

我放下电话，整个身子发麻，脑袋嗡嗡地响：她找的是我老乡李怀军。

我这位老乡现在是一营部有线班班长了。团里已经把他报上去准备提干。我不会嫉妒，只会为他高兴。我们是铁哥们儿。我文化课好，他军事素质优良，在集团军比武，次次都要拿名次。但现在这件事，实在让我恼火，他不但欺骗了那个磨盘山区的女孩子，还欺骗了我。去年他从磨盘山区回来，拉我到团部招待所喝酒，告诉我说，他在磨盘山区谈了个女朋友，但她不能把信写到连队给他，因为连队的人一看就知道是怎么回事。他只能让她把信写到我这里来，为了保险一点儿，就不写让我转了，直接写我的名字。他搂着我的肩膀，说："老王，你知道的，咱们收到的信，其实领导都看过，没问题才封上又给你的。你这里还好，在机关，当官的素质高，没人这么干。你就帮帮老哥这个忙吧。"他的眼睛很亮，里面水珠晶莹滚动，几乎要流出来了。我最怕两个大男人动感情，忙举起一杯酒，大声地说："好好好，老李，你放心，我都会转给你的，我绝不会看的。"事实上我也是这么做的，从来没有想过要看看他们的情书，尽管我很好奇。那时我正处于青春期，像条发情期的狗一样渴望女人，但我控制住了。

但我做梦也没想到，他一直存心在欺骗这个女孩子。有一次，信到我手上时，已经破损得不成样子，我用小手指轻轻一挑，信封就开了。我觉得看看哥们儿的情书也没什么，于是我就看了。第一句就吓了我一跳，是"亲爱的王红强"。那个叫毛暖暖的女孩在信里没有提过李怀军一句，全是"亲爱的王红强"。

我被整个搞糊涂了，他让我替他转信，也不至于在信里也用我的名字吧。我被自己的想法惊呆了：他在和那个叫暖暖的女孩谈恋爱，自始至终用的都是我的名字，根本就没有把自己的真实姓名告诉她。换句话说，他在欺骗人家。我做梦也没想到李怀军会这样干，并且还冒用我的名字来干，亏得我还一直把他当作铁哥们儿呢，别的兵看不起他，我可从来没有嫌弃过他。

我被他卖了，还替他数钱呢。

我把电话打到一营部，说："这里又有你一封信，你快过来吧。"

他兴冲冲来了，我冷冷看着他，说："怀军，真没想到你还来了这么一手。"

他惊讶地问我："你这是什么意思？信呢？"

我把那封信甩到他面前："你自己看吧。"

他发现信封口开着，竟然恶人先告状，质问我："你怎么能拆别人的信呢？"

我说："我就是拆了，怎么着？我如果不拆，还不知道有人冒用我名字和人家谈恋爱呢。没想到你这么龌龊，冒用我的名字就罢了，还欺骗人家姑娘，你还有点人性吗？"

他自知真相大白，理亏，垂下头，眼睛躲躲闪闪地不敢看我。

我皱着眉头问他："你为什么要用我的名字？万一事情败露，是不是就找不到你了？如果我不知道，这事是不是都要栽到我头上，让部队处理我？"

他慌忙地摆了摆手，说："老王，我不是那个意思。你本来也没去那里，部队不会找你事的。她看过你的文章，我当时也是虚荣，又怕部队知道，没有多想，顺口就用你的名字了。后来，后来，我想告诉她真名，可我，可我开不了口。"

我问他："你接下来怎么办？"

他沉默了，低着头蹭着地，脸上的表情变化多端，无法捕捉他的真实想法。过了一会儿，他说："老王，我以后不麻烦你了，我会写信给她说一下，不让她把信写到你这里了。"

我问他："你准备怎么给她说，要老实坦白吗？"

他犹豫了一会儿，摇了摇头，说："我还是不告诉她了，让她留个幻想吧……我也说不清，我原本没打算和她谈什么恋爱，但，但我后来还是喜欢上她了。我也不知道该怎么办……如果我去年没有去磨盘山区就好了。"

这件事真的超出了我的想象，我对这个老乡已经彻底失望了，在所有败坏的品质中，我最讨厌欺骗和撒谎。我不想再理他了，淡淡地说："你们的事，我不想管，但你记着，以后绝不能用我的名字。"

他忙一个劲地点头说，好好好。

他软软地站在那里，像一个被抽去筋骨的汉奸。我居高临下地看着他，真替他身上的那身军装害羞。我们是最可爱的人，当那个少女知道真相后，他将是一个最坏的人。

我想了想，对他说："你要是爱她，你就让她等两年，你当了干部，你就娶她。你要是不爱她，也告诉她，不要让她再存有幻想了。不管你要告诉她什么，你都用你本来的名字告诉她，别牵扯上我。"

他连忙答应了。他那天离开我这里时，脸色羞愧、凝重、悲伤，脚步沉重，就像走在沼泽里，每一步缓慢而又吃力。

后来，那个女孩子再也没有来过信。

现在，她从遥远的磨盘山区来了。她找的是我，这说明李怀军还是没有告诉她真实情况。

我真想揪着李怀军，狠狠地扇他一记耳光。我把电话打过去，他很快气喘吁吁地跑过来了，苍白着脸，说话结结巴巴："老，老王，你要帮帮我，一定要帮帮我，我就要提干了，部队要是知道了这件事，我，我就完蛋了，你知道我们家的情况，也知道我这些年有多不容易，你一定要帮帮我……"

我着急地说："她就在部队门口，好在咱老乡胡家野把她拦下了，我怎么帮你？她一看到我，就知道我不是那个人，我怎么帮你？"

他抓住我的手，说："红强，你能帮我的。我那次回去就给她写了封信，说我调到另外一个部队了，不让她再写信来了。我想时间长了，她就会把我忘了。你去给她说说，你就说我已经调走了，你也不知道我去哪里了，没办法联系我。"

我说："这不还是在欺骗人家吗？"

他哀求我说："老王，你知道我提干的事正在节骨眼上，咱们团就我一个人提干，多少人在盯着。我现在任何一点儿事都不能出，一点点风吹草动，我这事就会完蛋了……老王，你一定要帮帮我。"

我恨恨地看着他，有那么一会儿，心里还有点小小的得意，他那么风光，终于也有栽跟头的时候了。他在连队吃了那么多苦，无论别人如何议论他，他都不为所动，努力地表现自己。这个事情一出来，一切都将化为乌有。我仿佛看到他正驼着背，背着犁铧蹒跚地走向田野，太阳照着他，他额头上布满汗水，汗水流进眼睛里，他擦了一下，看看手背，不知道那是泪水还是汗水。我又觉得他很可怜，同时又很看不起他。

我问他："你提干了，当了军官，是可以娶她的。你为什么还要骗她呢？"

他的脸色一下子灰暗下来，低低地说："我不是不想娶她……她要是城镇的，有工作，我也会娶她的。我好不容易才从农村出来，怎么能回头再娶个农村的。再说，咱当兵的，哪里有空陪孩子？将来教育孩子还得靠她，可她只有小学文化程度……"

我充满厌恶地看着他，他心里什么都清楚，知道自己想要什么，可还是和人家谈恋爱，这真是没事找事。我为什么要管他呢？我完全可以撒手不管，让他自己出面。如果摆不平的话，他就完蛋了。他退伍回家，这一生就只能是个农民了。这也是他活该。

他见我还有点犹豫，突然直直地看着我，说："你这是帮我，但同时也是帮你自己。我用了你的名字骗她，这是很恶劣的，但你给我转了很多次信，后来还知道了这事，你却没有向领导汇报，这属于知情不报。领导要是认真起来，你也会有麻烦。"

我愤怒地看着他，他所说的，我不是没有考虑到。领导最讨厌的就是自己眼皮子底下的兵出事儿。我就是领导眼皮子底下的兵。

领导要是追究起来，绝对不会放过我，我还能不能考军校都成问题。他说对了，我和他是拴在一起的蚂蚱。

如果这事没有牵扯到我，我才懒得管呢。

我气急败坏却无可奈何，只得骂骂咧咧地去了。那个女孩正坐在纠察班里，一点儿都不漂亮，眼睛很小，眉毛有点杂乱，皮肤被山区的风吹得很粗糙。她显然精心打扮过，穿着一件打着蝴蝶结的白色上衣，牛仔裤的侧边绣着一朵鲜艳的牡丹。她虽然打扮得像一个城里的女孩，但她胆怯的表情和卑微的眼神，还是让人一下子就看出来她来自贫穷的乡村。老乡胡家野看到我，笑嘻嘻地对她说："来了，来了，这就是王红强。"

她慌慌地站起来，看着胡家野，问他："他在哪里？"

胡家野惊讶地看看她，犹豫着指指我："王红强就是他啊。"

她瞪大眼睛看着我，好像被吓坏了，脸色泛起一片潮红。她朝我摇了摇头，使劲咽了一口唾沫，声音里已经带着哭腔了："我找王红强。"

胡家野抢着说："他就是王红强，就是他，他跑不掉的。"说完，扭过头像个傻子一样得意地朝我笑。

她脸色越来越难看，潮红褪去，变成纸一样的苍白，仿佛缺氧。她艰难地喘了口气，直直地盯着我，眼神里带着祈求，问我："你真的是王红强吗？你是骗我的吧？"

胡家野看出了不对劲，他咋咋呼呼地叫道："怎么回事？你是不是遇到坏人了？给我们说说，要是哪个当兵的欺负你了，我们把他送上军事法庭，枪毙了他。"

她像是被"军事法庭"和"枪毙"吓到了，蓦地看看胡家野，又看看我，眼里泪花闪烁，脸上充满悲伤，两串眼泪在她脸庞闪闪发亮。她拼命克制着不让自己哭出声，嘴角撇了撇，埋下头，揩着眼泪。我怕待的时间长了，被胡家野看出来就麻烦了，忙说："毛暖暖，你先跟我走吧，我什么都知道，我都会告诉你的。"

她看了看胡家野，胡家野挥着手，像赶羊一样驱赶着我们，说："走吧走吧，再不走，我把你们两个都关起来。"他说完，为自己的幽默呵呵地笑了起来。

她站了起来，身子移动得缓慢、颤抖，如果不是门口哨兵充满惊诧地看着我们，我真想拖着她走，赶快离开这个要命的地方。部队任何一个首长看到，只要问我们一句话，所有的事情就都败露了。

她单调的脚步在我身后吧嗒吧嗒地响着，像锉子一样尖厉地敲打着我的耳膜。我感到很烦躁，有那么一会儿，我真想扔下她不管了，我干吗要惹这个麻烦呢？我苦笑着摇了摇头，不是我管不管的问题，而是麻烦已经上身了。我希望她能安静下来，悄悄地回去。这个事情闹大了，对谁都没好处。至于李怀军，我永远都不会原谅他的。

我把她带到部队旁边的"豫西人家"酒店，这是我们老家的一对夫妇开的一个小酒店。我特地要了一个包间，她如果伤心地哭了，也不会惊动外面的人。

她苍白着脸，问我："你真的是王红强吗？你是骗我的吧？"

我有点不耐烦了，我已经给她说得清清楚楚了，她怎么还不相信呢？我把士兵证递给她。她伸手接过去，仔细地看着，就像警察查看一个可疑人物的证件。她看了很长时间，几乎要把证件看进眼睛里，吃进肚子里。她拿着我证件看时，两只手一直在哆嗦。

她问我："那他是谁？"

我说："你别管他是谁了，你只用知道他是我老乡，用了我的名字。他现在调到其他部队了，我也没有他的联系方法。"

她愣愣地看着我，拼命克制着不让自己哭出声来，肩膀神经质地抽搐着。真是一个可怜的姑娘，李怀军那么拙劣的骗局，她居然就信了？但我不能再刺激她，我得把她哄住。我想了想，安慰她说："他正处于提干的关键时刻，也许这段时间不方便联系你。"

她凄惨地笑了一下，摇了摇头，说："谢谢你，你不用再骗我了，他既然用了一个假名字，那就说明他一开始就没打算和我在一起……他也说他调到一个新部队了，让我不要给他写信了，等他安排好了，会给我一个新的地址，快一年了，我一直没有等到他的信……你们当兵的总喜欢骗人吗？"

她直直地看着我，柔和的眼睛里带着凝重、悲伤、空虚的神色，我闻到了她身上散发出来的一种青绿苦涩的味道。她站在乡村的大槐树下，向着遥远的远方眺望，把自己站成了树或者石头。而李怀军只是因为被关在军营久了，感情像危险的火药，一触即发。也许有爱，不然，他不会那么长时间地还和她保持通信。但这种爱又是多么脆弱，根本就禁不住现实伸出一根小指头轻轻一碰。我摇了摇头，没法回答她的问题。

她抹了抹眼泪，努力地朝我笑了笑，说："这不怪你，我应该早就想到了，他怎么会看上我呢？连我自己都看不上我自己。我就想亲耳听他说说。"

我的心咚咚地跳动起来，她万一真要纠缠起来，闹得部队领导也知道了，这事情就无法收拾了。我想了想，站起来，攥着拳头，狠狠地说："要不，我带着你去见我们领导，你把事情经过说一遍，把他抓起来吧。"我是吓唬她的，她如果对他还有感情，相信她不会让我这么做的。我紧张地注视着她，感觉自己正站在冰面上，冰面发出咔嚓咔嚓的声音。

她嘴角撇了撇，摇了摇头，说："我不会这么做的……我其实还是挺喜欢你们当兵的……我不恨他……"

她的眼泪又出来了。我长长地松了口气，忙递给她一张餐巾纸。她擦了擦眼泪，说她本来是不会来的，她已经20岁了，村支书给她介绍了一个对象，是镇派出所所长的儿子。父母为了要一笔彩礼钱，也逼着她嫁给他。

我连忙说："好啊，派出所所长，家庭条件应该很不错了，比我老乡强，他父母是农民，母亲还有精神病，就是当了军官，我们部队工资很少的，一个小军官一个月也就六百来块钱。"

她说："那个派出所所长的儿子三十多岁，有精神病。"

我的心一下子沉重起来，我在扮演一个什么样的角色啊？我应该把她带到部队，找到李怀军，至少应该把李怀军叫出来，逼他给她一个说法。我看着她，她似乎已经平静了。我有些犹豫，我已经控制了局面，这个事情会很快结束了，如果她见到了李怀军，谁知道又会发生什么事儿呢？无论发生什么事儿，都会把我卷进去。我咬了咬牙，说："你可以不答应他们。"

她咬着嘴唇，沉思了好长时间，抬起头来，眼睛红红的，低低地说："我们不说这个事了……你给他说一下，让他放心，我不会再来找他了。"

后来她就走了，我还有点不放心，坚持把她送到了车站。她一路上一直沉默，总是低着头，地上柔软的影子单薄而瘦小，我不知道如何安慰她，从部队到车站，是我二十年来走过的最长的路。她上了列车，坐到座位上，阳光穿过车窗照在她脸上，她露出满脸明亮的笑容，高高地向我挥着手，嘴里喊着什么，大概是让我回去。列车缓缓地启动了，她低下头，我看见她从口袋里掏出一块手帕，然后她趴在座位前的平板上，把头深深地埋了下去。

她后来给我写了很多信，她把所有的事情都给我讲了。

她在信里还告诉我，那天在她回去的列车上，她盯着自己的左手看着，感情线很深，但要是再仔细看，又布满密密麻麻的支线。她看着窗外飞快地向后奔跑的山川河流，愣愣地想，为什么我的感情有那么多的悲伤和疲累呢？为什么我的感情总是充满坎坷和挫折？

她想算了，听从命运的安排，嫁给那个精神病人吧，她已经是个不洁的女人了，精神病人更好，他不会知道她是不洁的，也就不会计较了，就跟着他好好地过一辈子吧。她只是一个普通得不能再普通的人，那就认命吧。她看着窗外，仿佛看到了自己的一生，不是多么好，但也不会差到哪里。如此而已。

那年夏天，我考上了北京的一所军校。我和毛暖暖还联系过几次，她没有嫁给那个精神病人，准备跟着村里的姑娘一起去打工了。后来她就不再给我写信了，我们失去了联系。李怀军在年底的时候也顺利提干了。我觉得我永远都不会原谅他了，他把我拉进了这桩本来和我毫无关系的事情中，让我帮着他欺骗了毛暖暖，在一定意义上说，我和他有什么区别呢？他就像一面镜子，照出了我的另一面，我对他充满恨意。

三年后我军校毕业，又回到了老部队，但我仍然不理他，对我来说，他早已经消失了。就像一首诗里说的那样，有的人活着，但他已经死了。

军人灵魂

我在部队一待就是几年，后来转业了。我除了会各种步兵战术、擒拿格斗、射击外，什么也不懂。我只好去了米城的一个派出所，我觉得自己在这里还能派上点用场，至少抓个坏人什么的不在话下。

在派出所，实际上抓坏人的机会很少，很多时候是去发廊、酒店扫黄打非。我做梦也没想到我会在这里遇到毛暖暖。那是一次扫黄专项行动。有人举报一家酒店有卖淫嫖娼活动，所长让我穿着便衣前去侦察。我想了想，无论是扮演公务员还是老板，我都不在行，那些见过各色人等的服务员肯定一眼就能看穿。我决定扮成一个军人，这是我的老本行，尽管现在转业了，但一看就是当过兵的，想改都改不了。我穿着夹克，拉着一个行李箱到了这家酒店，装作一个出差的军人在总台登记。服务员很正规地给我介绍酒店价格，一点儿也没有挑逗的意思。我只得问她："你们这酒店有什么特色？"服务员装作听不懂的样子，给我介绍他们酒店的清蒸鲈鱼什么的。让我像个嫖客一样直截了当地打听有没有小姐之类的，我还有点心理障碍。我不得不再次委婉地问她："你们酒店有什么休闲方面的特色项目？"服务员仍旧给我装糊涂，介绍他们的游泳馆、桑拿什么的。我咬咬牙，不得不赤裸裸地问她："你们这里还有什么特殊服务？"她充满警惕地看着我，我的脸像火烧了一样。这样也好，这和我的军人身份相符。她审视了我一会儿，终于觉得我不像一个便衣，这才露出一脸笑容，问我："你是不是想找小姐？"我点了点头。她拿起电话，叫来另一个服务员带我上楼。

在一个阴暗的包厢里，服务员倒上茶，然后叫来七八个姑娘让我挑。我已经侦察到了我需要的情报，用暗藏的摄像机拍下了需要的证据，但我不能立即就走，这样会打草惊蛇，我不得不装模作样地用挑剔的目光看着那些姑娘。她们充满期待地看着我，个个挂着职业媚笑，就像戴着一个面具。我很认真地走到她们跟前，看一个摇一下头，一直到最后一个，她一点儿都不起眼，我刚要扭过头告诉服务员一个都没相中时，突然觉得她有点面熟。我不得不再次仔细地打量她，她见我注意她，露出更多媚笑。我皱着眉头看着她，却想不起来在哪里见过她。我问她："你叫什么名字？"她说："我叫小娜。"这当然不是她的真名，但我却听出了她的声音。我的脑袋嗡地响了一下，血往头上涌，脑袋一阵眩晕，我认出她了，她就是毛暖暖。天啊，她怎么会在这里呢？

我偷偷地关掉了身上藏着的微型摄像机，让她跟我到房间去。她没认出我，以为又要接一单生意了，显得很高兴。进了房间，她让我先去冲个澡，我让她先坐下聊会儿天。她疑惑地看着我，但还是顺从地坐下了。我感到胸中波涛汹涌，一浪接一浪地拍打着身体，心脏飞快地跳动着，我因为激动，手里全是汗水，手指还在神经质地颤抖着。我给她倒了一杯水，递给她时，水洒在桌子上。她皱着眉头，不安地看了看反锁着的门，又看看我，眼神里掠过一丝恐惧，颤抖着说："先生，咱们开始吧。"我艰难地咽下一口唾沫，问她："你是不是叫毛暖暖？"

她瞪大眼睛看着我，脸唰地变得通红，扭动了一下身子，不安地问我："你怎么知道我的名字？你是谁？"

果然是她！我的猜测被证实了，剧烈跳动的心反而安静下来。我有一种失而复得的惊喜，就像是失散多年的兄妹或者重逢的青梅竹马，眼里几乎要涌出泪来。我拼命地抑制着感情，装作很平静的样子告诉他，我叫王红强。

她通红的脸变得更红了，胸脯剧烈地起伏着，眼神里充满仇恨，尖厉地叫起来："你是那个当兵的？"

我还没来得及反应过来，她猛地抓起桌上那杯水，朝我砸过来，我慌忙躲了一下，杯子砸在我的肩上，烫得我打了一个哆嗦。她扑过来，手朝我脸上抓起来。我不得不抓住她的手，慌乱地呵斥她："你看清了，我只是他的那个老乡！咱们好好说话，行不行？"

她的双手被我攥得紧紧的，但她仍在用力挣扎，用脚踢我，踢在我的小腿肚上，很痛。她大声地嚷着："不要脸，你们当兵的不要脸……"

如果酒店的人听到，会很麻烦，我不得不把她按在椅子上，黑着脸狠狠地说："我现在不在部队了，我现在是警察，你给我安静些！"

她迟疑地盯着我的脸，在判断我是说真的，还是骗她的。我突然有些懊悔，我是在执行任务，怎么能暴露自己的身份呢？她如果要害我，大声地叫起来，酒店里的人知道我是便衣警察，我可能会有危险。

我不得不撒谎骗她："我不是警察，我只是吓吓你，我还在部队。"

她好像相信我了，神情松弛下来，但仍旧一脸仇恨，好在她不再挣扎了。房间里安静下来，我突然觉得浑身虚脱，往事历历在目，无边无际的忧伤啃噬着我的心。我坐在床边看着她，有很多话想对她说，却不知道说什么好。

她先开口了，声音仍旧尖厉、沙哑："我恨你们这些当兵的，如果你们不到磨盘山，如果我不认识你们，我也走不到这一步……"

我知道她所说的"你们"其实就是指李怀军一个人。

我眼睛红了，低下头，喃喃地说："他并不是像你想的那么坏。"

她充满嘲讽地看着我，说："你那时不也认为他是一个坏人吗？现在怎么开始为他说话了？你们又成了一对好朋友？"她抬头向四周看看，摇了摇头，"也是，你连这种地方都来，可见，你也好不到哪里去。你们解放军，唉，原来和别人也没什么区别嘛。"

我忍受不了她用这种口气说解放军，我想告诉她，她想错了，我来这种地方，只是来执行任务的，但话到嘴边，我还是把它咽下去了。我埋下头，哽咽着说："他已经牺牲了！"

房间里出现了沉默，寂静的光线下灰尘舞蹈，时间在桌子上惊心动魄地滴滴答答地走着。我抬头看她，她脸上仇恨的神情已经消失，她瞪着眼睛看着我，眼神空洞、茫然，她整个人僵在椅子中，像一具没有生命的木头人偶。我扭头看着窗外，喃喃地说："他在三年前就已经牺牲了……"

沉默，我的声音被白色的墙壁吸收，消失得没有一点儿痕迹。寂静。光线下的灰尘更快地旋转舞蹈。她惊慌地抬起头来，眼睛发红，泪水滚动，她使劲地咬着嘴唇，胸脯剧烈起伏。她惊恐地问我："他怎么了，他怎么了？"

我的泪水不可抑制地奔涌而出，目光充满悲伤，但又带着一丝丝的怨恨和不满："他已经牺牲了……"

她霍地站起来，抓住我的胳膊，使劲地晃着："怎么可能呢？怎么可能呢？他怎么会死呢？他怎么会死呢？"

我直直地看着她，泪水爬满我的脸庞，掉在地上，地上腾起的灰尘在阳光照耀下伤心地哭泣。她颓然地坐下来，茫然地看着我，喃喃地说："怎么会这样呢？怎么会这样呢？"

我强忍悲痛，把目光投向窗外，说："他在三年前就已经牺牲了。部队训练时，一个新兵把手榴弹掉在了脚下，在 3.5 秒的时间内，他把吓呆的新兵推进防护壕，他自己却壮烈牺牲了……他是一个英雄，为了战友，舍得牺牲自己。"

她呆呆地看着我。想想吧，3.5 秒，还不够男人深深地吸口烟再吐出来，不够女人在身上洒下三滴香水，不够他考虑是救新兵，还是自己跳进防护壕。他站在新兵的身边，看到冒烟的手榴弹的同时，根本就没考虑，本能地把自己的生命抛在一边。李怀军能做的，并不是所有的军人都能做出来的。至少我觉得我就做不出来，所以我从部队转业了。

她眨了眨眼睛，她的眼睛干涩，没有一滴泪水。她直直地看着我，像是在自言自语："我是五六年前来到米城的，我其实一直渴望突然见到他……他是一个好人，可他为什么一开始就蓄意骗我呢……"

她撑着桌子，艰难地站起来，想和我告别。我低低地说："暖暖，你别把他想得太坏，他，他后来一直在找你，但却一直没有找到你……"

她瞪着眼睛看着我，摇了摇头，声音再次变得尖厉、沙哑："你这是在干什么呢？他已经死了，非常安全了，你就要再编个故事安慰我？这些谎言，你们革命军人为什么张口就来？"

她低下头，端起面前放着的水杯，里面空空荡荡的，她的眼睛四处寻找。我给她倒了一杯水，她端起就喝，开水烫得她惊叫一声。我把餐巾纸递给她，她擦了擦嘴，怨恨地看着我。看得出来，她根本就不相信我，她只是好奇我还能编出什么更美的故事来。她不再是磨盘山区那个梦想爱情的少女了，她是一个早就把爱情当作灰烬的成熟的女人了。她眼角的鱼尾纹清晰可见，就像年代久远的刀痕。

我把我知道的都告诉了她。"我那时确实很生他的气，觉得他不应该冒用我的名字，更不应该骗你。那几年，我们谁都不理谁，就像陌生人。后来我才知道，他内心深处还是爱你的。他提干了，别人给他介绍了很多对象，他都没答应。终于有一天，我们老乡聚会时，他喝多了，突然抱着我哭了。他说他后悔了，一直忘不了你，如果找不到你，他会内疚一辈子。他曾经去过你的老家，但你已经外出打工，父母也不知道你在哪里，反过来还请他帮忙找女儿。后来他打听到你去了南方的稻城，他又跑到稻城去找你，但你又离开了稻城，没人知道你去了哪里……"

毛暖暖呆呆地看着我，她终于相信我了。她从来没有给我说过稻城，但我却说了，如果他没有找过她，我不可能知道这一切的。她忘记了所有的语言，只会翻来覆去喃喃地说："这怎么可能呢？这怎么可能呢？"

我问她："你父母没有给你说过吗？他给他们留过话了，让他们一有消息就告诉他，他把他的电话、地址都留下了，他还怕他万一出去学习或者调动，把我的电话和地址也留给他们了，他们没给你说过吗？"

她吓了一跳，慌慌地问我："他什么时间去的我老家？什么时间去的稻城？"

我告诉她，他提干后就去了。那时她的确已经出去打工了。等他追到稻城时，她已经离开了，谁能想到，她却来到了米城。

她好像感到很冷，抱着膀子，紧紧地缩在椅子中，声音里带着锥心的疼痛，绝望地看着我："他后来就再也没有找过我，对吗？他还给你说过什么？"

我对她说："他一直在找你，他几乎年年都要去你老家，都要去稻城找你，一直到他牺牲时……那天晚上，他抱着我哭了很长时间，说他对不起你，他到死都不会原谅自己，他一定要找到你，亲口告诉你，他爱你，他会和你结婚，用他一辈子的时间，永远爱着你，再也不会有谎言和欺骗了……我相信他说的话了，我原谅他了，我彻底地原谅他了，他本来就是一个不错的人，我们又成了朋友，我也一直留意你的消息，多么希望突然有一天，能再收到你的信啊。"

她大口大口地喘着气，像是一条落潮后留在沙滩上的鱼，拼命地深呼吸，但空气还是不够用。我的泪水又涌了出来："……暖暖，你原来到了这里，你心里如果有他，你知道我们部队在哪里，你为什么就不能再来一次呢？你为什么不再给我写一封信呢？"

她听出来我在埋怨她、指责她。她悲哀地摇了摇头，说："你不应该怨我，我只是不想让你们知道我干了什么，我变成了一个什么样的人……他为什么还要去找我？他肯定知道我在稻城是做什么的，他为什么还要去找我？"

她张大嘴巴，大口大口地呼吸，空气重重压在头顶，几乎喘不过气。悲痛像汹涌的海水拍打着她瘦弱的身子，但她却哭不出来。我能想象得出来，这些年，她一直都恨自己，也恨那个欺骗了她的人。她恨他，却又忘不了他。她现在可能愈加恨他，恨他既然骗了她，为什么还要去找她？她这么多年所有的恨都变成了痛。她捂着胸口，痛得弯下了腰。

她嘶哑着喉咙问我："他叫什么名字？"

我告诉她了，她却好像没有听到，吃力地抬着头，茫然地看着我。她的眼睛干涩，没有一滴泪水。我曾经见她哭过，她现在怎么就哭不出来了呢？她经历了什么？我担心地看着她，多么希望她能放开声音大哭一场，她痛得快要死去了，她必须得哭一场，才能活过来。

她对我说："王红强同志，我能去看看他的墓吗？"

我忙点了点头，我对她的怨恨全都消失了。这些年来，李怀军一直在找她，他把所有的假期都花在了这上面，生前没有见到她，死后能见上一面也是一个安慰。哪怕我把这次任务搞砸了，我也要把她带出去看看他，然后，然后我就劝她离开那个酒店，离开米城。

我把她带到了米城烈士陵园。

她站在那个死去的军人的坟墓前，大理石墓碑上镶嵌着他穿着军装的照片，上尉军衔的银星闪耀，他的脸上带着微笑，一种含蓄的满足，一种轻松，隐藏在额头上的细微皱纹里的淡淡的忧伤还是透露出了他的悲伤。那些皱纹是她。他还是那么年轻，一个毛头小伙子，胡子刚刚长出。那年夏天，在磨盘山区，他像一个熟练的老手，实际上他却那么笨拙，他只是一个被青春期苦苦折磨着的可怜的士兵。她听到了坟墓里骨头歌唱的声音。凄厉的风声像一把明亮的斧头呼啸而来，她的脑袋被砍成无数碎片，她看到他正站在明亮的月光下，低着头，喃喃地说："你爱我吗？"他小心翼翼地拥着她，他比月光还要温柔的眼睛把她覆盖了，他趴在她的耳边，喃喃地倾诉着她是多么漂亮，多么纯净，他是多么思念她……他的话语像长长的路，无边无际地伸向远方，永远都不会停止。那么多美丽的词语，从她的耳边刮过，掀起汹涌的波涛把她卷起来抛到空中，又把她拉回地面。她躺在厚厚的花儿上面，血液从脑袋中消失了，她要死了。她什么都不想了，她愿意就这样在月光下死去，永远都不要醒过来……

黑色冰冷的墓碑上突然长出眼睛，他的眼睛注视着她，睫毛微微颤动，像是在对她说，暖暖，你终于来了，你终于来了。他的眼中淌出泪水，像一个孩子一样哭了，他双肩抽搐着，充满委屈，我一直在找你，我一定会娶你的……

我张开嘴巴，正要告诉她那个人的名字。她忽然扑过来，捂住我的嘴巴。她紧紧捂着我的嘴巴，终于哭出声来。她哭着喊道，不要告诉我他的名字，我只记得他叫王红强……

她紧紧地抱着墓碑，那是他温热的身体，她的脸紧紧地贴在他的胸前，泪水像密密麻麻的雨点，哭声像一群被惊飞的小鸟，向天空中飞去，天空那么蓝……

（原载《人民文学》2014 年第 8 期）

井冈山

……总的说来，他的日子过得很幸福。

　　　　　　　　　　——豪·路·博尔赫斯《环形废墟》

1

　　三营机枪连连长李雷正走在回连队的马路上，听到政委叫他，浑身一紧，整个身子绷直了，转过身来，给政委敬了个礼。政委亲切地拍拍他的肩，语重心长地问他："李连长，钱寄来没有啊？"

　　李雷的脸唰地红了，整个身子扭捏地晃了晃，他感觉有些尿急，恨不得掏出家伙在地上滋出一个洞，自己钻进去，头上再盖些草，连风儿都看不到他。他低着头，地上有几只蚂蚁拖着一只硕大的苍蝇，蚂蚁们夸张地扯长身子，像是一群傻瓜在拔河。他悄悄地伸出脚，把那些蚂蚁踩死了。他看了一眼政委，急急忙忙地把眼睛撇到一边，屏住呼吸，尽量让自己的声音听上去很正常："还没寄来，可能快了吧。"

　　他有点后悔，应该换个说法，半年多了，总是这句话，估计全团的人都听腻了。他们既然听腻了，为什么一见他还要这么问呢？

这句话其实也是白问，他心里很清楚，他们并不真正关心钱到底寄没寄来，他们这是在看他笑话，看他难为情的样子，看他尿急的表情。他总是不善于把表情藏起来，不像指导员，私下里咬牙切齿地痛恨营长，见了营长的面，就像见到了亲娘。

　　政委脸上的笑容更加盛开，笑得脸上的肌肉抖动着，那些笑能掉到地上。李雷茫然地看着他，心里想，这可能就是笑容可掬的笑容吧，他甚至想象着自己伸出手来，接住了政委的笑容，政委的笑容像蛇一样缠在手上，顺着胳膊爬到脸上，舔着他的脸，他的脸不由得抽搐两下。政委更加亲热地拍了拍他的肩，说："李连长啊，不就是三百块钱吗？没什么没什么，年轻人嘛，吃一堑长一智，慢慢就成熟了。"

　　他慌慌地点着头，表示自己全盘接受了政委的教诲。政委可能觉得他太无趣，并没有和他拉家常的打算，放下胳膊就走了。他赶紧再给政委敬礼，政委的背影没有看到这个军礼，走得义无反顾，连一点儿笑意都没有。好在没有笑意，如果有，那也是嘲笑。他保持着敬礼的姿势，愣愣地看着政委的背影。前段时间，部队研究调职，他的连长已经干满三年了，和他同一年下来的其他几个军官都早已经是副营了，就是轮也该轮到他了。他本来也是充满希望，谁知还是没有他。他听一个在机关工作的老同学说，常委在研究他时，有个首长说，还是先放放吧，他有点不成熟。他看着政委胖胖的背影，怀疑这个说他不成熟的首长就是他。怀疑有什么用呢，就是肯定是他，他一个小小的机枪连连长也不敢在政委面前放出半个屁来。

　　归根结底，这事全怪那个叫韩梅梅的女人。

　　李雷觉得自己太冤枉了，自己算是栽在这个女人手里了，更为离奇的是，他栽倒得莫名其妙。当然不是男女关系问题。政委经常讲的"三大纪律"，他早已经刻在心里了。政委说，作为一个领导干部，一要管住嘴巴，不该说的话不要说。二要管住尾巴，不要自以为是，说俗点，就是夹着尾巴做人。三要管住××，这就更俗了。政委一脸优雅地说，我不说，你们就知道是什么意思了。李雷当然知道，自己好不容易从农村出来，好不容易成为一名军官，好不容易在这个省会城市娶个城里老婆，好不容易有了现在的一切，怎么可能会让一个女人毁了呢？

他从前并没有把韩梅梅这个女人放在心上，现在看来，他还是错了。副营没调成，他三十二岁了还不成熟，看来都和这个女人有关。

他本来要回连队的，但政委也是往那个方向去的，走得慢慢悠悠的，他要是真回连队，两分钟不到，他就能赶上并超过政委。但赶上并超过政委时，还要不要打招呼？还要不要陪政委说一会儿话？当然要了，可他又不想再和政委说什么话了。他是一个六岁孩子的父亲了，心早就沧桑得像老家的梯田一样，他不想和说他不成熟的人再说话了。

李雷拐弯上了旁边的一个小山坡。山坡小树林里有个少妇正在带着小孩在散步，两个人一边走着一边说着英语。部队里也就那么几个女人，他从背影认出来是二营教导员的老婆。她本来在老家是位中学教师，去年办了随军手续到了这个城市，一直没找到工作，整天就带着孩子在营区里转来转去，总是见到她在教那个小不点读英语。看来他们铁了心要让孩子长大出国了。尽管他和二营教导员关系不错，和这个女人也很熟，但他这会儿不想和这个女人打招呼，刚想低着头再钻进另一片小树林里，女人扭身看到他，扬起手来冲他打招呼："李连长，怎么有空了？"

他其实一点儿空都没有，下周旅里要进行军事考核，指导员在集团军出公差，他快忙死了。他不知道该如何回答，支支吾吾地说："我散散步。"

女人牵着小孩的手，小孩眼睛晶莹地看着他，小脸粉嘟嘟的，他甚至有一种上去亲亲孩子小脸的冲动。女人一手掐腰，另一只手优美地抬起来擦了擦脸上的汗水。这真是个漂亮的女人，腰细得像老家的马蜂，脖子白得像……像鹅一样。他很惭愧自己词语贫乏，除了马蜂和鹅，再也想不出像样的东西来。不过，马蜂腰和鹅脸也不错了。女人微笑地看着他，脸像盛开的牡丹花，眼睛像一汪清清的泉水，月亮照在里面。他有点脸红心跳，把脸扭向一边，喃喃地说："又在教孩子说英语啊？"

女人没有接他的茬，问他："李连长，钱寄来没有？"

李雷的脚下一趔趄，差点摔倒，他忙扶住身边的一棵小树，树上有刺，扎得手很痛，他甩着手，痛苦地皱着眉头，急忙在脸上挤出一堆笑容，说："还，还没寄来，可能快了吧。"

女人说："李连长啊，不就是三百块钱吗？没什么没什么，你可别放在心上，就当是花钱买个教训吧。"

李雷脸又红了，刚想说句，她会寄钱来的。可是又觉得底气不足，就在他犹豫着用多大的声音把这句话说出来时，女人走了，根本就不给他这个机会。她和所有人一样，就是想嘲笑他一下。他恨恨地想，×的，再嘲笑老子，看老子不把你……他吓了一跳，慌慌地看看四周，周围很静，只有女人和小孩说着英语的声音，声音像两只可爱的小鸟。怎么会有这么狠毒的想法呢？人家好歹是教导员的妻子，何况还是战友呢。朋友妻，不可欺。真他×的堕落了！李雷狠狠地扇了自己一个嘴巴，手掌钻心地痛，那根刺像是扎进了心里。

李雷从另一条别人没有走过的路上了坡顶，坐在一块石头上，石头冰得一股冷气从屁股钻到头顶，他不由得打个哆嗦。石头棱角分明，硌得屁股很痛，但他还是坚持不动，就当是惩罚自己吧，谁让自己那么蠢呢？他摸出一支烟，把自己笼罩在深沉的烟雾中，眯着眼睛看着脚下人来人往的军营，他想，也许自己并不是那么蠢，韩梅梅可能太忙，也可能生意上出了麻烦，资金一时周转不开，所以没有及时寄来那三百块钱。三百块钱算什么呢？连请一次客吃顿饭都不够。她并不像别人说的那样是骗子，她肯定会把钱寄给他，为他洗清冤屈。

真相并不是像他们想得那么简单。

2

李雷后来想过无数次，他自己也搞不清楚为什么就把钱给韩梅梅了。这只能怪那个叫张可可的女人。张可可是他的老婆。那是一个双休日，本来都挺愉快的，孩子到外婆家了，没什么顾忌，抱着亲吻了，想我不想，想。想要不想，想。打情骂俏的话也说了，够黄够下流，也够情调。就等老婆洗了澡就来真的。他本来想和老婆一起洗，老婆说，浴室太小，还是一个人洗比较快活。他很想问问，刚结婚那阵怎么就不觉得小，怎么这两年就觉得小了？但他嘴唇嗫嚅动半天，没再问。再问，老婆还是会拒绝的。本来是件愉快的事，何必搞得大家都不愉快呢？

他正在心急火燎地等着老婆，老婆好像故意难为他，洗得慢条斯理的，他想象着老婆这会儿应该洗完了，可抬起头来仔细地听了听，浴室里还是一片哗哗的水声。他抬头看了看墙上的钟表，五分钟都不到。看来不是老婆动作太慢，而是自己心太急。他苦笑一下，当兵时很少在军营里见到女人，兵们说，当兵长了，看母猪都能看出双眼皮来。自己有了老婆，还是这样猴急猴急的。他站起来，在客厅里走了四五个来回，忍不住又悄悄地踮起脚趴在浴室门口，里面还是一片哗哗声。他转过身子，在哗哗的水声中，听到一声清晰的手机铃声，只是响了一下，看来不是电话，是短信。老婆的衣服扔在沙发上，手机短信的声音是从那里传来的。他回头看了看浴室，浴室的声音还没有立即停下来的意思。他踮起脚，小心地走到沙发前，老婆的衣服上散发着浓厚的香水味。他说不上来喜欢不喜欢，就是心里不喜欢，鼻子已经习惯了。他把老婆的那个粉红色的手机掏出来，果然是一个短信，是一个叫"小红"的人发来的。看来是个女人发的。没什么可看的。他把手机又放回她口袋，然后又趴下来闻了闻老婆的衣服，仿佛闻到了她的体香，曾经让他意乱情迷的体香。他觉得自己还是比较幸运的，不但娶了个城里的老婆，老婆的父亲还是省财政厅的一位处长，据说，岳父很快就有可能当上副厅了。战友们说，你小子真有福气啊，转业后可以随便挑单位了。他听到这话时，心里总是乐呵呵的，但脸上却一本正经，说，说什么呢？我什么时候说过要转业？他知道自己说的也不是心里话，迟早都要转业的，但现在还不是时候，他想干到团职再转业，这样，转业时是要安排职务的，可以少走许多弯路。岳父肯定会帮忙，但自己也不能表现得太差劲了，得有基础才行。团职就是基础。

过了十分钟，老婆还没有出来。他是真有些急了，喊了一声："可儿，洗好没有？"

女人的声音里带着水一样的迷离："心急吃不了热豆腐，快了！"

他又耐心地等了两分钟，还没动静，倒是老婆衣服里的手机又响了一下，还是短信。他掏出手机，还是那个"小红"。这个女人有什么事？不会是约老婆出去逛着玩吧。他有点犹豫，最后还是决定看了，反正不是男人的短信，也不能说是侵犯老婆的隐私吧。他把短信打开，短信里的字像一颗颗子弹一样横扫过来，把他的脸打得坑坑洼洼，把心打得破破烂烂，他捂着胸口，找不到心在哪里了。第一条短信是："我的小妖精，你在干什么？"第二条短信是："长夜漫漫无心睡眠，亲爱的小妖精，想你想得快死了，赶紧过来救命吧，老地方。"

　　李雷把短信反反复复地看了四五遍，又把发短信的"小红"这个名字看了五六遍，的确是个女人的名字，可为什么要发这样的短信呢？开玩笑吗？可又不像啊，分明是约会嘛。老婆为什么要和一个女人约会？她是个同性恋？开什么玩笑，结婚七八年了，她每一个汗毛孔他都了解，没一个汗毛孔里会有同性恋的气息。可这两条短信如何解释？老地方是什么地方？他看着手机发呆，他发现手机在不停地颤动，以为又来短信了，忙按了两下，什么都没有，是他的手在颤抖。他把手机放回老婆的口袋，不安地看了看老婆鲜艳的衣服，强迫自己把头扭向一边，安慰自己，可能是自己想得太多了，老地方也许是公园，也许是城里那条有许多香艳传说的河流，也许是咖啡屋，也许是夜总会。一想到夜总会，他猛地起了一身鸡皮疙瘩，"小红"万一是个男的呢？他急急地把手机从老婆口袋里又拿出来，把小红的号码调出来，敲在自己的手机里。刚做完这一切，老婆出来了，身上穿着一件粉红色的睡衣，整个身子在睡衣里忽明忽暗地诱惑着他，他忽然觉得自己并不是那么急了，其实也可以不做。但他还是站起来，夸张地伸开胳膊，把老婆像小鸟一样箍在怀里，紧紧地抱着她。老婆娇嗔地推着他，声音像水一样饱满湿润，说："死样，人家头发还没干呢，去，把吹风机给我拿来。"

　　他松开手放开老婆，跑到里屋，把吹风机拿了过来。老婆吹着头发时，他温柔地问她："小红是谁？"

　　他其实挺紧张的，怕看到老婆惊慌失措的样子。如果是那样，不管是男的还是女的，那"小红"十有八九都是可疑的。

　　老婆并没有紧张，她仍然歪着头，捋着头发，吹风机把头发吹得像一面旗帜，腰是马蜂腰，脸像鹅一样白，算是一个漂亮的女人。老婆的声音和平常没有任何区别，非常坦然，甚至还带着一种亲昵的埋怨："就是我们办公室里那个细细高高的姑娘啊，你上次见过的，怎么忘记了？"

　　他愣了一下，印象中好像的确见过这样一个女人，她的名字里是带着一个"红"字。他脸有些微微泛红，觉得自己离开家乡这么多年了，骨子里还是农民的小家子气，怎么会把"小红"当成一个男人呢？唉，男人会开很粗俗的玩笑，女人之间的玩笑嘛，难免也会有点臊的。他又有点想要和老婆那个了，就过去抱住她的马蜂腰，把头趴在她脖子上吸她身上的香味。他咬着她的耳朵说："我的小妖精，你和小红是什么关系？"

　　老婆的身体立马僵硬了。他的手不由得一松，老婆的脸扭过来，恨恨地瞪着他，这样的目光他从来没有见过，不由自主地后退了一步。老婆的眉头皱得像放了一排刀子，目光恨不得把他撕了，声音尖厉得也像刀子："你偷看我短信了？"

　　他赔着笑，喃喃地说："怎么能说是偷看呢？她连着来了两条，我以为有什么急事，就替你看了。"

　　他还没说完，老婆口袋里的手机又响了一下。还是短信。他好像获救了一样，指着她的衣服，说："看，第三条来了！你快看看，是不是有什么急事？"

　　老婆掏出手机，他想凑上去，老婆抬起头，用严厉的目光制止了他，没有任何表情地说："你不用偷看了，还是小红。"

　　他还想解释，老婆举起一只手，示意他不要再说什么了："行了，我不想再听你解释了。你上的虽然是军校，但好歹也算是大学生，人权你知道吗？隐私你知道吗？说过多少遍了，我们虽然是夫妻，但我们都还有个人隐私。我什么时间偷看过你的手机？别把我当作你手下的兵，想怎么着就怎么着，你们偷拆当兵的信可以，但别想偷看我的手机。我再警告你一次，别把你在部队的坏毛病带回家里来！"

　　他觉得惭愧，低低地说："我不是有意的，我不是有意的，我真的以为她有什么急事才看的。"

　　老婆一脸厌烦，说："你别解释了，你全看了，我也不用瞒你了，我们今晚有个约会，要一起逛街，这你满意了吧。你自己收拾收拾早点睡吧，别等我了。"

　　她站起来，把身上的睡衣脱了，满眼雪白晃得他头晕。多么想抱抱啊。但老婆根本就没这个意思，飞快地穿上衣服，飞快地拉开门，刚要关门时，又大声地对他说："洗衣机里还有一堆衣服，你有空洗洗。"

　　他忙高声地应了一声，看来老婆气消了，这就好了。他甚至对她生出无限感激，他的确做得不对，她发脾气完全是应该的。她能这么快就把气消了，还真是一个不错的女人。是的，全团官兵都羡慕他有这样一个漂亮老婆，这样的漂亮老婆其他军官也有，像二营教导员的老婆也很漂亮，也很贤惠，为了爱情，宁愿工作不要也要随军团聚，但他们不羡慕二营教导员。他们羡慕他有一个好岳父。

　　有一个好老婆，有一个好岳父，也不是一件容易的事情，比如，你得每周回家洗衣服、拖地，还得哄老婆开心。他很满足，老婆还是很容易就很开心的。他只是有点不习惯岳父，岳父在他面前总是绷着脸，就像他对待连里的兵们一样，陌生得很。希望他能看在他女儿的分上，将来能帮帮自己。如果说，他们的婚姻有什么不纯粹的话，也就是这么一点儿私心杂念，归根结底，还是为了让他女儿生活得幸福一点儿嘛。希望岳父能理解这一点。理解万岁。

　　李雷洗完衣服，把自己的手机拿出来，看着"小红"的号码，想着"小红"的短信，还是有些头痛。老婆到底和她是什么关系？关系能好得比丈夫还好吗？自己还没有给老婆发过这么腻的短信呢。那些短信和"小红"的号码像一块尖利的石头压在心上，他根本就不相信"小红"是那个细细高高的女人，印象中老婆和她关系是很冷淡的，她们不可能那么好的。"小红"肯定是另有其人。他咬牙克制着自己不往那方面想，但他还是忍不住要去想："小红"如果是个男的呢？如果是个男的，那么，那个老地方，要么是他家里，要么是宾馆，既然是老地方，那他们也不是第一次。那他们是什么时间开始的？应该是两年前吧，两年前的时候，老婆突然喜欢化妆，喜欢买漂亮衣服，喜欢涂指甲油，喜欢往脖子、腋窝和胸口喷香水了。他几次想拨"小红"的号码，但几次都忍住了，如果是个女人还好说，如果是个男人，自己应该说什么呢？说什么都等于是把事情摊牌了，事情一旦摊牌，那就没办法收拾了。离婚？孩子六岁了，对孩子不公平。不离婚？那老婆更看不起他了。这都不是最好的办法，最好的办法是，把"小红"的号码删掉，不管是男是女，就当这个人不存在。

他咬了咬牙，把"小红"的号码删掉了。

但他那颗不平静的心让他再也无法平静地等老婆回来了。于是，他决定出去走走，但走到哪里，"小红"的短信总是跟着他，"小红"一会儿是那个细细高高的女人，一会儿又变成一个面目模糊不清的男人，但不管那个男人是谁，都比他帅，都比他有钱有权有出息，都比他有情调。他越想越烦，可又管不住自己。他甚至想连夜赶回部队了，赶回部队就拉那帮兵们紧急集合，自己也打背包跑个八公里武装奔袭，跑得半死不活也就不用想这事了。他把给老婆请假回部队的短信写好了，但想想还是删了，这样做太明显了，就好像自己真的怀疑老婆出轨了。老婆要是闹起来，传到岳父耳朵里，搞不好就真的离婚了。还是算了吧。

3

他后来就到了火车站，他没别的目的，更不是想离家出走，他就是想到这个像牲口市场一样的地方转移一下视线，这里有人比他更烦，有人比他更急，看看他们焦灼和疲惫的脸，他应该对自己的生活感到满意，他不用为生计奔波，不用担心孩子长大出去打工，不用担心看不起病，不用担心以后的工作问题。他一烦就喜欢到火车站来，一到火车站心情就很好，虽然他只是一个小小的上尉连长，但比起火车站众多背着行李仓皇如狗的背影来，他应该好多了。他们还在人生的河流中挣扎，他已经爬上岸胜似闲庭信步了。

他就是在这里遇到那个叫韩梅梅的女人的。

当时他还没有完全从自己的烦恼中挣扎出来，满脑子晃的都是老婆雪白的身体和另一个面目模糊的男人纠缠的画面，陌生的女人拉着他的胳膊扯了两下，他仍旧两眼迷迷糊糊地瞪着车站售票处的电子屏幕发愣，每个字都像一个个子弹，都变成了"小红"短信上的"我的小妖精"。明明是他的天使，怎么就成了人家的小妖精呢？那个陌生女人用更大的力气扯了两下，他才从梦里醒过来，这才知道自己现在站在了火车站，旁边扯着自己的不是天使，也不是一个"亲爱的小妖精"，而是一个穿得土里土气的陌生女人。女人的目光里充满让人心碎的哀怨，脸上有一层让人心疼的悲伤。女人说："大哥，帮帮我吧，我到这里打工，工作没找到，钱却花完了，现在连回老家的路费都没有了。大哥，你就行行好，帮帮我吧。"

他立即明白了，这是一个骗子。这样的骗子他见多了。他挥下胳膊，把女人的手甩开，眼睛逼着她，狠狠地问她："你怎么不说钱被偷了呢？"

陌生的女人嘴角撇了撇，眼睛里的水漫上来，他如果口气再重一点儿，她一定会哭了。他有点愕然，在他的印象中，他对乞讨者表示质疑时，乞讨者都是一副生气的样子。他们当然会生气，面具被揭掉，露出丑陋肮脏的真相，而真相是不忍细看的。有段时间里，这个城市出现了许多年轻妇女，她们远远地站在一边，她们的孩子拿着破烂的碗在路边乞讨。都是女孩子。他曾经给过这些孩子很多钱。有次他问一个小女孩，你家是哪里的？小女孩说是甘肃的。他再问，她说了一个陌生的地名。他回去在网上查了一下，每年暑假，这个地方的家长就会带着这些孩子在全国各地乞讨，有的甚至不让孩子上学，终年在外乞讨。网上的帖子号召人们不要向他们施舍，因为他们有可能生活得比你还好，家家户户都盖了楼房。他再见到那些孩子时，就口气温和地劝她们给家长说说，不要再出来乞讨了，除了耽搁学业，还影响她们的身心健康，扭曲她们的价值观，这不好嘛。小女孩朝他翻个白眼，恨恨地说，你是个神经病！

他很讨厌这些职业乞讨者，他曾经发誓再也不给他们一分钱。

陌生女人缩回手，低着头喃喃地说："大哥，我知道你不相信我，可我说的是真的，我是真的把钱花完了。我现在就想回家，我本来在家开了一个小卖铺，也能赚到钱的。大哥，这是我的身份证。"

她掏出一个身份证，身份证也可以造假，他本来不想接，但女人固执地伸着手，他在那一刻心就软了，心想，我就看看吧，反正我是绝不会再上当的。女人叫韩梅梅，32岁，井冈山人。

他忽然对陌生女人有了点好感，问她："你是井冈山人？"

陌生女人抬起头，眼睛里闪闪发光，脸微微泛红，急切地点了点头，说："对对对，我家就在井冈山，黄洋界上炮声隆，八角楼里的灯光，我就是在那里长大的，满山的青山翠竹，还有南瓜汤、红米饭，朱德的扁担……"她显然很为自己的老家自豪，那的确是个值得自豪的地方，也是他一直向往，但却一直没有去过的地方。他所在的老虎团的前身就是一个红军团，是在井冈山诞生的。在团史中有记载，他们机枪连曾经在井冈山保卫过毛主席。多么伟大的一个地方啊。

他忽然非常羡慕起这个女人来了，说："你真幸福。"

女人的脸又黯淡下来，目光里充满乞求，说："大哥，你说笑了，我哪里幸福啊？现在连回家的路费都没有了，我在这里要了两天钱，就要到几块钱，还总被人当作骗子。"

女人盯着他，仿佛说她是骗子的那个人就是他，事实上他就是把她当骗子了。他有点不安，用力地在僵硬的脸上挤出一点儿笑容，讪讪地说："唉，就是的，这年头，大家都被骗怕了，都在互相提防着。"

女人愤愤不平地说："就是，还是大哥是明白人，这样下去，人们哪里还会有同情和怜悯心啊，人心都硬得像石头一样，也不想想，要是自己也落到那个地步了，谁还会来帮助你……大哥，你不相信我，我不怪你，我从前和你一样，也不相信那些出来讨钱的，这下轮到我了，我这是自作自受。"

女人说着，泪水像虫子一样顺着脸颊流下来，她掏出一块手绢擦着眼睛，肩膀抽搐着。他皱着眉头仔细地看着她，她不像是在表演，她的悲痛是发自内心的，她擦掉一串眼泪，另一串泪水接着涌出来。他有些不安，低低地问她："你需要多少钱？"

如果她要的是一个小小的数目，比如五块十块，那就可能是装的，如果她真想回家，从这个城市到井冈山，就不会是一个小数目。按照他的理解，她回家心切，应该报一个大数目。如果她只要几块钱，他是绝不会给的。

女人没有说要多少钱，女人说："大哥，你给我一个地址，我回去后，把钱给你寄回来。"

女人急切地看着他，泪水蜿蜒在脸上，仍旧掩饰不住她的焦灼与无奈。他相信她了，她说的一切都是真的，她对井冈山那么熟，她家肯定是井冈山的。多么让人神往的地方啊。

他冲着她摇了摇手："不用了不用了，就当我做了一次雷锋，你不用还的。"

女人认真地说："大哥，你一定得把地址给我，不然，我就像骗子一样了。"

女人那么真诚，他不能不认真对待，他正了正身子，虽然穿着便装，但他还是要像军人一样，让她有一种安全感。他真诚地说："我相信你，你真的不用还了。就当我是学雷锋吧，我是一个军人，这是军人应该做的。"

他为了让女人相信他的话，掏出红色封皮的军官证在女人脸前晃了晃，说："你看看，我真的是军人，这是我们军人应该做的。"

女人还在坚持："不行，如果我不还你钱，我会睡不好觉，吃不好饭的。大哥，你就告诉我吧。"

他推让半天，拗不过女人，只得把自己的姓名、部队驻地和番号写下来，递给陌生女人，问她："你需要多少钱？"

女人说："这里到井冈山没有直达列车，我得先到南昌，再转车才能到家，得三百元左右。大哥，你如果没有这么多钱，能给多少就给多少，我在这里再找人看看。"

他摸了摸身上所有的口袋，口袋里还真有三百元钱，不过，这三百元钱给了她，他连一枚硬币都没有了，要想回去，只能像她一样向别人讨几块钱，或者走路回去。管它呢，先把好事做到底吧。

他把钱给了女人，女人露出一脸笑容，连连道谢。

女人又把那张写有他姓名和地址的纸片掏出来，在上面写了几行字，然后撕下来递给他，说："大哥，这是我家的地址，我回去一定会把钱寄给你。大哥，你有空也去井冈山看看吧，黄洋界、五指山、笔架山、龙潭的风景都很不错，既可以接受革命教育，也可以在富氧的山区森林里洗肺，多好啊。到时我一定陪着你，当你的导游。"

李雷朝她笑了笑，那个地方迟早都要去的，革命的圣地，老虎团的诞生地，自己在老虎团当了十多年兵，还没去过井冈山，这不能不说是个遗憾。一定要去的。

他把那张纸条小心翼翼地塞进口袋。

女人离开了她，她是向售票处去的。这让他更加坚信，她不是骗子。他想起一本励志书上说的，帮助别人，能给自己带来快乐。他觉得说得很对，自己现在就很快乐，甚至把自己为什么要来火车站都忘记了。他突然想起自己为什么要来火车站了，"小红"像一个虫子，趴在他的心上，把他的心啃噬得又痛又痒，"小红"到底是谁？"小红"是男是女？

他使劲地想，把"小红"的号码又从脑袋里揪了出来，他把号码删了，其实他知道，一点儿用处都没有，他已经死死地记住它了。

他追了两步，叫住那个叫韩梅梅的女人，说："你能不能帮我打一个电话？"

女人说："当然可以。"

他说："打通了，那边要问你干什么，你就说……"

说什么呢？他想了想，想起老婆单位的陈局长，他说："你就说，我找陈三金局长。"

女人说："然后呢？"

他说："没有然后，他肯定说打错电话了，你就挂了，告诉我是男还是女的就行了。"

他们找到火车站旁的一个公用电话，女人掏出一个硬币投进去。电话拨通了，女人说："我找陈三金局长。"

他紧张地看着女人，恨不得把耳朵凑到电话上，亲耳听听那边的声音。女人却捂住话筒，扭头问他："是个男的，他说他就是陈三金局长，问我有什么事。我还要说什么？"

他眼前一黑，张着嘴巴，吃惊地瞪着女人。女人皱着眉头看着他，茫然地摇了摇头，放开捂住话筒的手，像换了一个人，咻咻地笑着说："陈局长，你不记得我了？我是小娜啊，咱们刚见过面的。"

他们说了什么，他再也听不到了。他见过这个陈局长，胖得像肥猪一样，整天绷着脸，僵硬得像石头一样。老婆怎么会和他好上了？他眼前晃动着老婆雪白的身子和这个比猪还要肥的男人纠缠在一起的场面，胸口一阵疼痛，喉咙里咕咕地叫了两声，几乎要呕吐了。女人放下话筒，一脸疑惑地看着他。他脸色通红，慌慌地擦了擦额头上的汗，说："你怎么又叫小娜了？你见过陈局长？"

女人开心地笑了，说："没，我逗他玩呢。他吓死了，让我有空再打电话给他。哈哈，好像他老婆在他身边呢……大哥，像你这样的好人真是太少了。你放心，我不会骗你的，我回家了，一定会把钱给你寄回来的。"

女人又说了些什么他全忘了，后来就走了。

李雷恍恍惚惚地走出火车站，周围的人们像狗一样在他身边乱窜，像棺材一样的轿车堆满马路，不停地尖叫。他想找个地方好好地抱头痛哭一场，生活到处是幽默，他随口说找陈局长的，谁知"小红"竟然真是陈局长。一切真相大白了。老婆不是同性恋，老婆是在和局长搞外遇。至少有两年了吧，他居然还蒙在鼓里。他本来打算来个八公里武装奔袭回家的，但现在身上没有一点儿劲，像是跑过无数个八公里武装奔袭，就想躺下来好好地睡一觉。他慢腾腾地沿着人行道挪动着沉重的脚步，怎么办？揪着这个女人好好地揍一顿？逼着她跪下承认错误，给他写份保证？他想象着这样的场面，摇了摇头，老婆是不会让他这么干的，老婆把他揍一顿，让他跪下来才有可能。那就离婚，可他有什么本事能把儿子从老婆身边夺过来？他怎么斗得过处长岳父呢？儿子不会给他的，房子也没他的份，存折都是老婆掌握着，他要是离婚了，他就真的一无所有了。三十来年的奋斗全没有了，将来的前途也会很渺茫。去告陈局长破坏军婚？得了吧，他丢不起这个人。

最好的办法是，就当这件事不存在。

他在午夜十二点时回到家里，老婆还没有回来。他躺在床上，很快就睡着了。

第二天早上醒来，他翻过身，老婆正躺在旁边香香地睡着，脸上还露着甜蜜的笑。他轻手轻脚地下了床，开始做早饭。

4

　　漫长的双休日终于结束了。他回到部队，指导员探亲回来了，憔悴了一大圈。李雷开玩笑说："老周啊，快点让老婆随军吧，看看你，饥一顿，饱一顿，回去半个月，人都像个瘦猴了。"

　　指导员满脸幸福地叹口气说："是啊，谁能像你这样有福气，不但有个漂亮老婆，还有一个有权有钱的岳父。老李啊，你小子将来发达了，可别把一个战壕里出来的战友给忘了。"

　　提到老婆就让人烦。李雷必须赶紧找个话题，把这个唠叨起来像个老太婆一样的指导员打发了。他想不出有什么新鲜的话题可以吸引他，就病急乱投医地讲了前天晚上他在火车站遇到的那个叫韩梅梅的女人。说完以后，他还有点不好意思，说："老周，哥们儿只是给你说着玩的，你可不能给领导讲，也不能给军区报纸写稿子，只要是当兵的，谁遇到这事都会这么干的，你说对不对？"

　　指导员喜欢给军区报纸写稿子，屁大的事儿，让他添油加醋地一讲就发出浓烈的香味来了。李雷说完这话后，又有点后悔了，倒像是自己在暗示他写稿子一样。

　　指导员笑着擂他一拳，说："你小子是不是脑子进水了？"

　　李雷有点奇怪，问他："你这话是什么意思？"

　　指导员说："你是真傻，还是装的？这年头，在街上要钱的，哪个不是骗子？你给我说实话，你不会是真给了她三百块钱吧？"

　　李雷急急地说："我真给她三百块钱了，她不是骗子！她把我地址和姓名都要走了，说回去了就给我寄钱的。"

　　指导员撇了撇嘴说："鬼才相信呢，这话连三岁小孩都骗不了，你还真信了？"

李雷忙把那个女人给的纸条掏出来，使劲地晃着："你看看，她把家里地址都给我了，她要是骗子，她会把家里地址给我吗？"

指导员拿过去翻来覆去地看，一会儿凑到眼前看，一会儿伸长胳膊放在阳光下看，皱着英俊的眉头，不吭声了。

李雷有些兴奋，亲切地把脑袋凑过去，捣着那张纸条说："怎么样？你也相信了吧。这还会有假吗？骗子敢把家里的地址亮出来吗？看看，她还是井冈山的，就是咱们老虎团诞生的那地方。"

他这样说时，声音里有一丝颤音，那个女人的脸出现在面前，她像他的亲人一样。

指导员把纸条还给他，语重心长地说："老李啊，不是我说你，你怎么还这么幼稚呢？你怎么知道这个地址就是真的呢？我敢和你打赌……"

李雷脸涨得通红，恨恨地瞪着指导员，说："打赌就打赌，你要是输了怎么办？"

指导员用力地拍了拍胸膛，声音比李雷的还要响亮："如果它是真的，我 × 砸三截！"

李雷说："不算，你明明知道我不会去砸你 × 的。"

指导员说："那你说怎么办吧。"

李雷说："你就像我一样捐三百块钱出来。"

指导员说："你也想让我像你一样当傻瓜啊，我不干！"

李雷说："怎么说我是傻瓜呢？这个地址是真的，我就不是傻瓜。"

指导员说："那如果你输了呢？"

李雷说："那我 × 砸三截！"

指导员说："不算，你和我一样，也再捐三百块。让你好好长长记性。"

两个人就这样约定了，那是一个早上，太阳照在他们身上，兵们在出操，响亮的革命歌声直冲云霄，仿佛要把天空捅个洞。

李雷焦急地等着韩梅梅赶紧把钱寄来。他没事的时候，就把那张纸条掏出来，上面的地址他早就会背了。女人的字迹工整，像个城里的女孩一样小乖小乖的，一点儿也不像乡下农妇那样大手大脚，应该受过良好教育，不会是骗子的。他不断强化这个印象，有事没事总喜欢往连队的荣誉室跑，他喜欢看连队在井冈山那段光辉经历，那些模糊不清的旧照片上，井冈山乱糟糟的，但这不影响他把它想象成一个山清水秀的地方，那个韩梅梅置身其中，一会儿成为站在路边唱着"十送红军"的江西妹子，一会儿成为朴素的采茶姑娘。有时，指导员会大煞风景地伸进头来，笑嘻嘻地问他："老李，钱寄来没有？"

他这时就有些生气，觉得指导员的素质太低，总把人想得太坏，但他还是转过脸来，给指导员露出一脸灿烂的笑容："你别得意，就快寄来了。"

指导员说："你醒醒吧，兄弟，别再做你的春秋大梦了，面对现实吧，你遇到的明明是个骗子。"

李雷眯着眼睛看着指导员，总觉得他脸上的笑容很愚蠢，但他又不能发火，相反还得装作很大度的样子，心平气和地说："老周啊，咱就走着瞧吧。"

连队官兵的信，每天上午十点由文书从营部取回来，然后送到指导员那里。如果有本市或者"内详"的，像女孩子写来的，指导员都会先拆开看看，没问题了，再封上。李雷每天看看快到十点了，就往营部那边转悠，遇到文书了，总会漫不经心地问一句："有我的信吗？"文书说没有。他还有点不放心，把厚厚的一沓信拿过来，仔细地翻翻。过了几天，他再遇到文书时，文书笑嘻嘻地说："连长，还是没你的汇款单。"

他警惕地问文书："你怎么知道我是在等汇款单？"

文书说："指导员说的。连长，你可能是真的遇到骗子了。太可恶了，一下子骗你三百块钱，太可恶了！"

他简直想飞起一脚，把这个可恶的文书踢飞。他挥了挥手，面无表情地说："去去去，你懂什么？你怎么敢肯定那是个骗子？"

文书还没看出来他已经不高兴了，还在那里讨好地说："指导员都说他是骗子。连长，我看八成就是骗子！"

文书是政委的外甥，他不好发脾气，鼻子哼了一声，甩胳膊走了。

归根结底，问题出在指导员身上，如果他不说那个女人是骗子，也没人会认为人家是骗子。本来是件好事，现在让指导员搞得好像他是个傻瓜一样。做好人好事是坏事吗？这个人的世界观人生观有问题，他有必要和指导员谈谈了。

他酝酿了两天，在士兵们都出去训练时，他把指导员叫来，先给指导员讲了佛印和尚和苏东坡的故事。故事大意是说，苏东坡和佛印泛舟在西湖之上，苏才子仗着自己年轻倜傥，潇洒英俊，对佛印说："你长得一身横肉，我看你就像一坨屎。"没想到和尚只是微微一笑，说："我看你像一尊佛。"苏东坡是在骂佛印和尚的，和尚却为何恭维自己像一尊佛呢？苏才子大惑不解，于是佛印告诉他："我心中有佛，所以我看见的都是佛，在我眼里你就是一尊佛；而你心中有屎，所以你看见什么都是屎，所以你会说我像一坨屎。"

指导员说："这个故事教育我们，我们要多说好话，要多拍马屁，马屁拍得好，得好处的是我们自己。深刻深刻。"

李雷说："老周，你不要给我嬉皮笑脸的，我是告诉你，你不要总是到处讲我被骗子骗了，人家是革命老区的，你怎么能说人家是骗子呢？你把人家想成骗子，那你自己不就成了骗子吗？"

指导员说："你现在才知道啊？李雷啊李雷，我不就是个骗子吗？这不就得了，我是骗子，所以我能看出来她也是个骗子，这你总该相信了吧。"

李雷哭笑不得:"你,你,你怎么能说自己是骗子?"

指导员一脸惊奇:"不会吧,我难道真的把你骗了吗?你真的不觉得我是个骗子?"

李雷简直想揍他一顿了,这个家伙,为了驳倒他,不惜往自己身上抹屎,宁愿自己当骗子也不愿意服输。算了,不和他说了,实践是检验真理的唯一标准,等韩梅梅把钱寄来,那时再好好羞辱他吧。

李雷怎么也没想到,还没等到他羞辱指导员,指导员倒是把他先羞辱了一顿。过了半个月,文书抱着一沓信,手里像举着一个炸药包一样举着一张报纸冲进他房间,一路上高声喊着:"连长,连长,你上报纸了!"

李雷有些奇怪,问他:"我怎么上报纸了?"

文书说:"你看看,你快看看,指导员写的表扬稿,你救助那个女人的事情上报纸了!"

他把报纸夺过来,是军区的报纸,在头版的右下角有一块豆腐块,是写他出差时,在火车站遇到个妇女,钱包被人偷了,他慷慨解囊,掏了三百块钱,给她买了车票,把她送上车。那个妇女感动地说:"还是亲人解放军好。"果然是指导员写的。

文书说:"请客吧,连长。"

李雷心情很好,笑呵呵地说:"那是那是。"

他拿着报纸去找指导员,指导员正趴在桌子上备课,他笑呵呵地把报纸放在指导员跟前,用手指捣了捣那个豆腐块。指导员瞟了一眼,抬起头奇怪地看着他:"是我写的,怎么了?"

李雷说:"什么怎么了?你认输了吧。"

指导员说:"咦,怪了,我什么时候对你说我认输了?钱寄来了吗?"

　　李雷说："钱倒没寄来，但你文章都写了，你还敢说你不认输？"

　　指导员又飞快地瞟一眼报纸，扭过头来，一脸恍然大悟："兄弟啊，叫我怎么说你呢？文章是文章，事实是事实，这是两码事。我是写了这个文章，可我也没说她不是一个骗子啊。"

　　李雷说："白纸黑字，你还想耍赖不成？"

　　指导员说："我没耍赖啊，她什么时间把钱寄给你了，我什么时间就认输。你放心，这一点是毫不含糊的。"

　　李雷痛苦地皱起眉头，问他："这么说，你还认为她是骗子？那你为什么要写这篇文章呢？"

　　指导员说："我给你说过了，文章是文章，事实是事实，这是两码事。文章是用来鼓舞人的，事实是伤害人的。但你也不能说我在造假，比如说，这个新闻就是真的，你能说没这件事吗？但它是事实吗？不一定是，有百分之九十的可能你遇到的是一个骗子。这就是新闻和事实的区别。唉，李雷啊，这些高深的东西你也理解不了，咱们还是等着看她会不会把钱寄来吧。"

　　李雷使劲地想了想，指导员的话的确令人费解，他似乎明白了，又似乎不明白，他总觉得指导员的话里有漏洞，但他实在又找不到这个漏洞在哪里。他们这些政工干部就是花花肠子多，还真是不好琢磨。李雷也就不去想它了，气呼呼地说："好，那咱们就等着瞧吧。"

　　指导员的稿子上了报纸，这事全团很快就知道了。李雷本来还有点不大愿意让大家都知道，做雷锋是不留姓名的，自己倒好像是在沽名钓誉了。他见一个人就说："这是我们连老周要写的，我不让他写，他非要写不可。"人家对这个并不感兴趣，只是笑呵呵地问他："老李啊，钱寄来没有？"

　　李雷只得老老实实地说："还没有，快了吧。"

慢慢地，李雷从那些人的话里听出了另一层意思，大家显然和指导员的想法一样，把他当作笑话来看了。想想也是的，如果韩梅梅真是个骗子，那么，他被这个女人一下子骗走三百块钱，说起来是挺窝囊的。他不得不把韩梅梅的那张纸条揣在身上，别人再一脸戏谑地问他"钱寄来没有"，他忙把那张纸条掏出来，说："你看看，她留了地址给我，不会骗我的。"

人家还是一脸的不相信，笑眯眯地摇了摇头，眼睛里充满同情，仿佛在说："幼稚！"和他一起毕业分配到老虎团的几个战友，悄悄地对他说，以后不要再把韩梅梅的纸条拿出来了，人家都说你像祥林嫂一样，见人就诉苦，搞得我们脸上也没面子。

李雷有些生气："我诉什么苦了？我让事实说话。"

战友说："哥们儿，你就认栽吧，时间一长大家也就忘了，你总是这样执迷不悟，大家都会看你笑话的，影响你形象，时间长了，你在领导那里也就真的成了傻瓜，还会影响前途的。"

李雷愤怒地叫起来："就怪我们连的指导员，肯定是他到处给你们讲，我遇到的是个骗子！"

战友惋惜地摇了摇头，说："李雷兄弟，你怎么能怪老周呢？这事不用脑袋想，就是用屁股想，也知道那个女人是骗人的，你怎么会这么幼稚呢？"

李雷气得想上去揍人了，手握成拳头，整个身子颤抖着，眼睛像刀子一样瞪人。战友一看气氛不对，赶紧溜走了。时间长了，战友也有意无意地疏远他了。事情就是明摆着的，当大家都觉得你是一个傻瓜时，别人都会躲着你，免得被牵连着也被认为是傻瓜。李雷自己也躲过这样的傻瓜，做梦也没想到，自己当一次活雷锋，居然落个这样的下场。

就这样过了半年，还真的影响他调职了。

这半年时间里，他全副身心都用来等待韩梅梅给他寄钱了，老婆的事情反而不重要了。他也想通了，这事就随它去了，只要家庭不破碎，她爱怎么着怎么着吧，她总不可能跟着那个肥猪一样的男人混一辈子吧。她如果当着他李雷的面把他领到家里了，不，被他当场捉到的话，那没什么含糊的，该怎么着就怎么着。可现在，唉，家丑不可外扬，日子就这么过着吧。

最让他挂念的是韩梅梅这个女人，她像一滴水掉进了水里，再也没有任何消息。他不再傻乎乎地往营部去的那条路上转悠了，但每次文书取信回来，他总是竖起耳朵，期盼着文书突然在他门口停下，喊声"报告"，然后把一张汇款单塞到他手里。好吧，就算不会有汇款单了，但这个女人总该写封信来解释一下吧，她如果家里困难，他完全可以不要那三百块钱的，他本来就没打算要，是她非要他的地址，一定要给他寄来。他仔细地回想那天晚上的情景，那个女人目光里充满让人心碎的哀怨，脸上充满让人心疼的悲伤，她不可能是个骗子。但他又回想起她给陈三金局长打电话时那副老练的模样，也绝不是装出来的，那样子像一个高超的骗子，她说自己是"小娜"时，连眼睛都不眨。她到底是叫韩梅梅还是叫"小娜"？他越想越觉得可怕，可能自己真的是个傻瓜，真的不成熟，真的是被这个叫韩梅梅的女人骗了。这样的想法让他头痛，他揪着头发，头皮屑像雪花一样飘下来。他对着那些头皮屑叹口气，头皮屑仓皇地四处散去。他站起来，挥了挥胳膊，对着挂在墙上的镜子笑了一下，她怎么可能会是一个骗子呢？自己要是真把她当作骗子，自己不是像指导员一样了？总是把人想得那么坏，生活还有什么意思呢？还是应该多想想生活多么美好。

她一定会把钱寄来的！他握紧拳头，朝着镜子里的自己晃了晃，仿佛是在给自己加油。

5

八月份的时候，指导员终于不耐烦了，对李雷说："老李啊，这事总不能这样拖下去吧，咱们打的赌总得有个结果吧。"

李雷有些尴尬，说："再等等，她一定会寄的。她可能把我的地址弄丢了，她找到了，就会寄来的。"

指导员说："你还在做梦啊？老李，咱们就到十月底做个了结吧，正好一年，如果到那时钱没寄来，你就算输了。"

李雷说："万一她以后寄来呢？"

指导员说："那我把你捐出去的三百块还给你，我再捐三百块。"

李雷想了想，指导员这么说，他确实是没退路了，他就说："好，咱一言为定。"

指导员走了以后，李雷心里又没了底，万一韩梅梅真是个骗子呢？自己再捐出去三百块钱事小，关键是自己傻瓜、幼稚这些名声就坐实了，是一辈子也洗刷不了了。不可能的，韩梅梅不可能是个骗子的，她给他要钱时，他明明看到她要哭了啊。看上去那么老实的一个人，怎么可能是骗子呢？

没过几天，李雷开始休假了。他其实并不想休假，老婆和他倒没什么，关系还算融洽，甚至双休日过完他上班时，还要在他额头上亲一下，性生活也很和谐，倒是他心里像有鬼一样，和老婆在一起时，眼前总是晃着陈三金那头肥猪的石头一样的脸，他倒挂在天花板上，充满嘲讽地看着他光溜溜的身子，有几次，他甚至都无法勃起了。老婆没生气，很理解地说他也许累了，多休息休息。他满脸羞愧，恨不得钻进床底下。他不得不佩服老婆，外面有了男人，居然做得滴水不漏。他如果现在和她摊牌，她要是不承认，他还真不知道如何才好。算了，不想这事了，就当这事不存在吧。

有天晚上，老婆下班回来，告诉他说："我们局正在搞传统教育，领导说，教育要多样化，准备到革命老区'红色旅游'，可以带家属，你去不去？"

他皱着眉头问她："你们单位的人都去吗？谁带队？"

老婆说："都去，陈局长带队，他说了，要一个都不能少。"

他的眼前又晃动着陈局长肥猪一样的身子趴在老婆雪白身体上的画面，胃里翻腾，又想呕吐。他喝了一口水，把那种恶心的感觉强行压下去。他不想去，他不想看到那个肥猪一样的男人。更可怕的是，万一老婆和那个男人控制不住，在路上眉来眼去，他作为一个男人，是装作没看见，还是当场撕破脸皮？这样都不好，不如不去，眼不见为净。

他正在胡思乱想，老婆摇着他的胳膊，用一种发嗲的声音说："李连长，你就陪我去玩玩吧，人家家属都去，你让我一个人去，多没面子啊。再说了，井冈山的风景也不错，大家都说，那地方不但有红色教育，还洗肺呢。"

李雷的身子一震，瞪着老婆叫起来："去哪里？去井冈山？"

老婆被他吓着了，不由自主地松了手，愣愣地说："是啊，是去井冈山啊，怎么了？"

他激动地说："去，那是我们老虎团的诞生地，我当兵十多年了，一直想去看看。"

他没有给老婆说过韩梅梅的事情，自从他知道了"小红"的事，他就不想给老婆再多说自己的事情了。后来大家都拿这事来嘲笑他，他就更不想对老婆说了。他这样一说，倒也能解释他为何这么激动了，老婆抱着他的脖子，在他脸上亲了一下，说："要不要给你们部队请个假？"

他忙说："不用不用，我正在休假，不用给他们说的。"

　　老婆又在絮絮叨叨地说着什么，他一句也没听进去，心早就跑到了井冈山。这个事情是该有个了结了，他要亲自按照韩梅梅给的地址去找她，他找到她，只想问问她，她既然要他的地址，为什么这么长时间还没有还他的钱？他这样想时，韩梅梅仿佛站在面前，眼睛里水珠滚动，很委屈地说，我不是不想还你钱，而是家里太穷，回来又借了很多钱开商店，资金一时周转不开。李雷在心里笑了，如果她实在困难，他也不会真要那三百块钱。

　　去井冈山的路上，老婆和陈局长倒也规矩，两个人坐得很远，没什么动静。老婆偎依在他身上，挽着他的胳膊，像是过蜜月的小夫妻，开始他还有点不习惯，慢慢地就随她去了，让陈局长看看也有好处，他们夫妻还是恩爱的，婚姻是牢不可破的……

　　到了井冈山风景区他才知道，风景区和井冈山市并不是一回事，风景区是在茨坪镇，而到井冈山市还有一个小时左右的路程。他们这几天只在井冈山风景区接受传统教育，不会去井冈山市的。第一天看了北山烈士陵园、革命博物馆、茨坪毛主席旧居，他因为操着心找个机会去井冈山市，所以也没心思多看，只记得导游说，井冈山风景有四气，今天参观的是官气，明天参观的黄洋界是运气，龙潭风景区空气好还养人，是福气，五指山上了老版一百元人民币，是财气，来了井冈山，回去都会升官发财。陈局长一帮人都兴高采烈的，走到哪里，都要用手摸摸那些革命者的雕像，说是要沾沾这四气。李雷想说，那不是装了一肚子气吗？话到嘴边，又咽下去了。国家领导人在"红军碑林"里的题字"井冈红旗代代传""继承和发扬光荣的井冈山革命传统"里的"红"字和"发"字，被人摸得失去了光泽。导游说："这两个字被人摸多了，已经补了好几次，你们也摸摸，沾点财气和官气，回去了肯定又升官又发财。"陈局长他们还真的笑呵呵地挤上去摸了摸，老婆也喊着他来摸摸。他本来想说两句挖苦他们一下，但这显然会把他们都得罪了。他不得不硬着头皮草草地用手在上面画了一下，石碑很冷，像烈士们冷冷的目光。

老婆很满意地监督着他摸了那些字，给他一个甜蜜的笑容。陈局长不知道什么时间挤到他们身边，脸不再是僵硬的石头，亲切得像井冈山的雾一样浓得化不开。陈局长拍拍他的肩，掏心掏肺地说："李连长啊，有没有想过转业？"

李雷忙说："没，还没有呢。"

陈局长说："我看还是早点转业吧，在部队干没什么前途，早晚都得转业，晚转不如早转，年龄大了，发展受限制啊。"

老婆也在旁边帮腔："就是的，我前几年就这样给他说了，他就是不听，非要等调了副团再转。看看吧，都三十多了，还只是个正连，连个科级都不算。"

陈局长一脸惊奇："你这么能干，怎么还只是个正连？太屈才了，太屈才了。李连长，你再摸摸这些字，好好沾些官气，回去肯定能高升。"

老婆和陈局长都充满期待地看着他，他真想把自己的手剁了。他朝他们笑了一下，回过头来，很认真地把那些字又扎扎实实地摸了两遍。他心情更不好了……第二天本来去看他最想看的黄洋界，他怕上去又是什么官气财气的，索性借口有点累了，站在下面抽了一支烟，没有跟着他们上去。

李雷不想和这帮总想着要沾官气财气运气福气的人待在一起了，可他又实在找不到什么理由，只得受罪陪着他们转完各个景点，到第四天时，是自由活动，可以在风景区转转，买点纪念品。他就支支吾吾地对老婆说，他有个战友在井冈山市，十多年没见过了，他想去看看。没想到，老婆倒很通情达理，放他走了。

本来浑身都是劲，可到了井冈山市，李雷几乎没劲走路了，他手里捏着纸条，像提着几十公斤重的弹药箱，觉得整个胳膊都被拽痛了。他坚信一定能找到韩梅梅，可见到韩梅梅怎么说呢？直接问她为什么不还他钱？那也太小家子气了吧。李雷犹豫不决，走走停停，最后决定还是应该这样问问的。不过，应该先买些水果，就像老朋友串门一样，说起钱的事也不至于太尴尬。他还得向她说明，他只是路过这里的，并不是特意来要钱的，只要能证明她不是一个骗子，那三百块钱算什么，干脆就不要了。

纸条上写的是红军北路 1108 号。他以为他将会走一个上午才能走到 1108 号，但奇怪的是走了没多久，很快就走到尽头了，根本没有 1108 号。他茫然地站在路边，道路尽头是另一条路，他把那条路走尽，依然没有 1108 号。他擦了擦额头上的汗，回头张望，整个城市像是笼罩在雾里，行人和车辆像是飘在道路上。八月的太阳烤得身上的汗水不停地流下来，在脚下很快就聚了一个水洼。马路上的沥青黏着脚，他把脚吃力地抬起来，马路像牙齿一样咬着鞋子。他艰难地走着，从红军北路这头飘到那头，1108 号消失了。

红军北路尽头有一个卖雪糕的老太太，奇怪地看着他。他咬了咬牙，走过去问那个老太太："老奶奶，这里只有一条红军北路吗？"

老太太说："当然只有这一条，那边是红军南路。"

他舔舔嘴唇，嘴唇不知道什么时间绽开了一条条血道子，他咽口唾沫，感觉喉咙像烧着了一样。他把那张纸条递到老太太的跟前，说："你看看，这上面明明写着红军北路 1108 号，我怎么找不到？"

老太太戴着老花镜，把鼻子凑到那张纸条上，她仿佛不是在用眼睛看，而是用鼻子在闻。老太太抬起头，抽了抽鼻子，说："没有，红军北路哪里有 1108 号？那不得修到天边去了！"

老太太夸张地用手臂向远处比画一下。他皱着眉头仔细地看了看那张皱巴巴的纸条，上面的确写的是红军北路 1108 号。他把纸条又递到老太太的鼻子前，低低地说："你再帮我看看，你们这里有韩梅梅这个人吗？她说她是住在这里的。"

　　老太太又趴在纸条上看了一会儿，坚定地摇了摇头，说："小伙子，我在这里生活了六七十年，我可以负责任地告诉你，这条路上从来没有一个叫韩梅梅的人。"

　　他身上的骨头一下子被抽走了，几乎要瘫倒在地上，太阳穴不停地跳动，脑袋嗡嗡地响。他抱着脑袋，慢慢地蹲下来，手上捏着那张纸条在风中簌簌发抖，像是指导员在嘎嘎地嘲笑他，不，是全团的人都在嘲笑他。快一年了，所有的人都知道那个叫韩梅梅的女人是个骗子，只有他，像个傻瓜一样相信她不是骗子。他怎么就这么蠢呢？怎么这么长时间，还不相信自己是上当受骗了呢？李雷双手按在地面上，吃力地支撑着身子，像烈日下的鱼儿一样喘着气，绝望地看着街道上各种各样的人们，每个人都充满嘲笑地看着他。他真的输了，真的成了傻瓜，成了全团的笑话。他摇了摇头，脑袋仍旧很沉，他安慰自己，会不会有另一种可能，也许自己早就知道她是个骗子，只是不愿意承认罢了？这个可能不是没有，自己只是被侥幸蒙住了眼睛。他用力地站起来，把那张被汗浸湿的纸条揉成一团，扔了出去。一辆小轿车呼啸而过，把纸团带起来，在空中翻着难看的跟头，又一辆卡车过来，那张纸团终于消失了。他长长地松口气，抬头看了看明亮的天空，脸上挤出一堆死气沉沉的笑容。结束了，一切都结束了。

　　他后悔自己为什么要来井冈山了。

<h1 style="text-align:center">6</h1>

　　回到茨坪的时候，已经是傍晚时分，李雷看到老婆和陈局长正坐在酒店大堂的沙发上等他。老婆的脸蛋像山上的映山红鲜艳绽放，陈局长油光闪亮的胖脸更加油光闪亮。这对狗男女，肯定是背着我又干了什么见不得人的事。他应该绷着脸，给他们些颜色看看，

但看着陈局长那肥胖的身躯，他突然想起，在老婆的手机里，他叫"小红"，一个很苗条的名字。他不由得笑了，朝他们伸出了手。

回去的火车上，老婆睡得很甜蜜。他睡不着，拿起一本杂志看，那是妻子在井冈山买的一本时尚杂志，封面色彩鲜艳，像她的脸。他翻开杂志，铜版彩色印刷，每个字性感鲜艳，像老婆一样耐看。她轻轻地呼吸着，他俯下身子看着她的脸，仿佛闻到了军营里清香的桂花。他轻轻地吻了一下她光洁的额头，他觉得自己还是爱她的。这趟井冈山之行并没有白跑。生活还是美好的，他想。

7

没有什么悬念，当李雷从井冈山回来，又在家待了半个月，终于休完假回到老虎团时，哨兵看到他，离得很远就"啪"地敬个军礼，笑眯眯地看着他。大门口是警卫连，连长离得很远，就大声地嚷嚷："李连长，真没想到，你还真遇到一个好人了，那个，那个叫什么的女人还真没骗你，真的把你那三百块钱寄回来了！"

李雷吃惊地看着他，嘴巴张得很大，惊讶地叫起来："是吗，是吗？什么时间寄过来的？"

警卫连连长说："你休假没几天就寄来了，有十来天吧。你小子还真没上当，我说呢，我们老李这么聪明的人，怎么会让人骗了呢？呵呵，听说你们连的老周和你打赌了，这小子鬼精鬼精的，终于栽跟头了。"

李雷顾不得再和他寒暄，他把手里的包甩在肩上，拔腿就往连队跑，他要亲眼看看那张汇款单，只有看到那张汇款单，他心里才踏实。路上又遇到不少军官，他们和警卫连连长一样，都在感慨这个世界上还真有好人，他李雷运气真好。他兴奋地和他们打着招呼，脚步一刻都没停下来，他觉得自己身子越来越轻，仿佛要飞起来了，但他还是不得不在营部门口停下来了，因为政委站在那里。政委冲着他亲热地招着手，喊他过去。

他几乎是冲到政委跟前的。政委亲热地拍拍他的肩膀，笑呵呵地说："李连长，好好干，先给你透露一下，二营副营长要转业了，他的位置空出来了。你做好准备，这次真要提你了。"

这个倒没想到。李雷忙立正站好，扎扎实实地给政委敬了个标准的军礼。

他告别政委，整了整干净的军装，让自己快要跳出胸腔的心平静下来，得让指导员看看，他李雷不是一个傻瓜，他没有上当。他做好了准备，当他拿着那张汇款单时，他要好好地欣赏欣赏指导员那张呆掉的脸，在铁的事实面前，指导员还有什么话要说？他甚至不想把那三百块钱取出来了，经常在指导员面前晃晃那张汇款单，未尝不是一件很有趣的事情，这能提醒一下这个自以为是的家伙，真正的傻瓜不是他李雷，而是他自己！

他看到了指导员，指导员正站在连队门口，笑呵呵地看着他。

李雷恨不得立即冲过去，立即把汇款单取出来炫耀一下，看看他如何脸色通红，如何像傻瓜一样哑口无言，他甚至做好准备，如果指导员的态度好，他可以把他们的打赌取消，不让他再破费了。李雷的目光像看到情人一样火热地看着指导员，但他的脚步越来越慢，身子越来越重，笑容慢慢地僵硬在脸上，慢慢地消失了。指导员的确像所有人一样笑容可掬地看着他，但他的笑容和从前没有区别，仍旧挂着一种戏谑和玩世不恭。他这是什么意思？难道他知道这张汇款单是他李雷自己在井冈山市邮局用那个并不存在的女人的名义寄给自己的？

李雷咬着牙，狠狠地盯着地面，对这个捉摸不透的男人充满怨恨，为什么要较真呢？为什么还要较真呢？

离指导员越来越近，李雷不得不使劲地把腰挺直，把脚步狠狠地踩在坚硬的水泥地上，那地面仿佛是指导员的脸。他的目光恨恨地瞪着指导员，用尽全身力气控制着眼睑，不让泪水滑出眼眶，指导员也是人，和他一样是普普通通的人，他不可能知道所有真相的，不可能知道的，不可能的，不可能的……

（原载《山花》B 刊 2012 年第 2 期）

化　鱼

1

他在河里划着船，阳光在河面上发出耀眼的光芒。四五个警察突然从水里伸出手，把他从船上拽下来，把他的脑袋按在了响水河里。无边无际的黑暗压迫过来，胸闷，水从鼻孔里、嘴巴里呛进来，肺要炸开了。他变成一条鱼，离开了警察的手，向更深的河水深处游去。他躲在很深的河水下面的石头缝里，四周安静了，没有声音，没有人影，他在河水的怀抱中睡去。这条睡去的鱼做了一个梦，梦见自己是一个人，在响水河划着船，阳光在河面上发出耀眼的光芒。四五个警察突然从水里伸出手，把他从船上拽下来，把他的脑袋按在了河里……

李雷大叫一声从梦里醒来，出了一身的汗。

月光从窗外照进来，他看到了整整齐齐叠放在床头边的军装，紧紧绷着的身体一下子放松了，汗水慢慢凝结，身上开始变冷。他缩着肩膀，瞪着眼睛看着天花板。谢天谢地，他不是黄地的农民，而是"老虎团"机枪连连长，手下有一百来号的兵，还有几十挺机枪。回到现实中的李雷虽然庆幸自己不是一个农民，而是一个连长，警察不敢把他按在水里呛了，但听着门外哨兵来回走动的单调的脚步声，他觉得心里还是沉甸甸的。周而复始，往返循环，半年来，他不停地做着这个梦。

他不喜欢被人按着脑袋在水里呛着的情节，但他想成为一条鱼，躲在很深的河里，再也不要醒来。当个连长也不容易，枪好管，人不好管。他得和指导员一起，不但要管好这一百来号人的吃喝拉撒一举一动，还要管住他们的脑袋，了解他们的所思所想。而他的领导如营长、教导员、团长、政委们自然也会这样管他的。他限制别人的自由，别人也限制他的自由。这是一个圆环结构，紧凑、严密，没有一丝缝隙。

李雷内心一直有个幽暗的念头：从开始当兵，他就不喜欢这种感觉。

一到部队，李雷就水土不服。连上个厕所都要给班长报告一下，并且还要说明是去小便还是大便。他觉得滑稽而可笑。班长说，别笑，只有这样，我才心里有数，小便时间短些，大便时间长些，防止你们偷奸要滑。李雷觉得班长说得有道理，但还是挺难为情的，不好意思说是去大便，总说小便。有次从厕所回来，班长见到他就踹过来一脚，吼他："你说去小便，怎么用了这么长时间？"他忙解释，实际上是去大便的。结果又挨了一脚，大便就大便呗，为什么撒谎？他从此就老老实实地该说小便就说小便，该说大便就说大便。

班长还是盯上他了，觉得他很不老实。李雷觉得自己确实不老实。

班长第一次开班务会，问每个人的入伍动机。新兵们文化普遍不高。就在前一天，中午休息时，新兵们趴在膝盖上给家里写信，坐在他身边的一个姓周的新兵凑过来看，李雷斜着眼睛瞪他一眼。写信就像拉屎，别人看着是写不出来的。新兵周讪讪地笑了一下。李雷刚低下头，他又把头伸过来了。李雷正要抬头提醒他一下，感到有水滴啪啪地落了下来。新兵周哭了，哭得很伤心，但又怕班长训斥，不敢发出声音来，只是肩膀在一个劲地抽搐着。李雷惊奇地问新兵周："你怎么哭了？"新兵周用手背抹着泪水，说："我不会写信。"李雷吃惊地瞪着他，都什么年头了，天啊，居然还有人不会写信？但这是真的。没多长时间，李雷就知道了，新兵中像他这样货真价实的高中生，确实不是很多。

他们知道什么入伍动机？

班长装作客客气气的样子，说，大家谈一谈，自己的入伍动机是什么。说完后，他目光炯炯地盯着他们，随时准备找到把柄把他们好好修理一顿。新兵的回答果然五花八门，新兵周说自己不想当兵，是父母逼着来部队锻炼的。有的说，解放军叔叔好，穿皮鞋戴手表，阿姨跟在后面跑，想在部队提干当干部。还有个兵说，他家里兄弟多，两个哥都打光棍了，自己当兵了，容易娶媳妇。都很老实，也很滑稽。轮到李雷时，他本来想说，都说军民鱼水情，他当兵就是想成为一条鱼，躲在很深很深的大海里，没有人注意你，多好。但在班长再次提醒他发言时，他却挺直胸膛，响亮地说："报告班长，我的入伍动机很简单，就是来保家卫国，维护世界和平！"

班长愣在那里，直直地瞪着他。班长显然只想到了这个高中生会说"保家卫国"，但绝对想不到他还想"维护世界和平"。这样的高度显然超出了班长的想象，一方面他立即对李雷进行了表扬，说他思想觉悟高，另一方面，李雷给他留下了很不好的印象，这个家伙比较虚，嘴巴上有花拳绣腿的功夫，不能不防。班长从此以后确实对他不是很好，不管是训练还是整理内务，总盯着他。一旦被盯上，当然会挑出许多毛病。有那么几天，李雷好像成了班里最差劲的新兵，每天总要被训斥几次。其实他做得并不比别人差。比如他的五公里越野，在班里没人能跑过他。这很简单，父亲想让他当兵后，他每天早上都绕着村庄跑上两圈，算一算比五公里还要多一点儿。当兵就不打无准备之仗。他确实比较狡猾。

即使这样，在班长眼里，这也没什么值得表扬的。他对李雷说："你肯定练过长跑。"

李雷说："没有，我就是准备当兵才开始每天绕着村庄跑上两圈的。"

班长说："那你为什么不练单双杠、俯卧撑？我看你是准备打仗就当逃兵的。"

李雷明白了，这都是"维护世界和平"害的，班长存心要搞死他了，他像一条被扔在沙滩上的鱼，露着白色的肚皮，阳光暴晒着，张着嘴巴，寻找着水。

他不是不知道自己说出"维护世界和平"的后果，大家都很傻，你为什么要跳出来呢？枪打出头鸟儿，出头的椽子先烂，这些道理他懂。但他就是忍不住，他用这个冠冕堂皇的"入伍动机"来嘲笑那些新兵，同时戏弄一下班长。目的达到了，但后果很严重。他突然觉得，傻的不是那些新兵，而是自己。必须把身体里那头时刻想要小聪明的小叫驴拴起来。

他后来非常感谢那位整天找碴收拾他的新兵班长，在以后的军旅岁月里，他再也没有犯过类似的毛病，他比所有的兵都要老实，当然进步也最快，他是新兵中第一个入党的，然后考上了军校，然后就成了军官。

2

十多年后的这天晚上，机枪连连长李雷再次挣扎着从噩梦中醒来，再也睡不着了。

他坐在床上，愣愣地看着窗外的月光，时间像流水，吧嗒吧嗒地掉在尘埃里消逝，李雷仍然无法入睡。他索性打开灯，想看看一个叫裴指海的作家的小说《往生》，他已经看了很多天，一看就想睡。他记得放在了桌子上，但却怎么也找不到了，他摸着脑袋，想了半天，这才想起，指导员前段时间去集团军集训时把它带走了。其他都是思想政治教育一类的书，这书无法催眠，它们僵硬得像石头一样，你根本就看不进去。他东张西望，焦灼的心跳声在水一样的夜色中荡漾开来。不知道什么时候，他发现自己站在了镜子前，呆呆地打量着镜子。奶奶说，晚上看镜子，魂要丢的。他一直刻意在晚上躲着镜子，但这会儿他却入迷一样地盯着镜子里的自己，突然发现镜子里的那个人不是他，而是一个陌生的家伙。他是一个老实、听话，甚至还有点畏首畏尾的人，他看人的眼神是卑怯的，向别人笑时是讨好的。而镜子里的那个人年轻得胡子还没有来得及扎出来，眼睛狠狠地瞪着他，狡黠、桀骜不驯。

李雷摸了一下鼻子，镜子里那个人却摸了一下额头。他伸了一下手，镜子里那个人却扬起手，狠狠地甩来一巴掌。他听到啪的一声，脸上火辣辣的痛。镜子像要融化，往下滴着水，镜子里的那个人扭曲变形。这是奶奶说的他的魂吗？李雷捂着脸叫了一声，哨兵匆匆地跑过来，敲他的门，问他："连长，怎么了？"李雷慌慌地应了一声："没事，没事。"怎么都不能在自己的兵们面前出洋相，在兵们面前出了洋相，以后就没威信了。哨兵的脚步声慢慢地走远了。李雷扭过头来，镜子恢复了原状，里面确实是他，一脸惺忪，双眼肿胀，像鱼的眼睛。

李雷重新爬上了床，熄了灯，紧紧地闭着眼，眼角却淌满泪水。自己确实变了，变得不但自己不认识自己了，连镜子也不认识他了。它只记得从前的那个自己，从前的那个自己狡黠、桀骜不驯。在老家黄地，爬树翻墙、掏鸟窝的事情没少干过，还曾被蝎子蜇过五次，被马蜂追得抱头跳进河里。中学时也不是一个好学生，抽烟、喝酒、早恋，青春期该试过的都试了，不该试的也试了。高考落榜回到黄地，不到半个月的时间，他就把邻居付黑子刚新婚不久的媳妇孙小娥勾引到了晒麦场，他们在那里度过了一个美妙的夜晚。付黑子的父亲还是村支书呢。她以为他是爱她的，他当兵走时，她站在人群里，眼里还流出了泪水。

他那时是一个天不怕地不怕的小流氓。警察从来没有把他的脑袋按在水里过，反而是他曾把警察弄到冰冷的河里去了呢。

机枪连连长李雷想起往事，在黑暗中嘿嘿地笑了几声。

那晚的月光也是这么美，但在迷离的月光下，水面上散发着一股杀气。至少李雷是这么觉得的。他蹲在沙滩上，埋头捧起沙子，装在啤酒瓶里，然后又跑到河边，从岸边抠了一块黄色的泥巴，封住瓶口，把一截导火索插在了上面。付黑子坐在船尾，双手抱着桨，奇怪地问他："你弄这干什么，又不会爆炸。"李雷说："你先别管，到时你就知道了。"李雷和付黑子一起光着屁股长大，是铁哥们儿，但这不影响李雷勾引孙小娥。他同时觉得这也不影响他和付黑子的友谊，只要他不知道那事就行。事实上他觉得，因为有了孙小娥，他反而和付黑子的友谊更牢固了，比如现在，他们就一起冒着天大的危险在响水河水库偷偷地捕鱼。这是禁渔期。

几十年来，乡亲的油盐酱醋都是靠在河里捕鱼来解决的，突然有一天，公家宣布不能再捕鱼了，如果要捕鱼，得登记，捕三个月的鱼，得向渔管所交八千斤鱼，剩下的才能是自己的。三个月后，要禁渔三个月，然后再开放。黄地乡亲和渔管所再也没有停止过战争。乡亲们不但在禁渔期用网捕鱼，他们还用自制的爆炸物来炸鱼。他们用锯末掺着硝酸铵化肥炒成炸药，这种炸药是灰色的，很像河边的沙子。它很不起眼，但威力惊人。夏天来了，那些鱼忍受不住水底的寂寞，浮出水面扑腾。一个装满自制炸药的瓶子扔下去，一声巨响过后，水柱蹿出一两丈高，水面上白花花的一片翻着肚皮的死鱼，就像漂满了一河的钞票。村里的王二娃，有次一下就炸出了一千多斤的鱼，金黄色的是鲤鱼，露着雪白肚子的是草鱼。王二娃要结婚的前一天，划着船到了河中间，他要为自己的婚宴准备一些新鲜的鱼。当他点燃了导火索，把装满炸药的瓶子举到头顶要扔出去时，爆炸了。人们在船上找到了他的尸体，他的脑袋不见了，船上到处都黏着他的破碎的络腮胡子。

库区成立了水上派出所，专门对付偷捕鱼的乡亲。李雷就是看着乡亲和水上派出所的战争长大的，有时水上派出所的警察扭着乡亲的胳膊拖走了，要用四五千元才能把人赎回来，有时乡亲用锄头和铁锹把水上派出所的警察赶到河里，他们狼狈地爬上快艇跑走了。

在李雷高考落榜的这年夏天，他迷上了捕鱼，他和付黑子常常趁着月光，偷偷地把船划到水库里，把渔网撒下，两人坐在船头抽烟。水面上波光粼粼，船头上两个小小的烟头一闪一灭，风把他们的说笑声传向四方，他看着付黑子欢乐的脸，有时会想起孙小娥明亮的眼睛，会有那么一小会儿的愧疚，但他很快就把它像烟头一样掐灭，扔在河里，让它随着波浪漂走。一两个小时之后，把网起了，运气差时，一条鱼也没有，运气好时，一网能捕到上百斤鱼也是有可能的。他们的运气经常很差，同时还要提心吊胆地防备水上派出所，他们的快艇速度真快，当听到声音时，已经来不及跑了，眨眼就到了跟前。被水上派出所抓到，脑袋被人家按在水里呛是小事，问题是要没收船，还要罚四五千元。李雷并不在乎能捕多少鱼，他喜欢这种刺激的感觉。他有时甚至还想，他如果真爱孙小娥，可以趁付黑子不备，把他掀到水里去。付黑子会游泳，那也不怕，用渔网缠着他，他就只能死于意外了。那段时间里，李雷看到付黑子，脑袋里总浮出这个画面，他因此一直不敢爱上孙小娥，他要是爱上孙小娥，付黑子就得死。

一个夏天都没有什么事，一直到了深秋。那天晚上他们的运气不好，撒了两次网，连鱼腥味都没有闻到。当他们第三次把渔网下到河里时，听到了快艇的声音。他们想逃走，但哪里逃得了？当他们的船被水上派出所的快艇截住，警察愤怒地吼着要把他们抓起来，准备把船拖走时，李雷笑嘻嘻地看看他们，弯腰把那个瓶子拿了出来，不慌不忙地取下嘴巴上叼着的香烟，点着导火索，像颗手榴弹一样高高地举着扔进了快艇里。瓶子在快艇里活蹦乱跳，导火索咝咝地冒着白烟，散发出刺鼻的味道。那些警察来不及脱下衣服，一个比一个积极，纷纷跳进河里躲避。水面上扑通扑通地泛起美丽的水花，在月光下歌唱。正是深秋时节，河水冷得刺骨。李雷临走时，还高声地喊道："老子是木扎的，有本事去找老子吧。"木扎是黄地旁边的一个村子。

两个人唱着歌，妹妹坐船头，哥哥岸边走，像凯旋的士兵，不慌不忙地把船划回了村庄的河湾里。只要到了村庄，那就是乡亲的天下了，水上派出所是不敢上岸的。他们顺利地回到了家。

那年冬天到来的时候，上百名警察突然拥进了黄地，他们抓走了村里所有的青壮年男人。所有的青壮年男人都偷偷地捕过鱼，他们确实没有抓错。那几天里，黄地哭声一片，鸡狗乱窜，老人们拄着拐杖四处奔走，到处借钱。父亲把李雷赎出来后，阴着脸，说："娃子，你还是当兵去吧……到了部队好好干，别再回来了。"

李雷就这样当兵走了。那天，他走到村口时，回头看了看破烂的村庄，整个村庄散发着人之将死的不祥气息。

李雷的入伍动机就是这吗？不，开什么玩笑呢，他李雷才不怕和那些警察斗智斗勇呢。但他真正的入伍动机却不能说，对谁也不能说。现在，在十年后的军营里，远离黄地，往事已经覆盖上厚厚的尘埃，淹没在无边无际的岁月里，李雷终于可以说了。他脸上的肌肉抽搐了一下，双手紧紧地抓住被子。黄地油菜花开了，遍地金黄，蜜蜂在花丛中飞舞，风吹过来，把花蕊吹向四方，整个家乡香得像浓浓的酒。响水河在阳光下闪耀着银色光芒，一条又一条鱼儿跃出水面，一条咬着另一条的尾巴，在水面上飞翔。一个女人站在岸边，她的长发披在肩上，像水一样光滑。她的睫毛长长的，眼睛里蕴满水，大眼睛骨碌碌地转着，像会说话一样。她的嘴唇鲜红，像花儿一样盛开。腰是水蛇一样的腰，脖子是像鹅一样白的脖子。

他真正的入伍动机很简单：他是被这个叫孙小娥的女人吓走的。他到死也不会忘记，他从水上派出所放回来的那天晚上，付黑子还被关着，那个女人让他到她家里去。他就去了。女人像水蛇一样缠在他身上，追着问他爱不爱她时，为了证明他爱她，他就说了自己曾经想的，在一个风高月黑的晚上，把付黑子约到水库捕鱼，然后把他推到河里，让渔网缠着他，把他弄死，这样，两个人就可以厮守在一起过上幸福的生活了。他急着要爬上女人的身子，所以他就这样说了。在他看来，这只是一个有点小小邪恶的玩笑，但女人却当真了，从他身上下来，在他脸上亲了一下，俯下身子，直直地盯着他，笑嘻嘻地说："李雷，你真聪明，我都想不出这么好的办法，咱们就这样干吧。"李雷愣住了，抚摸女人身子的手停在那里，她的肌肤比冰还要冷。他问她："你说什么？"女人说："我觉得你这个主意不错，你就把他这样弄死吧，谁也想不到的。"他推开女人，坐了起来，又问了她一句："你说什么？"女人的眉头皱了起来："你害怕了？"李雷摇了摇头，他应该发火，或者给她一记耳光，但他却迟疑了一下，低低地说："我怕什么……可他会游泳，恐怕要下番功夫。"女人眨了眨眼，抿着嘴笑了一下，说："还有一个法子，你弄个瓶子，就说炸鱼，你把导火索点了，扔在船上，你赶紧跳进水里，把他炸死。谁都会相信这只是一场意外。"李雷愣愣地看着女人，女人脸上笼罩着一股杀气，她是认真的，不是跟他开玩笑的。女人说，只有这样，咱俩才能天天在一起。那天晚上，李雷把这个女人折腾得死去活来，他一点儿也不觉得愧疚了。他在疲倦中沉沉睡去，梦见自己和这个女人走在响水河边，女人紧紧地偎在他身上，风吹过来，她长长的秀发像旗帜一样飘扬起来，遮住了他的脸，脸上痒痒的。他把她的头发拨开，看到了她的脸苍白，没有一丝血色，她的两只眼睛不见了，黑洞洞的，盯着他，发出奇怪的笑声。他挣扎着推开她，沿着河岸狂奔，女人紧紧地追着他，眼看就要抓到他了，他只好跳进了水里，变成了一条鱼。女人站在岸上，无可奈何地看着他。他嘿嘿地笑着摇着尾巴向河水深处游去……

村里的鸡开始叫时，李雷醒了。天色已经微微泛白。他穿上衣服要走时，女人懒懒地躺在床上，眼神迷离，声音比响水河里的水草还要柔软，他走到门口了，她的声音还在缠绕着他，你早点下手啊，咱说好了，你要早点下手啊。李雷说，好，我再想想。

他想都没想，征兵一开始，他就当兵走了。

李雷对着月光轻轻地叹口气，十多年的军旅生活，像一场梦一样，部队确实是一个大熔炉，废铁百炼成钢，把他这个人渣也完全改造好了。他到了部队，卖命般地训练，玩命般地学习，不光磨掉了他身上的棱角，还把他的思想也像用熨斗一样熨得平平整整的，连一点点的褶皱都没有。才三十出头，他已经像个小老头一样了，没一点儿脾气。他甚至隐隐约约觉得，全团的官兵似乎都有点看不起他。他们看他时，脸上的嘲笑和讥讽怎么都掩饰不住。他们打心眼里看不起他这个窝囊的男人。

他确实窝囊，窝囊得甚至在这十多年里，再也没敢回过老家黄地。他有了儿子，理所当然也是城里人，儿子根本就不知道天下还有黄地这个地方。他也从来没有打算要给他说说黄地的事儿。如果有可能，他宁愿一生都不要回去。

李雷伸出手，月光在手指间流动。窗外传来哨兵交接的声音，然后一切归于寂静。他躺下来，闭着眼睛，从一数到了一千，数字如此枯燥，但他还是毫无睡意。他索性披衣站在窗前，看着月光下的军营，眨了眨眼，军营变成了老家黄地，他像条狗一样跪在爷爷的坟前哭泣。

3

半年前，李雷接到父亲从镇上打来的电话，父亲的声音像火一样呼呼地蹿着火苗，发出呛人的味道："你爷爷昨天死了，你还回来不回来？"

李雷握着话筒，心里空荡荡的。他从小是被爷爷带大的，他对爷爷的感情比对父亲还要亲。但他还是犹豫一下，喃喃地说："部队要演习了，我怕回不去了……"

父亲吼道："你是不是准备要等我死了才回来？"

李雷也有些气恼，说："我每个月都按时给你寄钱了，回去不回去有什么事儿呢？"

父亲恨道："你自己看着办吧。"话筒里传来砰的一声，震得耳朵嗡嗡地响，他能想象得出，父亲该有多么愤怒啊。

再不回去就不像话了，就是一条鱼，也总要浮出水面呼吸一下新鲜的空气。

李雷是一个人回到黄地的。他不想带老婆回去，老婆也早被他描述的肮脏与贫寒的黄地吓住了，很高兴自己不用跟着丈夫回去受罪。

李雷叹口气，转过身来，推开了门。哨兵看到他，忙立正站好，向他敬了个军礼，目光里带着疑问，夜这么深了，连长为何还要出来？李雷朝他点了点头，朝营区深处的黑暗里走去。他爬上了一座小土坡，坐在一块石头上，石头冰得一股冷气从屁股钻到头顶，他不由得打个哆嗦。石头棱角分明，硌得屁股很痛，但他还是坚持不动，就当是惩罚自己吧。他摸出一支烟，把自己笼罩在深沉的烟雾中，眯着眼睛看着脚下的军营，夜色中的军营朦胧不清，潜伏在阴影里不知名的虫子在低低吟唱，像哭泣一般。那个叫孙小娥的女人，此时此刻，她是醒着的，还是酣睡如梦？

李雷还是回去了。他回到家里，刚刚坐下来，院里来了一地的小黑狗般的孩子，拖着鼻涕，站在门口看他。那些孩子他一个都不认识，他们肯定也不认识他，只知道他是在大城市里当官的。他忙从提包里掏出糖果，一把一把地塞给他们。父亲在旁边扯他，给他使眼色，小声地说："少给些，一个孩儿给两颗就行。"李雷笑着摇了摇头，父亲还是那么小气。孩子们拿到糖果，欢天喜地地走了。

孙小娥来了。李雷没有认出她来，她如花似玉的脸变得苍老不堪，红扑扑的脸蛋变成土黄色，脸上布满斑斑点点，眼角边爬满了鱼尾纹。他有点疑惑地看着她，她叫了起来，说："大军官，不认识我了？"李雷没认出她，但从声音里听出来了，他忙扯过一把椅子，让她坐。她没有坐，靠着门框，充满挑衅地看着他，问他，怎么没把老婆孩子带回来？李雷平静地告诉她，老婆工作很忙，孩子还在上幼儿园。她想干什么呢？她想来和他那个城里的老婆比吗？他不害怕。如果她还想比的话，他甚至还可以告诉她，他岳父是省委组织部副部长。副部长是什么官？连县长书记见了都要小跑着巴结的官儿！她终于感到了羞愧，站了一会儿，没边没沿地扯了一会儿闲话，然后就走了。

李雷浑身都是汗，他打了一个冷战，缩了缩身子，藤椅紧紧地包裹着他。多么想成为一条鱼。他双手撑着藤椅的扶手，扶手肮脏得油光闪闪。他吃力地抬起头，看着孙小娥略显佝偻的背影，鼻子发酸，黄地的岁月真是把杀人的刀子，十来年的工夫，把一个风风火火的女子折腾成了一个邋遢的女人了。她走得很慢，身上仿佛背着一座山，脚步蹒跚。他挺了挺腰，突然为从前的日子感到羞愧，多么荒唐可笑，她有什么可怕的？他居然整整十多年都没有回过家啊。他在藤椅里晃了晃身子，藤椅发出痛苦的吱呀声。他扭过头，笑呵呵地问父亲："付黑子呢，现在过得怎么样？"父亲叹了口气，说："别提了，可怜啊，你当兵走的第二年夏天，他就死了。"李雷僵硬在藤椅里，心脏剧烈地跳动起来，问父亲："他怎么死了？"父亲说："怎么死的？还不是为了捕点鱼嘛。"李雷捂住胸口，咽口唾沫，问父亲："他是一个人去捕的鱼吗？"父亲说："不是的，你当兵走了以后，付黑子就和村里的周铁蛋一起捕鱼了。是个中午，天热得都没一个人出来。周铁蛋喊他去偷捕鱼，付黑子嫌热，不想去，周铁蛋硬把他拽去了。周铁蛋划船，付黑子撒网。结果，付黑子掉河里了，本来应该没事，他会游泳，可谁知渔网把他缠着了⋯⋯周铁蛋跳下去救他，也差点被渔网缠着，还是他命大，拽住了船帮，这才没事，要不，渔网也非把他拖进去不可⋯⋯"

李雷感到浑身冰冷，他猛地站起来，伸着脖子看了看外面，门外大路上空荡荡的，只有一条黄狗蹲在地上，正伸着舌头呼呼喘气，歪着脑袋奇怪地瞪着他。那个女人又袅袅婷婷地走回来了，站在他面前，笑意盈盈地看着他，脸上像盛开了一朵花儿，身上散发着庄稼的清香。风从田野里吹来，她的头发像旗帜一样飘扬着，遮住了他的脸，脸上痒痒的。他把她的头发拨开，慌慌地扭过头，看到付黑子倒挂在屋梁上，他的脸被鱼啃得破破烂烂，往下流着血，滴滴答答的，眼睛哀怨地看着他，喃喃地说，李雷，你怎么跑去当兵了？你怎么把我一个人丢在黄地了？李雷摇了摇头，闭上了眼睛。一阵眩晕。等他再睁开眼睛，付黑子消失不见了。父亲坐在椅子上，有滋有味地抽着他带回来的纸烟，额头上的皱纹堆得密密麻麻的。李雷忧伤地望着破烂的村庄，泪水爬满了脸，多么想成为一条鱼⋯⋯

远处传来了哨兵的咳嗽声，李雷擦了擦脸上的泪水，俯下身子看着脚下，浑身没有一点儿劲，双腿不由得一软，跪在了地上。他伏下身子，双手按在地上，荆棘刺着他的手，流出了殷红的鲜血，他冲着家乡黄地重重地磕了三个响头：付黑子，请你原谅我，我不是一个恶人，但也不是一个好人，我有罪，如果有来世，但愿你比我们过得好，如果有地狱，但愿那些有罪的人到那个地方去……大地芳香，愿你的灵魂在天堂安息。

这个时候，太阳正缓缓地升起来，照着这个像狗一样伏在地上的年轻军人，整个大地一片明亮。

（原载《文学港》2013 年第 3 期）

雪地上的蚂蚁

1

　　所有的小说都是假的，这篇也不例外。整个故事虽然都是我编造的，但它还是有一点儿根据的。我当兵的时候，在一次投弹训练中，有位新兵突然失手把手榴弹掉在了地上，别人还没做出反应，住在我上铺的那位兄弟就猛扑上去，把那个新兵压在身下，手榴弹同时也爆炸了。新兵没有一点儿事，住在我上铺的那位兄弟却壮烈牺牲了。

　　几天以后，这位兄弟的家人从遥远的河北老家赶来了，他们带走了他的一些遗物，留下了许多眼泪。弟兄们也都流泪了。他是一名很优秀的士兵，如果能坚持几天，就能够顺利地转成正式党员了。当然，他的牺牲并没有影响他入党这事，团党委很快就批准追认他为正式党员。我想，他会对此很欣慰的。

　　我还记得，当兵第一年时，他就写了入党申请书，是我们那批新兵中第一个写的，他还把手指头咬破了，是用鲜血写成的。这太形式主义了，这一点我不赞成。

　　其实他的家人并没有完全把他的东西带走，他有一个手抄本就放在我这里。那是一本发黄的练习簿，可能是小学生用的，密密麻麻地写满了字，也都很工整，比我这个高中毕业生写得还好。我清楚地记得，那天中午我正坐在凳子上看着一部长篇小说《红日》，那是一部被称为"红色经典"的战争小说，我当时是个狂热的文学爱好者，野心非常大，希望自己将来能够在文坛上有所作为。他突然在上铺歪着身子看着我，用手拍了拍我的脑袋，当时我还有些恼火，觉得他对我太随便了。那时连队正在传闻要把我提为班长，事实上我已经以班长自居了。班长是士兵能干到的最高的位置，许多兄弟都想当。我瞪他一眼，问他："有什么事？"他就把手上这个散发着历史霉味的手抄本递给我了："你看一看吧，这是我爷爷写的，他写的也是战争，是他亲身经历的，他还上过黄埔军校呢。"

你们可能猜到了，我一下子就被这个手抄本吸引了，没翻几页就很激动地对他说："你爷爷这人真有文化，他写得真好。说不定我能根据这个写个小说呢。"他眼睛发着光地看着我，兴奋地说："真的吗？你如果能写成小说，那就太好了，最好也把我写上，我爷爷从小就想让我当解放军，可惜他去世早，没看到我穿上这身军装……"他的眼睛有点湿润，可能又想起了他的爷爷。我要是有个这样的爷爷，我当然也会和他很有感情的。

他和我说完这句话的下午，我们就开始投弹了。我想再和他说话时，他已经永远也不可能和我说话了。

所以我就写了这个小说。我用这个小说来纪念我这位兄弟。

他的爷爷，也就是那个黄埔军校生，在国民党军队的最高职务是连长，他后来被俘加入了中国人民解放军，最高职务也是连长。这个手抄本大概写于20世纪50年代，那时他在家务农。篇幅很长，内容很多，我直接从他被俘前的那一战说起吧，那一战实际上大家都很熟悉，就是淮海战役。

　　前黄埔军校生是直接从他被俘写起的。他一开始就说，一切都不是我想象的那样，两个解放军士兵持枪站在门口，一个年纪很小，嘴唇上只有一层淡淡的茸毛，他甚至还没有他拿着的步枪高，另外一个很老了，他的脸上已经有了很深的皱纹，差不多都有五十来岁了。他眯着眼睛看着我们，目光里没有军人应该有的那种杀气，反倒像个慈祥的农民，在得意地审视着他辛苦一年养大的庄稼。

　　我当时心里很难受，自从在双堆集被俘以来，解放军就一直只用这两个一老一少的士兵看管着我们。对军人来说，这不是一种尊重，而是一种耻辱。在他们眼里，我们就是一群绵羊，想怎么收拾就怎么收拾。这简直像梦一样。在国民革命军中，第十八军十一师就是一只猛虎。在对日军作战中，无论是在淞沪会战，还是在后来的武汉会战、宜昌会战中，多少士兵身上捆满手榴弹，与日军坦克同归于尽。在对解放军作战中，十一师曾多次遭遇优势兵力的包围，但从来没被吃掉。我们在山东战场上，还曾经见到过他们刷在墙上的标语："打碎吃掉十一师这个硬核桃！"每个字都有一人多高，是用红色的染料涂上去的，血红血红的。我们用了许多办法都没能彻底擦掉。我后来在三野一名将领的回忆录中也看到了这个细节。他说，那时他们真的把十一师恨得牙都痒痒的。他们的首长还说，十一师这块硬骨头不好啃，弄不好是会硌牙的。

　　他们现在终于把它吃掉了。当时我还有点伤心难过呢，毕竟是自己待了很多年的部队，还是有点感情的。这是我当时觉悟不高的表现，不知道这是为蒋家王朝卖命的必然结果。

　　四五个解放军士兵挑着担子送饭来了。队伍骚乱起来，战俘们呼呼啦啦地站起来，眼睛闪闪发光地盯着那些冒着热气的饭菜。饭菜的香味使我也很不争气地伸长了脖子，是馒头和猪肉炖粉条。十一师毕竟是十一师，没有人打招呼，俘虏们都自动排着队，按顺序站好，领到属于自己的那份饭菜，蹲到一边，狼吞虎咽地吃起来了。解放军的伙食很好，虽然这几天都吃得饱饱的，但面对那份热气腾腾的饭菜，我还是激动得要哭了。我这是被饿怕了。在双堆集的日子里，那简直像狗一样，能吃的东西都吃了，不能吃的也吃了。

我已经深深地厌恶战争了，但我还不想死，我想离开军队，回到河南确山，找到那个叫罗麦的小姐，我们结婚，做一个本分的平民百姓，安安稳稳地过一辈子。我没有什么理想了，哪怕做一个农民也行。但我的老家我是不能回去了，听说共产党已经解放了那里，斗了当地主的父亲，分了我们家的房子和田地。我曾经是一个经常和解放军作战的国军军官，我如果再回去，不但不会给他带来幸福，反而会害了他。

我希望他能安稳地过完下半生。

我那时已经给自己重新起了个名字叫赵大胜，是名国军上士，而不是一名军官。这当然是假的，就连我对他们说的我老家是在河南确山也是假的。我们很早就听说，解放军会把俘虏的军官杀掉，把士兵补充到部队里。我不想死。

我们吃过了饭，都懒洋洋地蹲在地上晒着太阳。最初的惶恐过去了，我们已经认命了，何况解放军并不像传说中那样凶残，我甚至觉得他们和我们这些正规军相比，一点儿也不比我们逊色，他们的俘虏政策，在某一方面来说，甚至比我们还要好。我看到了我的那个叫王有德的勤务兵，他正无聊地在地上画着什么。整个连队就剩下我们两个了，其他的兄弟都死了。我走过去，坐在他身边，低低地问他："你以后有什么打算？"他看了看我，犹豫了一下，说："我想当解放军。"我愣了一下，他忙解释说："我爹我妈他们都不在了，我是跟着我姐过的，他们家也很穷。我就是想在部队混口饭吃，我也是因为这个才当的国军。"

然后他歪着头问我："连长，你想干什么？"

我忙低低地说："你不要叫我连长，就叫我赵大胜，是咱们连队里的一名上士……我想回家。"

我把手枕在脑后，眼睛望着湛蓝的天空，有鸟从空中飞过，它们欢快地唱着歌，自由自在地飞翔着。我想起了远在河南确山的罗小姐，她站在大路边，手里挥舞着小旗欢送着行进的大军，静静地看着我们，微笑的脸庞就像盛开的花朵。如果有机会能回去的话，我希望能回到她身边，她是一个好姑娘。

从 1948 年年初开始，我们部队一直驻扎在确山，整天听到的都是不好的消息，昨天是某某部队被解放军包围了，今天又是另一个部队，我们像一支忙碌的救火队，到处跑着救援。但很多次我们赶到时，要么解放军已经消灭了那支部队，要么是早就转移了。几乎有大半年的时间，我们就这样疲于奔命地跑来跑去，但却没有一场像样的战斗。解放军显然也在提防着我们，他们时刻准备全力给我们致命一击。他们现在终于做到了，整个十一师彻底地完了。

那段时间我心里很乱，整天胡思乱想，解放军会不会把我杀掉？王有德会不会把我供出来？解放军如果认出了我，他们会对我怎么样？这些问题让我头痛，后来我就不去想了，该来的总要来的，随它去吧。我想得最多的是罗小姐，这会让我的心情好一点儿。但我不知道我和罗小姐之间有没有爱情。她是确山商会会长的女儿，国立河南大学毕业生。我是黄埔军校毕业的，国民革命军第十一师上尉连长。我是被他父亲在一次地方国民政府宴请我们十一师军官的宴会上相中的，他托我们团长做媒，说要把女儿嫁给我。我本来并不想恋爱或结婚，到处都是战争，随时都有战死的可能，我不想让任何人因为我的缘故而成为一名可怜的寡妇。但团长的面子磨不开，我只好和她见了一面。她那天剪着齐耳短发，穿着一件很普通的点缀着黄色碎花的上衣，站在葡萄架下，干枯的枝叶反而把她的脸衬托得更加鲜红。她还有点害羞，印象中那天她总是低着头。她很漂亮，皮肤雪白，睫毛很长，眼睛很大，里面蕴满了清水一样的柔情。她又有文化，家庭还有地位，无论从哪个方面来说，我都没有不同意的理由。于是就订婚。那几天我很高兴，我以为自己已经找到了幸福，但没过几天，我们就开始奉命赶往徐州参加"徐蚌会战"，我只好离开了罗小姐。

现在回想起来，我其实对罗小姐还是比较满意的，她在父亲的支持下，在确山县城办了一个私立女子小学。这在那个小县城是件很新鲜的事。虽然只有十几名学生，但我很佩服她。

我很想回到确山去。如果有可能的话，我宁愿在她那个女子小学当一名普通的教员。

命运这东西让人捉摸不定。后来我就再也没去过确山了。若干年后我才听说，第十一师在"徐蚌会战"中全军覆没，消息传到确山时，她不相信，在她的坚持下，罗会长组织了一支庞大的队伍带着她赶到双堆集，她亲耳听到了第十一师全军覆没、二连官兵全部战死的消息。她趴在大雪覆盖的战场上放声痛哭，在那些没有姓名的坟堆前烧了一沓又一沓的纸钱。她后来嫁给了一个转业的解放军军官，听说后来还入了党。如果她还活着，现在应该也有三十多岁了吧。

命运给我开了一个天大的玩笑。我想回到确山，找到我的未婚妻，安安稳稳地过一辈子，因此我害怕暴露自己的军官身份，害怕被解放军杀掉。我们没想到的是，解放军要的是士兵，放的却是军官。在他们眼里，我们这些军官一般都有复杂的家庭背景，最不济的也至少是地主。有钱才能读得起书，读了书才能上军校当军官，因此思想比较顽固，让人不放心。所以校级以下的军官，他们很快就放回去了。

我记得很清楚，那天天气很好，我们这些俘虏被集中到一个晒麦场上，士兵站在一边，军官站在另一边，整个队伍黑压压的，前不见头，后不见尾，可能有几千人吧。俘虏们穿着棉衣，但都觉得很冷，每个人都簌簌发抖，眼巴巴地看着那些解放军。我们不知道他们要干什么，心里都有点慌慌的，站在我旁边的一个家伙吓得尿了裤子。一个瘦瘦的解放军军官主持会议，他一开口就说，这是一个释放被俘军官的仪式。我的脑袋嗡地就炸了，那些被俘的军官要被释放了？这怎么可能呢？我以为自己听错了，竖起耳朵，瞪大眼睛，看着那个解放军军官，他和士兵穿着一样的衣服，我根本就看不出他的官职大小，他扬了扬手中厚厚的一沓纸，说得很清楚："我们现在就放你们走，你们的名单就在我们这里存档，如果以后还当兵，再被我们抓住，那时就绝不客气了！"

接着就当场念名单，果然念一个放一个。我眼巴巴地看着那些兴高采烈的家伙背着破烂的包袱，就要踏上回家的路途了。我看了看那个解放军军官，心里扑通扑通地跳个不停，我如果现在坦白了，他会对我怎么样呢？他会不会把我关起来？会不会毒打我一顿？这种可能会有，但根据我对解放军的了解，也许不会。但我还是没有勇气站出来，那样会让我觉得自己像个小丑一样可悲和可笑。

我在忐忑不安中看着那些被俘的军官们一个一个地离开了，最后只剩下我们这些士兵，解放军的班长过来领人了，他们把我们拆开编到不同的部队。我以后再也没有见过王有德。四年后，我听说他在朝鲜战场上抱着一根爆破筒与敌人同归于尽，英勇战死了，成为一名志愿军的英雄。我很感激他，他到死都没向别人透露过我的身份。

我后来也成了一名解放军军官，知道那天讲话的人是中原野战军第六纵队俘虏大队的大队长许秋桂，他那时还只是一个连队指导员。我后来和他很熟了，这才知道那时所谓的被俘军官名单存档，是根本没有的事，那时战斗频繁，生活紧张，谁还顾得这些事啊，只是吓唬人的。我知道后，有点哭笑不得。我被命运结结实实地捉弄了一把。

　　我被补充到六纵十六旅四十六团五连二班，也就是后来的中国人民解放军第十二军三十四师步兵第一○○团，这是一支具有光荣传统的红军团，它的前身是红二十五军的，是有名的"夜老虎团"。它后来还参加过震惊中外的上甘岭战役，那时我已经是名连长了。

　　我以后表现得很好，作战勇敢，从来没动过逃跑的念头，我后来慢慢地喜欢上这个部队了。如果没有后来发生的事情，也许现在我能成为一名解放军的团长了吧。这都有可能。虽然离开了，但我还是深深地爱着这支军队的。

　　我对现在的生活很满意，家里的土地和多余的房子都分给了贫下中农，我是一名自食其力的老百姓，这让我活得更踏实。村里的乡亲对我还可以，毕竟这是我的家乡，他们是看着我长大的。他们给我分了一些家具，找了几间土坯草房，还帮着我娶了一个媳妇，虽然她大字不识一个，但这有什么呢，她家务干得很好，是个典型的农村妇女。这就够了。县里还让我当了一名政协委员，其实也没什么事，就是让我有空写写在黄埔军校，在国民革命军第十一师时的事情。如果这对党对人民有益，我很乐意做好这件事。往事如烟，我从哪里开始说呢。就从我们开始离开确山前去参加"徐埠会战"开始吧。

2

　　前黄埔军校生显然是个脑袋里充满了文学理想的人，他不但关注士兵，还关注天气和道路。我必须得说明的是，这篇小说的确是我写的，但我所做的也就是结构谋篇，把前黄埔军校生的一些错别字，甚至记错的一些地名和人名纠正过来。很多时候，我都很伤心地发现，我的文学才能根本没有用武之地，直接把他的叙述引用过来就行了。

　　前黄埔军校生在手抄本中写道，他们离开确山那天天气不是很好，天空弥漫着灰暗的雾气，黏糊糊地黏在树木、枯草和石头上，整个世界浸泡在灰色的蜘蛛网里。坦克和卡车沉重地咆哮着，无望地挣扎着，士兵们垂头丧气地排着队，像一只灰色的虫子，慢慢地在大地上蠕动。走着走着，突然出现了太阳，天地间豁然洞开。那条行军的虫子活过来了，它伸展着胳膊和腿，变成了一条让人惊惧的长龙，前不见头，后不见尾。

　　前黄埔军校生站在路边，看着这些熟悉的士兵，他们充满杀气的面孔让他热血沸腾。他站在那里默默地想，尽管我不知道即将参加的战斗是什么样子，在什么地方打响，对手是哪些部队，但我相信最终的胜利还是属于我们的。士兵们行军的脚步铿锵有力，有一会儿我甚至产生了错觉，以为自己脚下的大地在颤动。

　　前黄埔军校生接下来说，那天天气突然晴朗，我们都觉得这是一个好兆头。行军的命令是昨天下午发布的。他们只讲是到徐州集结，那里有庞大的友邻部队等着我们，我们将会集在一起，像一条汹涌的河流，缓慢但有力地漫向那些被共产党占领的"沦陷区"。我那时甚至还在想，但愿这次能咬住解放军的尾巴，像真正的军人一样决战。我当时真是顽固透顶，多次和共产党的军队作战，只是想着尽一个军人的责任，根本没有想到这是对人民的犯罪，对民族的犯罪。

　　我记得我所在的三十三团二连一排的排长是莫少尉，真实姓名记不起来了，我们平常都喜欢按照他的军衔喊他莫少尉，他也愿意让人们这么喊他。他的理想就是做一个职业军人，他的确有职业军人的派头，部队到哪个地方一驻扎下来，他就要找人把他的军装熨烫得平平整整，每天都把皮鞋擦得锃亮。他不仅仅是做个样子，他在骨子里就是个好战分子。他最常讲的一句话就是："我只关心战斗胜负，士兵在我眼里就是一堆数字。"我很反感他这句话，我从来不会把士兵当成一堆数字的，他们每一个人都是活生生的，无论哪种性质的军队，士兵们都是相依为命的兄弟，战场上是要互相帮助、互相依赖的。但我也不能怎么说他，一来他作战的确很勇敢，二来他是我们师长的外甥。有时我甚至不得不看他的脸色行事。我只是一个小小的连长而已。

莫少尉跑过来，他的脸庞因为激动而变得红通通的，眼中闪烁着兴奋的光芒，他给我敬个礼，大声说："连长，我们整个兵团都来了，我们到那边的土坡上看看吧。"他指了指远处一个高高的土坡。

我也感到惊奇，我在十一师当兵这么长时间，还从来没有看到过整个兵团猬集一起行军。说实话，那时我也很激动，想想吧，整整十二万多人的大军，那将是一个什么样的场面啊。我说："好，我们去看看，把二排长和三排长也叫上。"

我们爬上了那个高高的土坡，放眼望去，我一下子惊呆了，在土坡那边，一条钢铁巨龙正缓慢而有力地前进着。阳光灿烂夺目，那些锃亮的钢铁闪闪发光，它们把所有的阳光都吸在了自己的身上，在滚滚的尘土中反射的阳光刺痛了我的眼睛。它们像一头头凶猛的野兽，固执而又坚定地向前移动着。我的眼睛几乎要湿润了，这是一支真正的大军！

莫少尉眯着眼睛，目光就像看着情人一样，充满柔情地抚摩着那条钢铁巨龙。我能看出来，他的心里也一定充满了激动。二排长瞪大眼睛，他几乎发呆了，喃喃地说："整个兵团都来了，都来了！"我因为激动而说不出来一句话。国民革命军第十二兵团，号称五大主力兵团之一，我今天终于看到了它的真实的面目。这是一个将会让对手感到胆战心惊的凶猛的战争机器，所到之处，它将毫不留情地撕裂、咬碎一切，我为那些即将遭遇它的解放军感到可惜。

我喃喃地说："这将是一场大战。"

莫少尉的眼睛闪闪发光，他的声音有些颤抖："这只是其中的一点点而已，徐州还有同样的五个兵团等着我们！"我愣了一下，他的舅舅是我们的师长，他的确知道许多我并不知道的东西。我知道徐州有友邻部队在等着我们，但怎么也没想到，居然会有五个兵团，也就是说，这将是一支有着八十多万人的庞大的军队。我有点震惊。我承认，有些东西已经超过了我这个连长的想象力了。我想象不出，八十万人的军队进行的将是一场什么样的战争。我的手心里全是汗。我并不是害怕，而是充满激动，我那时还想，那些穿着粗布军装的农民，他们甚至没有资格和我们这支军队作战，我们的战争可能就是一场屠杀。

营长坐着吉普车过来了，他给我布置了一个任务，带着一个排先行出发，前去搜索、侦察沿路的敌情地形。

我立即带着二排出发了。每个人都有自己喜欢的部属，我最喜欢的就是二排。二排是连队里最能打的一个排。连史中曾有这样的记载，在1938年的淞沪会战中，十一师雷汉池营长率领我们二连坚守徐宅阵地时，日军以战车20余辆，冲击十一师阵地，并施放毒气。二连官兵誓死不退，在日军战车冲上阵地时，二排剩下的18名士兵在排长的带领下，自愿将手榴弹捆在身上，趴在地上等着战车冲来，与敌人同归于尽。它有许多光荣的历史。

二排长伍福贵家在河南南阳，这是一个个子不高但很精干的小伙子，他的皮肤很黑，手上长满硬茧，你捏着他的手，感觉是在和石头握手。他的枪法很好。在和日本鬼子作战时，他经常作为一名狙击手，隐藏在树上或者石头后面，专门打敌人的指挥官。他有很多传奇故事。他现在站在队伍前，一丝不苟地检查着每个士兵的装备。他的脸庞在太阳的照耀下，闪着古铜色的光芒。

我很喜欢他。共产党人是讲唯物主义的，我们得承认，国民革命军里也有真正的军人，他们没有什么阶级觉悟，自己当了兵，就要效忠自己所在的军队，就是这么简单。他如果当的是解放军，我相信同样是名真正的军人。我们的不幸在于，我们一开始就在国民革命军当兵，没有人告诉我们为谁扛枪，为谁打仗，稀里糊涂地当了剥削阶级的炮灰。伍福贵没有上过学，但他还是当上了排长，这很不容易。十一师的军官基本上都是上过军校的，很少有没上过学的，不识字的能成为一名军官，几乎是不可能的。伍福贵是一个例外。他能成为一名军官，完全是靠自己打出来的。他是个 1939 年就入伍的老兵，经历过武汉会战、宜昌会战、石碑要塞保卫战，先后负过七次伤，没人能说清他到底杀死过多少日军。伍排长的威信很高，他打仗很勇敢，每次都是亲自端着步枪或抢着大刀冲锋。他对士兵也很关心，什么时候都不会丢下兄弟不管，像个老母鸡似的，总想用自己的翅膀罩住孩子。他是个好兵。那时我就知道，他当时还有个弟弟在解放军里当兵。

这种事情在国民革命军里是很敏感的，我一直都罩着他，没出什么事。两年前，国共战争刚爆发时，家里给他寄过一封信，是我念给他听的。他的信都是我念给他听的，我们的关系真的像兄弟一样。他母亲在那封信里给他说，你是老大，打仗时留心一下，看看能不能遇到你弟弟，要是遇到你弟弟，你可不能打死他啊，家里就你们两个人，你们都要活着回来。我给他念到这里时，他脸上有些紧张，赶忙立正站好，声音洪亮地说："连长，你放心，如果在战场上遇到他，我不会手软的！"看着他老实的样子，我当时还笑了一下，忙招呼他坐下："你不用紧张，我们都是军人，他在那边打我们也是理所当然的。这不是什么事。"但我也看得出来，他还是挂念着他那个当了解放军的弟弟的，我们每打过一仗，清理战场本来不是我们的事情，但每次他都要跑过去，翻看着每一具解放军士兵的尸体，察看每一个俘虏。我知道，他想找到他弟弟，把他带回家。

我真的没把这当回事，作为一支军队，我们只负责作战，政治上的事是政治家们玩的。如果我们二连真的俘虏了他的弟弟，我甚至会考虑偷偷把他放掉的，这并不是因为我有什么觉悟，我就是这么想的，这也是人之常情。我没有对伍排长这么讲，但我想我能做到的。

我还知道，伍排长一直是很感激我的。

十一师在确山驻扎时，有天团长把我叫去，他瞪着眼睛，严厉地问我："伍福贵这个人可靠不可靠？"我吓了一跳，忙立正站好，挺直胸脯，大声地向他保证："绝对可靠。"团长脸色缓和了许多，他低下了头，一声不吭地在屋里走来走去。过了一会儿，他把一封信递给了我，那是河南南阳国民政府发来的一个公函，说是伍福贵的弟弟在解放军里不但加入了共产党，而且还是名连长了。我吃了一惊，我知道有些部队很忌讳这样的事情，轻的会把这个军官革职回家，重的甚至以"通匪"的名义就地正法。我的脸上渗出了汗水，忙结结巴巴地向团长保证，伍福贵这几年一直没有回过家乡，他除了偶尔给家里寄些钱，没见他和家里有什么联系。他家里有时写来信，也是我给他念的，都是钱收到了，买了几亩地之类的事，他没有和他弟弟联系过，我拿性命担保，他绝不会"通匪"。团长是我的老乡，我们私下关系也不错，他盯着我足足审视了两三分钟，然后皱着眉头，拍了一下我的肩膀："你不要担心，说他'通匪'，我也不信。但你还是要多注意一点儿。"

我忙用力地点了点头，心里一块石头终于落了地，我很感谢我们的团长。

那天团长把那封南阳国民政府的公函交给了我，他让我自己看着办。我把公函拿回去后，当着伍福贵的面撕了，说这件事就这样过去了，你弟弟是你弟弟，你是你，不要把这事放在心上。他很感动，眼睛里甚至有了泪花。我相信十一师的弟兄们，都是真正的军人，他们不可能干出荒唐的事情。那时我是死心塌地为国民党服务的，有这样的想法，也是不足为奇的。

　　我和伍排长带着三十多名弟兄越过行军的队伍，向东出发了。这里已经是共产党的游击区了，我让士兵们把子弹都推上膛，随时准备投入战斗。

　　一路上都是同样的荒凉和贫穷，天地间一片死寂。偶尔遇到一个村庄，乡亲们茫然地看着我们，没有惊喜，没有厌恶。走到哪里，都是这样的百姓。没有人会喜欢战争。

　　村庄里的人们告诉我们，两天以前，一支庞大的解放军队伍从这里经过，走了整整一个晚上，最后连白天也开始行军了，也是向东走的。我们还看到了解放军刷在墙上的标语和留下的宣传单，他们声称要打倒国民党的统帅，解放全中国。

　　我抬起头向天边望去，一轮红色的夕阳正缓缓地落下去了。那些干枯草地上，一只蚂蚱无力地向前蠕动着。一群黑色的乌鸦呱呱地尖叫着向远处飞走了。

　　所有的迹象显示，一场大战即将到来。

　　从第三天开始，天气开始变得越来越不好了。刚开始是小雨，慢慢地变成了雪花，落在地上，很快融化了。道路上都是污泥，越来越难走，行军速度明显慢了下来。

　　国军很快就和解放军遭遇了。

　　先头部队到达安徽蒙城附近的涡河岸边停了下来。这是一条并不是很宽的河流，河水很清，站在岸边，甚至能看到水中的倒影。我把几个排长集合在一起，让他们到附近看一看有没有渡船。他们很快带着士兵走开了。我和副连长一起走到河边，对岸静悄悄的，和其他地方一样，只有一些枯草在寒风中颤抖着。我蹲下身来，准备洗一下脸。我刚把手放进水里，突然砰的一声枪响，副连长一声不吭地栽倒在河中，对岸的枯草突然飞了起来，露出了无数个脑袋。那是解放军士兵。

　　我跳起来，飞快地往后面跑着，子弹像飞蝗一样啾啾地叫着从耳边飞过，士兵纷纷中弹倒下。团长来了，他命令营长在最短时间内，想尽一切办法，送一支部队过河，占领对岸滩头阵地。

在猛烈炮火的支援下，第一批士兵登上了北岸，打退了解放军反扑，整个营很快全部渡过去了。

整个师全部到达涡河岸边，工兵们紧张地架设着浮桥。

天黑后，解放军丝毫没有撤走的迹象。国军的大炮怒吼起来，震得人们的耳朵发痛，整个天空都红了。炮火打着了村庄，房屋烧着了，草堆烧起来了。望着这连天大火，营长兴奋得烦躁不安，走来走去。终于遇到解放军了，终于可以痛痛快快地打一仗了。

我原本以为至多打到半夜，解放军可能就会撤走，但一直打到了天亮，解放军仍然没有后退一步。从团里传来消息，说这是一场攻坚战，据抓来的俘虏讲，解放军在这里投入了四个团的兵力。

兵团的炮兵全部到位了，几百门大炮对涡河北岸进行覆盖射击。炮弹嗖嗖地从头顶飞过，炸点密密麻麻，一个挨着一个。成千上万发炮弹撕咬着大地，啃嚼着大地上每一个活着的生物。

炮火向远处延伸了，士兵们跃出战壕，冲了出去。解放军的阻击是顽强的，士兵腿被打断了，还跪在那里射击。我很清楚地记得，一个解放军士兵蜷缩成一团，他的军装已经被弹片扯烂，身上的鲜血被烟火熏成了紫黑色，他的一只胳膊已经不见了。但他仍然活着，他的双腿不停地抽搐着，瞪着血红的眼睛看着我们。我们都觉得他已经不行了，士兵们经过他身边时，甚至都没停下来看他一眼。他艰难地看着我，低低地哀求着："长官，救救我。"我迟疑了一下，最后还是让医务兵去给他包扎一下。医务兵跑过来，跪下一条腿，扭头从身后的挎包里拿绷带时，那个解放军士兵翻了一下身，他的身下露出了一颗手榴弹，我还来不及叫起那个医务兵，解放军士兵就用剩下的一只手拉响了那颗手榴弹……

中午时分，解放军建起了第二条防线，依旧顽强地阻击着我们前进的步伐。

　　兵团的坦克全部渡过了涡河，它们耀武扬威地冲上阵地。解放军的机枪和步枪一齐疯狂地向坦克扫射，但很快他们就发现那是徒劳的，坦克继续疯狂地吼叫着向他们逼近。他们抱着一捆捆麦秸塞进履带。有辆坦克的履带被缠住，在那里冒着黑烟。国军士兵从坦克里爬出来，用机枪扫射起来，但那些抱着点燃的高粱秆的解放军士兵仍旧成群成群地冲过来，那一朵朵火苗汇合成一片火海汹涌而来。火势很快吞噬了那辆坦克。剩下的坦克逃跑了，失去坦克掩护的国军步兵像豆捆子一样倒在地上。

　　国军组织了第二次冲锋，六辆坦克排成一线吼着冲了过去。

　　一个解放军军官模样的人举着手榴弹，带着士兵迎着坦克冲过来。我吃惊地看着他们，我打了那么多的仗，但还从来没有见过这样的场面，看到那么多人举着手榴弹冲过来，根本就不顾什么生死。解放军边冲边扔着手榴弹，那些手榴弹像一群群黑色的乌鸦一样向国军扑过来。

　　解放军就像是从地下冒出来的一样，怎么也打不完，人越来越多，他们能用的武器都用上了，斧头、镰刀、圆锹……脖子上挂着，肩上背着，腰上缠着，手上拎着，全身披满挂满手榴弹。他们在阵地上横冲直撞，手榴弹像黑鸦般飞过来，国军再次退却了……

　　涡河之战打了两天两夜，解放军终于撤退了。那些村庄已经片瓦无存，没一堵墙是完整的。战场上到处飘荡着浓厚的黑色烟雾，空气中飘浮着尸体烧焦的味道。到处都是尸体，一具挨着一具，很多都不能叫尸体了，只是一摊血块肉片。有时一不小心就会踩到上面，噗的一声滑倒了。伍排长小心翼翼地挪着脚步，眼睛瞪得大大的，固执地审视着每一具尸体。我在心里长长地叹口气，他还在寻找弟弟，但就是他弟弟在这里，他又怎么能认出他来？每一个人都被炮火熏黑了脸庞，他们早已面目全非。

我拍了拍他的肩膀，轻轻地说："伍排长，你就不要找了，他说不定没在这里打仗。"

他舔了舔嘴唇，低低地说："他就在这支部队里，他是在中原野战军当的兵。"

我看了看他，他皱着眉头，眼睛游移不定地打量着整个战场。我叹了口气："你就是在这里找到他了，他也已经战死了，又有什么用呢？"

他的目光暗了下来，他盯着自己的脚，喃喃地说："他就是死了，我也要把他的骨头带回老家，送给爹娘……"

我的眼睛有点酸酸的，缓缓地闭上眼睛，我宁愿伍排长永远都不要在这里找到他的弟弟，最好的结局是，他们在战争结束后再相见。那时，告别了武器，再也不用像狗一样撕咬了，无论是工人，还是农民，无论是商人，还是小贩，每个人都是兄弟。

前黄埔军校生突然莫名其妙地感到一阵寒意涌上脑袋，觉得在以后的行军途中，每个地方，也许一条河流，也许一个村庄，都有可能成为自己和手下士兵的坟墓……

3

前黄埔军校生在向徐州战场前进时，解放军已经发起了事后震惊中外的淮海战役。他在涡河边苦苦激战时，在徐州东边的碾庄圩，黄百韬带领的国民党精锐部队第七兵团已经被解放军紧紧地包围了。前黄埔军校生也很快知道了这件事，他的口气越来越沮丧了。

解放军越聚越多，战斗越来越频繁，每走一步都成了战场。

庞大的军队还没蠕动出多远，身后枪声就像狂风暴雨一般响起来，解放军幽灵一样从浓重的夜色中钻出来，呐喊着向整个兵团杀了过来。

担任后卫的是第十四军，他们甚至来不及卧倒，解放军的子弹就像泼水一样射过来。那些国军士兵像一只只受惊的兔子一样扔掉步枪，抱着脑袋四处奔逃。

十四军彻底崩溃了。

团长命令立即回头增援。另一支精锐部队第十军也加入混战，机枪和大炮吼叫起来，坦克也加入阻击，炮弹呼啸着从头顶飞过，那些溃兵这才慢慢地清醒过来，他们竭力地控制住自己的胆怯，集结在一起反击。战线慢慢地稳定下来。解放军冲锋几次后，在国军强大火力的阻击下，终于后退了。枪声慢慢地沉寂下来。

折腾了一整夜，黎明到来了。一群群士兵疲惫地趴在冰冷的地上，他们的军装被炮火和泥土弄得肮脏不堪。伤员的惨叫声慢慢地变弱了，变成了低低的呻吟和无助的哭泣。我感到很累，身上没劲，脑袋疼痛，无论白天还是黑夜，无论是睡着还是醒着，这几天都像生活在一场噩梦之中。

伍排长仍旧在尸体中寻找着，不时地翻看着每具尸体。我真想不明白，他就是找到了他弟弟的尸体，又有什么意义呢？这就是战争，死者和生者没有什么区别，只和时间早晚、运气好坏有关。

我走到他身边，用卡宾枪把一个士兵的尸体翻了过来，这是一个年轻的解放军士兵，他的脸上还带着稚气，也就十六七岁的样子。我扭过头，看了看伍排长，他看了看那个解放军士兵的尸体，又看了看我，苦笑地摇了摇头。我轻轻地说："伍排长，你就不要找了吧。"伍排长咬着嘴唇，他看了看到处都是硝烟的战场，叹了口气："连长，我一定要找到他，给我爹娘一个交代。"他看了看我，眼睛里好像有水珠一样的东西在闪动着，他似乎要哭了，"连长，我没告诉过你，我不是我爹娘亲生的，我亲生的爹娘早就饿死了，是他们收养我的。我弟弟是他们唯一的亲生儿子，他要是活着，我就一定把他带回去。他要是死了，我就把他的骨头带回去……"

我愣在那里，我这是第一次听说伍排长的身世。我终于理解了他为什么在每一次打过仗后都要在战场上寻找弟弟的原因。我的眼睛有点胀，想流泪，甚至想趴在地上大哭一场。他们是兄弟，人人都是兄弟，有一个共同的祖先，为什么要在这里像蚂蚁一样厮杀，像狗一样撕咬？我突然感到喉咙痒痒的，像是一群虫子在里面蠕动。摆满尸体的战场常常让我感到恶心、反胃，我小心谨慎地隐藏着这一点。我急忙弯下腰，翻看每一具尸体，仔细地端详着他们的面孔。

我们几乎找遍了整个战场，伍排长还是没有找到他要找的人。他带着士兵打扫战场，把那些尸体堆在一条不深不浅的坑中，许多尸体根本分不出来敌我，只是一堆破碎肢体，只能用铁锹把它们铲起丢在坑中。那些国军伤员很快被抬走了，解放军伤员不多，他们很多人宁愿用一颗手榴弹和国军同归于尽，也不愿意被他们俘虏，和他们的信仰相比，他们把自己的生命更不当回事。没有人去理会那些解放军伤员，怕他们身下藏着一颗手榴弹。

一群国军突然赶来了，他们是十四军的。也许被刚才四处奔逃带来的耻辱所激怒，他们个个变成野兽了，他们杀气腾腾地端着上了刺刀的步枪或者举着随身携带的铁锹，看到解放军伤兵，就有三四个士兵冲过去，用刺刀和铁锹把伤兵砍成了肉泥。那些解放军伤兵们没有一个求饶或者惊慌失措，他们安静地看着那些发疯的士兵，脸上甚至带着微笑。那些十四军的军官就站在旁边，无动于衷地看着。

这是我在战争中看到的人类最无耻、最堕落的场面！我悄悄地扭过脸去，这些野兽一样的军人让穿着同样军装的同类感到无地自容！如果我知道我以后将和这些英勇无畏的解放军士兵一起作战，他们同样是我的兄弟，我不会茫然地站在那里的。但我那次的确是什么也没做，就那样看着他们凶残地对待这些身上布满伤痕的士兵。

我甚至还不如伍排长，他就站在我旁边，瞪着眼睛看着十四军那些野兽一样的军人，眼睛红了，脸上肌肉痛苦地抽搐着，他也许想到了他的弟弟，一个解放军的连长，也许是因为我们十一师所在的十八军从来都不会干这种畜生才干的事情。他把手放在了卡宾枪上，猛地把它提了起来，枪口对准了那些无耻的军人。我大吃一惊，只要他的枪声一响，那些像野兽一样的军人会把他打成筛子的，就是他不死，也会受到军法审判的。我忙抓住了他的手，他的手因为激动而在不停地颤抖着，我使劲地把他的枪压了下来，冲着他摇了摇头，低低地说："你别惹事，他们已经疯了。"他愣愣地看着我，身子在清晨的风中簌簌发抖。我怕他再待下去会出事，忙扭头给站在身边的士兵们使了个眼色，让人把他架走了……

我的解放军兄弟，请原谅我那时的怯懦和无知吧。这也是我后来一直不愿意再去确山寻找罗小姐的原因，除了不想给她再带来麻烦，我还怕她知道我在这场战争中的所作所为后，会不会绝望地扭过脸去？我是不会原谅自己的！

当天黄昏，十二兵团赶到了双堆集。

天色渐渐地暗下来了，我忧心忡忡地望着无边无际的夜空，谁知道在同样的黑暗中，在某一个地方，会有多少解放军士兵啊，他们也许正在擦着刺刀和子弹，随时准备再发起猛烈的冲锋。我第一次有了不祥的预感，也许我这次可能不能活着出去了。突然想起了远在确山的罗小姐，她笑起来眉头微微皱起，还有两个小酒窝，这是一个漂亮的姑娘。我是有点爱她了。她现在在干什么呢？会不会想起我呢？

第二天早上起来，大地一片雪白。天空中还在飘着雪花，部队向四面出击，但都被打回来了。我们吃惊地发现了一个致命的事实：一夜之间，解放军已经潮水般地涌来，我们周围出现了十多个解放军纵队的番号，他们完成了对双堆集的层层包围。

　　雪花更大了，几米之外几乎看不见人。整个大军和大地一起融在雪花中，北风挟着雪花，吹在脸上像刀割一样，在这空荡荡的旷野上，士兵们挥舞着铁镐和铁锹挖着战壕，身上的汗水像蚯蚓一样到处乱爬，脸上的汗珠不停地落下来。土地已经冻上了，一镐下去，雪地上只是起了个白点，虎口震得发麻。我擦了一把额头的汗，向远处看了看，白茫茫的一片，就像我们整个兵团的命运一样，什么也看不到。

　　雪下得更大了。这将是一个寒冷的冬天。

4

　　前黄埔军校生的口气越来越悲观了。

　　大雪覆盖了双堆集，绝望的情绪在军队中悄悄地蔓延着。每天十二兵团都在试图突围，但每次都被打回来。那些解放军像钉子一样钉在那里，无论大炮如何轰击，步兵如何冲锋，他们都绝不后退一步，一块小小的阵地反复争夺，解放军有时被打得只剩下一两个士兵了，但他们依旧在那里拼命抵抗。国军踏着自己兄弟的鲜血攻占了这块阵地，但还没站稳，那些解放军士兵又像潮水一样涌上来，然后又是激战、肉搏，然后国军又退回了冲击时的出发阵地。

　　解放军也在试图进攻，他们一波一波地拥来。国军的机枪猛烈地扫射着，迫击炮在人群中爆炸着，一汪汪的鲜血从年轻的躯体里迸溅出来，士兵们不停地倒下去，但他们没有丝毫的迟疑，依旧呐喊着冲锋着。那些受伤的士兵，在地上蠕动着，但他们不是往回爬，而是一寸一寸地往前爬。有的竟然站起身来，高呼口号，把更多的火力吸引到自己身边，掩护周围的兄弟前进。那些国军的机枪射手们，趴在机枪上面，使劲地转着机枪扫射，鲜血四溅，甚至听到了子弹噗噗地射进身体的声音。一些射手受不了，他们松开了机枪，滚到了一边，趴在地上大口大口地呕吐着，声嘶力竭地叫骂着。他们没有受伤，但他们显然已经无法再参加战斗了，解放军的凌厉攻势几乎让他们的精神崩溃了。

轻重机枪的射手全部都换成了军官。我抱着机枪，拼命地射击着，弹壳飞溅着，机枪像个野兽一样突突地叫着。莫少尉趴在机枪上，如痴如醉地射击着，有一会儿甚至闭上了眼睛，脸上露出无比陶醉的神情。看着那些在火网中双手挥舞挣扎的士兵，我突然就流泪了，泪水模糊了我的眼睛，胃里翻江倒海，像被人扯着了一样揪痛，我感到一阵恶心，趴在机枪上大口大口地呕吐起来。莫少尉扭头看了看我，嘴角边的肌肉抽动一下，目光里充满嘲笑的意味。我艰难地抬起头来，心里突然很恼火，声嘶力竭地怒吼着，狠狠地射击着……

解放军不得不再次退了下去，但他们仍旧死死地包围着我们。

双堆集成了一只铁桶，我们被紧紧地装进了桶里，无法突围出去，但十二兵团弹药还很充足，火力仍旧猛烈，解放军要想一下子把十二兵团打掉，也是很难的，战场上呈现出僵持状态。

解放军变得更聪明了，他们不再发动大规模的进攻了。他们晚上爬出战壕，向前挪动几十米，然后取下背上的铁锹，使劲地挖着冻得像骨头一样坚硬的土地。他们像一群蚂蚁一样密密麻麻地趴在地上，任凭头上的子弹乱飞，坚定地挖着。他们的耐性和韧性让人惊叹，第一个士兵被打中了，第二个士兵立即爬过来，继续挖着。他们先是挖出一个跪射工事，最后把跪射工事加深，挖成齐胸的散兵坑，这时国军的射击就失去了作用。他们继续向前挖，把一个个散兵坑互相打通，一下子就变成了几百米长的交通沟。然后，继续加深，挖出各种各样的避弹室、防炮洞和地堡等。

第二天天刚一亮，我们就惊恐地发现，原本空荡荡的平原，一夜之间，冒出无数地堡、交通沟，它们像一道道绳索，紧紧地勒住了双堆集。我举着望远镜，整个平原上见不到一个人，只能看见一条条交通沟弯曲盘绕。国军的大炮失去了作用，甚至坦克也无能为力，他们有意把那些沟挖得很深，坦克一开过去，非要栽进去不可。

我们都默不作声地看着，只有莫少尉站在那里嘿嘿地冷笑着，他的笑声突然让我感到很恼火。我看了他一眼，但我没敢瞪他，他这是一种蔑视敌人的做法，我能说什么呢？再说，他是师长的外甥，我一个小小的连长，有时也不得不让着他。

我求援地看了看二排长伍福贵和三排长赵国忠，伍排长皱着眉头看了看我，又看了看莫少尉，摇了摇头，走到一边，靠着战壕坐下来，很无聊地抓起一把土块，漫无目的地扔到了一边。他这段时间说话更少了，任何一个经历过战争的老兵都能看出来，战场的形势已经发生了逆转。赵排长笑了一下，他还抱着一丝侥幸，装作漫不经心的样子说："连长，别担心，土八路没有重炮和坦克，他们最后还是得撤走。要是咱们的援军能早点赶来，他们恐怕连跑都跑不了。"

我朝他点了点头，虽然我知道这是极其渺茫的，但我还是很需要这样安慰人心的话，哪怕是自己骗自己也行。我们变得都不愿面对现实了。我甚至还在想，但愿解放军还像从前那样，啃不下这块骨头，就及时地吐出来，然后偷偷地撤围而去。这没什么丢人的，不能打的仗就坚决不打，这要比决定把一场已经没有希望的烂仗继续打下去更难。解放军这一点一直很让我佩服，他们绝不会去打一场没有希望的战斗，说不打就不打，一点儿都不拖泥带水。他们的指挥比我们国军将领高明。

我的希望很快落空了，解放军并没有撤走的迹象，他们依旧紧紧地包围着我们，甚至连一只麻雀都别想飞出去。他们显然是要把这场仗打下去不可了。我感到一阵彻骨的寒冷，对他们来说，非打不可的仗，他们是一定要打赢的。我那时是有点消沉了，抱着活一天是一天的想法，生死由天，随它去吧。

解放军开始不断地折磨着我们疲惫的神经，他们把交通沟挖到了国军阵地前面三四十米处，在这里完成集结，然后突然从里面冲出来，向国军发动进攻。他们这招非常奏效，许多国军士兵还没反应过来就被他们击中打倒了。他们就这样一寸一寸地蚕食着我们的阵地。

我带领第二连奉命接手前沿一个村庄的阵地。那天士兵都很疲劳。我们刚到，就和解放军遭遇了，在开阔地里打起来了，但他们很快就缩回去了。我们顾不得吃饭，我和几个排长看了地形，派出了哨兵，命令弟兄们立即展开加固工事。这时，营里来了一个士兵，让我到营指挥所。我赶紧跑了过去，营长对我说："你今天晚上无论如何要把工事搞好搞结实，敌人随时可能要进攻我们……"还没讲完，外面的枪声就像刮风一样地响了起来，那是二连的方向。营长让我赶快回部队。

我回到二连，阵地上到处是硝烟，枪声密集。我们被打了个措手不及，都没想到解放军的动作这么快，说攻击就攻击了。一排在最前面，我要往一排去，伍排长拉住了我："连长，你不能往那边去，敌人已经过来了！"

解放军已经打进了村子里。我顺着墙根猫着腰往前边跑，碰到了莫少尉带着三班长，他们刚才到连部想弄些吃的，谁知刚回去就遇到了解放军的进攻。莫少尉有点气急败坏，挥舞着手枪要冲过去。我忙拉住他，让他小心点，先摸清情况再说。到处都是爆豆一样的枪声，莫少尉的额头上渗出一层冷汗，他终于肯听我的了，很老实地说："连长，你说怎么办，我就怎么办。"我看了他一眼，说："咱们一起摸过去看看，别暴露目标。"

我们四个人从村子后边偷偷地绕到一排，阵地上不见一个人，但也没有多少尸体，估计已经撤下来了。我们走到一个墙角边时，突然看到一个反穿棉衣，趴在地上的解放军的通信兵，他看到我们，吃惊地跳起来，莫少尉和三班长立刻把他扑倒了。我拽着他的领子把他揪起来，他惊恐地看着我们，结结巴巴地说他们已经占领了村庄，他是来架电话线的……

我们赶回营部，一排和三排的士兵都撤回来了，但二排的士兵还没见到一个人。伍排长一把把钢盔抓了起来："我去接他们！"

我忙拉住他："你不能去，现在整个村庄都是解放军，你去了也没用……"

营长冷冷地说："师里已经准备炮击了……"

伍排长惊愕地看着他："我们二排还在里面啊！"

营长狠狠地瞪他一眼："那是你自己无能，没有带好自己的队伍！无论敌我，师里准备一律炸掉！"

十一师的四十多门榴弹炮开始轰击了，炮弹呼啸着从我们头顶飞过，发出刺耳而嚣张的叫声。伍排长大叫了一声，向门外跑去。门口几个士兵抓住了他，他使劲地挣扎着、用脚踢着、用牙咬着、嘴里叫骂着，最后他没力气了，坐在地上放声大哭，脸上涂满了鼻涕和眼泪……我们谁也不说话，个人的命运在战争中是如此的渺小，渺小得人家根本就不会放在心上。我心里沉甸甸的，二排的命运已经无可挽回了，就是不被解放军消灭，也要被自己的炮火炸掉了……

那是场可怕的轰击，房子被击中了，燃烧的茅草飞到空中，然后又在空中散开落下了，但紧跟着又一发炮弹落下去，它们再一次飞上天空，火光星星点点地弥漫在空中，这是死亡的火焰，但美丽得又像除夕之夜的烟花。一座又一座房子轰然坍塌了，灰尘四散，土块横飞。轰击了二十分钟后，营里进行反击，经过半个小时的激战，把解放军又赶了出去。整个村庄几乎被轰完了，找不到一间完整的房子。地上的雪也全都不见了，它们被翻出来的泥土覆盖了。

二连的阵地已经消失了，到处都是死尸，有解放军的，也有二连的。二连已经伤亡五六十人了，一百多人的连队现在只剩下六十来人了。伤亡最严重的是二排，三十多个人，只剩下了三四个人了，他们都是从瓦砾堆里被扒出来的。

二排剩下的三四个士兵站在伍排长后面，衣服几乎全烂了，片片缕缕地挂在身上，他们的脸被炮火熏黑了，泥土和汗水混在一起，如果不是眼珠还在转动，你几乎看不出来他们还是活人了。伍排长站了起来，他的目光落在那个被俘的解放军通信兵身上，他有点惊慌，看着我们，惊恐地眨着眼睛，但他紧握着拳头，竭力地想让自己镇定下来。伍排长恨恨地盯着他，猛地冲上去，他抓住这个解放军士兵的肩膀，另一只手握成拳头朝他脸上打去，解放军士兵的嘴巴和鼻子喷出鲜血。他身子晃动着，但他坚持着让自己站直了，一动不动，没有去擦他脸上的鲜血，也没有用手去护住自己的脑袋，他眼睛恨恨地盯着咆哮的伍排长，一声不吭。二排的那三四个人都冲了过来，他们像疯了一样，把那个解放军俘虏打倒在地上，几双脚在他身上踹着、咒骂着、哭泣着。

我扭过脸去，在心里无助地哭泣着，我感到自己非常虚弱，一阵风都可以把我吹倒了。十一师是一支真正的军队，一支真正的部队，不但能打仗，还要令对手尊敬，它必须要有铁的纪律才行。十一师是严禁虐待俘虏的。伍排长从前是从来不打俘虏的，他现在的举动让我感到脸红。真正勇敢的军人是有资格得到尊重的，即使他的对手，也无权剥夺他的尊严。侮辱一个已经放下武器的军人，不是一种光荣，而是一种耻辱。

周围的士兵也愣在那里，他们手足无措地看着我。我让他们把二排的士兵拉开。但那些士兵显然已经疯狂了，他们仍旧怪叫着殴打着那个解放军士兵。我拔出手枪，朝着天空开了一枪。伍排长他们停下了，吃惊地看着我。如果放在平时，这是要被送到师部关禁闭的，严重的还要执行军法。但我现在没有精力来做这些了，我们被围在这里，他们能不能活到明天还不一定。我冷冷地说："你们是军人，就不要把自己降格成土匪。"我想了想，又加了一句，"你们可能也会有这一天的，你们愿意被人家这样对待吗……"

那个解放军士兵艰难地从地上抬起头，茫然地看着我。我弯下腰，伸出手，想把他拉起来，他很吃惊地缩着肩膀，他刚才的表现是那么英勇，但现在却害怕了。他可能终于发现了一个事实，我们不是野兽，也是一些活生生的、有血有肉的人。我们都一样。我很真诚地看着他，低低地说："来吧，我们把你送到医院，给你包扎一下。"他怯怯地看我一眼，又飞快地把目光投向旁边，但他还是伸出了一只手，让我把他拉了起来。他低着头看着脚下，他不敢看我了。他的脸上的表情有点奇怪，好像还有点懊悔和生气。他可能生气自己怎么能把手送给一个国军军官，让他把自己拉起来呢？我摇了摇头，我知道在解放军的宣传中，我们国军军官都是喝兵血的贪官，是无恶不作的恶棍。这听上去很带劲，但实际上它错了。我们和他们一样，血都是热的，头发都是黑的。

我当然不喜欢解放军，我最反感的是他们总把我们当作土匪来对待。

是的，在他们的宣传鼓动中，我们是"蒋匪"，在我们的宣传中，他们是"共匪"。我觉得这两种宣传都很有问题，实际上都没有把我们当作真正的军人来看待。

整个战场沉寂下来了，静得出奇，连地上的雪花融化嗤嗤地渗入地下的声音都能听见了。我突然觉得，整个双堆集，整个战场，就像一个巨大的坟墓，我们这些没死的人，其实都是一群活着的鬼魂。我已经厌倦战争了。我想起了远在确山那个偏僻县城的罗小姐，她红润的嘴唇，圆圆的脸颊，羞涩而胆怯地微笑着，她用目光抚摩着我，吮吸着我……

如果有可能，我更愿意死在她的怀中……

5

前黄埔军校生在绝望中迎来了十二月。天气更冷了。整个兵团已经彻底没有希望了。他作为一名基层军官已经知道了徐州的杜聿明、邱清泉等四个兵团也好不到哪里去，他们准备南下援救十二兵团，但他们赶到河南永城陈官庄时，就陷进了另一支解放军的包围之中了。蚌埠的李延年等兵团也被解放军死死地阻击住了，无法北上一步。十二兵团别说突围，即使想攻占一个村庄，也是一件艰难的事情。

要命的是，粮食越来越少了。

让黄埔军校生更加绝望的是，他引以为豪的军纪越来越坏了，凡是老百姓家能吃能用的东西，甚至屋顶上的茅草也被搬得精光了。为了寻找粮食，到处乱挖，把每家的房前屋后的地皮都翻转过来，就连老鼠洞里残存的谷子也成了宝贝。本来就很少的树木也被剥光了皮，树干惨白地立在那里。让前黄埔军校生更难受的是，为了粮食，国军开始向老百姓开枪了。

那天我正蹲在掩体里无聊地擦着枪时，营里通知我们，准备把阵地移交给八十五军二十三师，我们连整顿好，全部拉到空投场，负责收集保护空投下来的给养，由兵团物资站统一下发。这是个好差事。

刚开始时秩序还可以，那些大饼和馒头装在麻袋和木箱子里，系着小降落伞落下来，虽然所有的士兵都抬着头眼巴巴地看着，但没有人上来哄抢。被围在双堆集里的老百姓也没吃的了，怎么也拦不住，跟着降落伞跑，给养掉下来后，他们抱着就跑。士兵们大呼小叫地追着，但他们地形熟，像兔子一样蹿到村里，一会儿就不见了。有些老太太背不动那些麻袋，就趴在上面，你去拉她时，她还死死抱着不放："这是我的，这是我的！"我亲眼看到，一个老太太追着降落伞跑，结果被降落伞下挂的重物活活砸死了。

营长生气了，他把我叫过去，气呼呼地问我："你怎么搞的，怎么能让他们来抢东西？"

我挠了挠头，说："他们的粮食都被军队征用了，他们也没吃的。我能怎么办呢？"

营长很奇怪地看着我，他皱起眉头："你手中的枪是什么，是烧火棍吗？"

我呆呆地看着他："长官，他们可是老百姓啊，我们总不能打老百姓吧。"

营长的眼睛里充满了杀气："兵团来了命令，胆敢抢夺空投物资的，一律就地正法，不分老百姓和士兵，全部击毙！你执行去吧。"

我回头看了看那些村庄，村庄里住满了面黄肌瘦的乡亲。十一师从前不是这样的，即使在最艰苦的抗日战争时期，部队在常德作战，常常宁愿露宿山林也不去打扰老百姓，报纸上曾报道十一师"遵守爱民纪律，军民相处，融洽无间"……

我们只得无可奈何地执行了这个命令，就连伍排长也没说什么，这些天里，他更加沉默，总是阴沉着脸看着同样阴沉沉的天空，谁也不知道他在想什么。我想可能是在想念那些死去的二排的兄弟吧。八十五军的一些士兵被补充过来，二排已经满员了，但他们怎么能和那些朝夕相处的兄弟相比呢？

枪声响了，但我命令士兵向天空中开枪警告。那些老百姓惊惧地站在那里，犹豫不决地看着我们手中那些冒着青烟的卡宾枪，当他们看到那些枪口是对着天空时，他们又活过来了，继续追着那些空投物资奔跑着。我痛苦地闭上了眼睛，挥了一下手臂，枪声大作，震得我的耳朵发麻。枪声停下来时，我睁开了眼睛，有七八个老百姓躺在了血泊中，甚至还有一个是十几岁的小孩，其他的老百姓退到了一边，他们看着我们，目光里充满了怨恨。我盯着他们，目光里同样充满了怨恨：你们这是在逼我，我一个小小的连长，我能怎么办呢？我是一个军人，我必须执行兵团的命令！

是的，我一辈子都忘不了这件事。当时我还没意识到，这是我向人民犯下的一桩罪恶，我的双手也因此沾满了人民的鲜血。当我成为一名解放军战士后，我更加清楚地知道了这一点，有段时间我常常做噩梦，总是梦见双堆集的那些乡亲向我伸着血淋淋的双手，仿佛向我控诉着什么。我心里一直压着一块沉甸甸的石头，现在把它写出来，心里轻松多了，如果人民因此要惩办我，无论如何处理，我都毫无怨言，这是我欠下的，我应该偿还。

枪杀老百姓以后，再也没人敢抢夺空投物资了。

但事情还是越来越糟糕，十多万大军人挨人堆在小小的双堆集，每天空投下来的物资根本就不够分配。天气不好的时候，甚至连飞机都来不了。士兵们开始挖掘草根来吃。那些大便里如果有没有被消化掉的豆子什么的，也被人挑拣出来用雪水擦一下就吃了。我这时才明白兵团让十一师来管理空投场的用意了。十一师是兵团里最能打的一支部队，也是一支很有威信的部队，只有我们才能镇住那些被饥饿折磨得像无头苍蝇一样的士兵们。换了任何一支部队，都不可能做到这一点。

但这也没有能坚持几天，被饥饿驱使的士兵们受本能引导，丧失了理智，只要飞机一来，他们像从地底下冒出来的一样，都爬出来了，站在那里，眼巴巴地看着那些空投下来的物资，慢慢地移动过来。我们面对他们，打开了枪刺，紧张地和他们对峙，阳光照着枪刺，发出冰凉的光芒，但他们仍旧缓慢但固执地一点点地逼近。我的额头上渗出了密密麻麻的汗水，挥舞着手枪吆喝着让他们退回去，但没有人听，他们终于冲破了二连的警戒线，像一群狗一样扑过去，见到一个麻袋，几十个甚至上百个人都扑了上去，抢到一块大饼或馒头的，刚挤出来，又被别人抢去了。可怕的事情终于发生了，有些士兵开枪了。被击中的士兵摇摇晃晃地倒下了，另一个士兵刚扑上去抓住了那块大饼，但他还没有送到嘴里，就又被别人打倒了。有时一块大饼跟前，会倒下三四个士兵。

团长十分生气，他命令我们在空投场上架起了机枪。刚开始那些士兵还真害怕了，瞪着血红的眼睛看着那些装满了大饼和馒头的麻袋，但没人敢上来抢了。但大饼比死亡更有诱惑，他们最后还是冒险冲了过来，推开正在抬着麻袋的士兵，发疯般地撕扯着。我愣愣地看着团长，团长脸色铁青，他恶狠狠地吼了一声："开枪！"机枪立刻突突地叫了起来，那些士兵连哼一声都没来得及，纷纷地倒在了血泊中。我站在那里，脑袋一阵眩晕，痛苦地闭上了眼睛，这也是和我们站在同一个战壕里作战的士兵兄弟啊。

第二连下不了手了，伍排长就坚决没有执行向哄抢物资的兄弟部队士兵开枪的命令，三排长赵国忠也是这样，如果上司不在，他一般也不会向自己的兄弟开火。只有莫少尉的一排还在向抢夺物资的士兵开枪，但士兵们居然也拿着枪向他们还击，在一排一名士兵被打死以后，莫少尉也开始犹豫了。物资被抢得越来越多。兵团十分恼火，决定把宪兵连调上来。宪兵连更冷血。没有人会喜欢他们的，他们的武器精良，从来不参加战斗，但伙食却很好，个个养得身强体壮，专门用来对付我们这些在前线流血拼命的军人。

第二连被重新拉上了前沿。

我们踏着冰冻的土地赶到了前沿，整个前沿已经变得陌生了，出奇地安静，很少听到枪声了，你要是仔细听听，甚至还能听到对

面解放军士兵唱歌的声音。他们改变了战术，用坑道把我们层层地
箍住，但却不急着进攻，就像猫玩老鼠一样，把你盘软了，然后再
上来猛地咬你一口。他们在阵地上竖起了巨大的标语，每个字都有
一个人那么高，这样可以让我们离得很远都能看得清清楚楚，内容
无非就是"缴枪不杀"之类的话。我那时还是不大相信的，我们听
到的宣传总是说，解放军很凶残，他们会虐杀俘虏的。

　　我那时被国军的宣传所愚弄，以为这是真的。我甚至还想，那
些宁愿同归于尽也不愿意被我们俘虏的解放军士兵，也许以为我们
也像他们一样虐杀俘虏才这样干的。曾经我还看不起这支主要由农
民组成的军队，他们不知生为何物，不爱惜自己的生命，也不会怜
悯他人的生命，每次冲锋时，他们都像着了魔一样拼命地往前冲，
全然不顾那些啾啾乱飞的子弹。但在被围困在双堆集的日子里，我
的脑袋已经渐渐清醒了，再也不敢小看这些军人了，他们冲锋时的
呐喊声都已经让我心惊肉跳了。

　　解放军显然已经很清楚我们补给品严重匮乏的事实。他们手中
的一个包子变得比一颗手榴弹的威力还大。解放军整天吃的都是热
乎乎的猪肉炖粉条、馒头、包子，甚至还能喝上热汤。一到吃饭的
时间，解放军的士兵们就叮叮当当地敲着碗，声音大得故意让我们
听到："开饭了，开饭了，热包子白馒头！"有的还怕国军士兵不相
信，就把馒头挑在刺刀上，举起来在战壕外晃了又晃，然后再取下
来吃掉。

　　三排长赵国忠气得咬牙切齿："×的，真是土包子，吃顿饱饭
就不知道自己是谁了！"我咽了一口唾沫，看了看他，他虽然在骂，
但他的喉结也在蠕动着，他舔了舔已经绽出血口子的嘴唇，"呸"地
朝地上吐了一口浓痰："×的，老子不稀罕！"然后扭过头，把头
枕着胳膊靠在战壕上，双眼瞪着天空发愣。我知道，他实际上很稀
罕那些包子。

　　可怕的是，解放军真的已经不把我们这支庞大的兵团放在眼里了。南京方面空投的物资如果落在了敌我阵地之间，他们不但不出去拿，还用喇叭喊着让我们去拿，说他们绝不会开枪的。我们偷偷摸摸地过去拿时，他们果然看得清清楚楚的，也不开枪。

　　这让我感到胆战心惊，如果没有必胜的信心，他们不会这么干的。更可怕的是，解放军士兵甚至还在晚上偷偷地爬出交通沟，在他们的阵地前沿放上馒头、包子、大米干饭，第二天就向我们喊话："国军士兵，我们在阵地前面给你们准备了好吃的，请你们晚上过来吃，你们吃不完，可以拿回去给其他弟兄吃！只要你们饿，明天晚上还给你们送！"

　　我们刚开始都不相信，偷偷地探出脑袋，真的看见那些馒头、包子、大米干饭放在雪地上，十分刺眼。这可能是战争史上的奇观了，作为对手，他们不但不封锁我们的给养，反而主动给我们吃的！我痛苦地闭上了眼睛，他们什么都不怕，什么都不在乎！在他们眼里，我们这支庞大的钢铁大军又算是什么呢？

　　莫少尉和三排长赵国忠吵了起来。赵国忠想找几个弟兄爬过去，把解放军放在前沿的食物取回来。莫少尉坚决反对，他认为那是解放军的阴谋，想把取食物的国军士兵当靶子。他们充满期待地看着我，希望我做个决断。我挥了挥手，懒懒地说："你们想去取就去取吧，他们不会开枪的。"莫少尉有些迟疑，赵国忠立即让手下的两个士兵爬出战壕。我没有去看他们，我知道，解放军既然这么做，那他们肯定是不会开枪的。我也知道，这是一种心理战术，它比子弹更有效。但弟兄们实在很饿，我作为一名长官，又无法给他们提供粮食，既然有吃的，那为什么不去吃呢？

　　那两名士兵爬回来了，他们怀里抱着一大堆的馒头、包子，弟兄们一拥而上，很快把它们干掉了。赵国忠给我拿来了一块馒头："连长，你也吃些吧。"我摇了摇头，我是很饿，但我那时很顽固，一时半会儿还接受不了。我和解放军一直在作战，但现在要靠他们来给我们送吃的，然后我们再像狗一样互相厮杀，我在感情上一时还转不过来这个弯。

接下来的几天还是这样，我慢慢地也吃了一些。那些包子皮薄馅足，丝毫不亚于我在一些城镇饭店吃到的。这都是那些老百姓支援来的。这真是一支奇怪的军队，他们走到哪里，哪里的老百姓就会支持他们，无偿地给他们送吃的送穿的。而我们有时拿着钱还买不到粮食。我就是从那时开始对这支军队产生了浓厚的兴趣，觉得这是一支像谜一样的军队，我很想知道这到底是怎么回事。

现在我当然知道了，这是一支人民的军队，为人民服务是这支伟大军队的灵魂，也是这支军队无敌于天下的机密所在。

在淮海战场上，我当然像个瞎子一样，看不清方向，找不到道路，愚蠢得像只笨驴。我虽然吃了那些包子和馒头，但我对自己也是对二连的兄弟严肃地说，这和打仗是两码事，一旦打起来时，我们绝不能因为这两个馒头而手软的！莫少尉抬起头，狠狠地说："连长，你放心，我和我们排的兄弟绝不会背叛国军的！"伍排长和赵排长也啃着馒头呜呜地说："是是是，吃归吃，打归打。"

十一师的士兵和我一样都是睁眼瞎，他们晚上爬到前沿，拿了解放军放在那里的包子、馒头、大米干饭，就把碗摔掉了，然后又回到了国军的阵地。但就是这样也不行，兵团很快得知了这一情况，严厉的军令很快就下来了：严禁接受解放军的食物，如果再发现有人爬到前沿拿解放军的食物，一律枪杀！

我们当然不能再爬过前沿去拿那些食物了。士兵们小声地骂道："×的，连吃的都没有，还让我们打，打你×个屁！"这话让莫少尉听到了，他从地上跳起来，一步跨过去，瞪着眼睛吼了一声："你他×的在说什么？"那个士兵吓了一跳，忙站了起来："排长，我没说什么……"莫少尉一拳头打了过去："你他×是不是想投降？"那个士兵的鼻子立刻喷出了鲜血。我吃了一惊，这真是个疯子！我不好出面，忙给伍排长使了个眼色，他立刻上去抱住了莫少尉："一排长，算了算了，弟兄们饿着肚子在这里守着也不容易，发两句牢骚也是人之常情，你别生气别生气！"

莫少尉脸涨得通红，他冲着面前的士兵吼了起来："你们他 × 的都是军人，死也要死得光彩一点儿，谁他 × 的当软蛋，别怪我不客气！"

我靠在战壕上，缓缓地闭上了眼睛，莫少尉是个真正的军人，军队里需要这种好战分子，但他这样做，又有什么用呢？我已经对这场战争不抱任何希望了，我们迟早都是要死的，何苦要为难那些弟兄们呢？

解放军的宣传攻势更加猛烈了。他们架在前沿的广播接连不断地天天喊话，不停地发射大量的传单，这些东西很让人头痛。它并不比解放军扔过来的手榴弹威力小，尽管再三禁止，但还是有一些国军士兵捡到后，偷偷地藏了起来，特别是那些优待俘虏的传单更能打动他们。到了晚上，就有人偷偷地跑到解放军的阵地上投诚，这些脸色发黄的士兵跑过去以后，冻得哆嗦成了一团，上下牙齿直打架，一个字也说不出来了。解放军第一件事就是给他弄来包子、馒头，先让他吃饱。国军士兵抓起就吃，狼吞虎咽，许多人都是吃着吃着就噎住了。到了晚上，班长们还给他用热水洗脚，洗着洗着，这个士兵就呜呜地哭了："还是你们这里好，早知道，我就早些过来了！"

仅仅四五天的时间，周围兄弟部队就有百余名国军士兵向解放军投降了。

这不是我编造的，都是三排长赵国忠告诉我的，每天没事时，他就到周围转悠，到处向人们打听小道消息。他好像对这些事情很感兴趣，要是放在从前，我可能会引起警觉，说不定会撤换他了。

但奇怪的是，现在我不想管他了。我还知道，他每天晚上还会偷偷地派出士兵去取前沿阵地上解放军放的食物。我一直是睁只眼闭只眼地不去管他，弟兄们都很可怜。我甚至在心里还很赞成他这么做。这可能是我在淮海战场上做的唯一一件好事吧。

那天晚上，出去取食物的士兵带回来了一封给我们十八军军长杨伯涛的劝降信。赵排长偷偷地把它塞到了我手里。我仔细地看了看，解放军的言辞很动人，说是为了减少双方不必要的伤亡，不要再做无谓的牺牲，现在最好的出路就是投降，你若真正地尊重爱护你的士兵，就带领他们放下武器投降云云。我抬起头，望了望远处解放军的阵地，他们说的话是很能打动人的。对一个心里装有士兵的将领来说，这不丢人，而是一种体面地结束战争的方法。但我对那些国军的高级将领是不抱希望的，他们心里并没有这些可怜的士兵。

赵国忠还充满希望地看着我，跃跃欲试："连长，我们把这封信送给军长吧。"

我吓了一跳，吃惊地看着他："你是不是不想活了？如果办你个'通匪'的罪名，你吃不了要兜着走！"

他的脸上露出了失望了的神情，咬着嘴唇看了看我，突然愣愣地问我："连长，你说，我们还能突围出去吗？"

我知道大家其实都知道答案，十二兵团北边的援军被围，自身难保，南边的援军又被打得寸步难行，溃败是迟早的事。但作为一名军人，必须时刻服从命令，如果没有投降的命令，那就绝不能放下武器，这关系着军人的荣誉。我还愚蠢地想，我一直在十一师当兵，这么多年了，我已经和这支军队相依为命了，如果这支军队被消灭掉了，那就让我也战死吧。

我淡淡地说："突围不出去，我们就为国尽忠吧。"

赵国忠摇了摇头："连长，你想过没有，我们现在打的是内战，都是中国人打中国人，又不是打日本鬼子，就是战死了，又有什么意思呢？"

我从小接受的都是国民党的反动宣传，骨子里还是很顽固的，根本听不进赵排长的劝告，他这种口气让我感到陌生，觉得这太像解放军的宣传了。我使劲地瞪了他一眼："你这话别给别人说了，我就当没听到。军人以服从命令为天职，我们死也要死得像个军人！"

我做梦也没有想到，死亡竟然就离我们那么近，赵国忠说死就死了。他是我们连里死得最窝囊的一个，他不是战死的，而是死在了自己人手里。那天晚上他不知道发什么神经，没有让士兵出去取食物，而是自己带着一名士兵爬出了战壕。他带回来了食物，也带回来了一个肩负着向军长劝降使命的国军军官，他是友邻八十五军一名被俘的少校营长。

莫少尉立即掏出手枪对准了那个少校营长："你他×的还有脸回来？"

我立刻制止了莫少尉："他现在是替解放军做事，两军交战，不斩来使，让他去吧。"

我仍旧让三排长赵国忠把那个少校营长带到团长那里，再让团长决定是否往军长那里送。我知道军长是不会投降的，团长也不会，他肯定会把他们打发回来。但我还是想错了，我以为他至多会训斥他们一番，做梦也没想到，团长会把那个少校营长当场击毙了，然后他又举枪瞄准了三排长："你为什么把他带过来？"

三排长没有求饶，他如果跪地求饶，他也不会是我们二连的兄弟了，他很镇静地说："团长，仗打到这个地步，如果现在投降，我们还能体面一些……"但他还没有说完，团长的枪就响了，他缓缓地倒了下来。团长鄙夷地看了他一眼，让卫兵把他拖出去。大雪纷纷扬扬地落了下来，很快就掩埋了他的尸体……

营长把这一切在电话里告诉了我，他的声音很严厉："以后绝不允许再发生类似的事情，如果有人胆敢言降，格杀勿论！"

这件事对这位前黄埔军校生的触动是很大的。外面的风呜呜地叫着，他站在漫天漫地的风雪中，泪水无声地流了下来。他在那个手抄本中写道，赵国忠和我几乎是一起到十一师的，这位曾经在对日作战中荣立过战功的老兵，就这么被自己的长官打死了。没有人给他说一句公道话，没有人流泪，也没有人难过。都疯了，人们都疯了。团长从前也不是这样的，他本来是个中学教员，有时慈祥得像个父亲，但他现在却像个疯子一样。人们都疯了，整个兵团都疯了……

6

前黄埔军校生开始觉得双堆集像一个地狱一样。村里的房子被拆光了，士兵们睡在壕沟和旷野里，有的身上披着麻袋，有的把被子系在身上，像叫花子一样。到处都是伤兵，没有人管他们，他们在雪地上爬着，哭叫着，咒骂着。到处都是大便和尿渍，整个阵地笼罩着臭烘烘的味道。他的精神也几乎崩溃了，不管是死是活，战争快点结束掉吧。

我开始发疯般地思念着远在确山的罗小姐，她可能永远都不会想到，我现在像条狗一样，趴在双堆集肮脏的雪地上，等待着一颗子弹或者一把雪亮的刺刀刺进我的胸膛，兵团的溃败只是时间问题了。我已经完全不再抱着能活着见到她的希望了，我们每一个人都不可能活着逃开这场战争，我们每个人都会死在这里。

每个士兵也都快疯掉了，他们像狗一样到处转着寻找食物，甚至有人开始撕扯着棉袄，把里面的棉絮掏出来，使劲地咀嚼着。有的士兵蜷成一团，伸着脖子，使劲地咽着那些黑色的棉絮，突然双腿一蹬，就无声无息地死掉了。谁也说不清他到底是饿死的还是冻死的。

就在一个月前，庞大的十二兵团还是那么不可一世，做梦也没想到，这个钢铁巨兽居然就这样成了一堆废铜烂铁。

兵团指挥官们仍旧拒绝投降，他们有吃不完的粮食，甚至还有酒喝，但他们的脸色灰白，没有一点儿血色，目光无精打采。他们也很清楚自己的命运，但他们都不愿意面对现实，能过一天就算一天。

解放军突然开始使用一种新式武器了，这是我所见过的最可怕的武器。它的声音巨大，死掉的人身上没有一点儿伤，脸上却布满了密密麻麻的黑色雀斑。我们静静地蜷缩在战壕里，突然就见一个黑乎乎的大东西从天而降，接着就是"轰"的一声，耳朵嗡嗡地响，还很痛，整个脑袋也要裂开了一样难受，最后整个天地都静下来了，没有一点儿声音，谁的声音也听不到。士兵倒在战壕里，一动不动，把他的脸翻过来，除了耳朵里流出了鲜血，身上没有一点儿伤痕，但他已经死了。刚开始我们都不知道是怎么回事，甚至有人以为是苏联支援他们的原子炮。后来我们才弄明白，这是他们利用迫击炮的原理，把中号汽油桶拦腰锯成两半，搞成发射筒，后面是药室，前面是炸药包，地上钉一根木楔，绑上拉火索，拉火即发射，射程有百米左右。炸药爆炸时，声音震耳欲聋，许多人都是这样被活活地震死的。

绝望的气息笼罩了整个兵团，官兵中甚至出现了精神失常的现象。我就亲眼看到，一名士兵突然脱光了衣服，在雪地上奔跑着、号叫着，但他很快就被宪兵们击毙了，他们像拖着一条狗一样把他扔在了一个沟里。

国军的伤员越来越多，二连只剩下了四十来人。

那些伤病员的情况更惨，没有医生，没有药，房子也没有，只能躺卧在壕沟里，任其自生自灭。有一天早上，我带人到团部里去领给养时，在一大片毫无遮掩的田野上，亲眼看见到处都是两尺宽、六尺长、一尺多深的土坑，几百个伤兵躺在那里，伤势重的，放进去就没有再动弹了，身子冻结在自己的血泊中了。除了伤兵，别说医生、护士之类的，就连一个普通的勤务兵也没有。那些伤势轻些的，哭着、爬着，挡住我的去路，向我哀告："可怜可怜吧，长官！"可我又有什么办法呢？我只是一个小小的连长。一些伤兵失望了，就沙哑着嗓子哭着骂道："给点水喝吧……当……当官的……"

这简直成了人间地狱，我这也是第一次看到人不像人时是如何悲惨，它让我心里充满了悲伤，但又不知道如何是好，很多时候，我什么也不想，就靠着罗小姐那虚无缥缈的爱情来麻醉自己的神经了。

整个兵团陷于悲观绝望的气氛之中。莫少尉也开始消沉了，他不再每天都趴在战壕边瞪着眼睛观察解放军的阵地了，他弄来了一顶降落伞，天天让两个士兵抬着，跑到后面支在雪地里，叫来几个和他臭味相投的年轻军官，在里面打牌赌博，甚至还叫来了兵团医院里的两个年轻护士陪着他们。这些少壮派军人，都有着或大或小的关系，没人敢管他们，我也懒得管他，我也很清楚，他一直就没把我放在眼里。如果我们这次能顺利出去的话，他也一定会比我升得快。

但我知道，我们是再也出不去了，十一师迟早都要完蛋了。

整个连队一片死气沉沉，只有伍排长还是很有精神，他仍然抱着找到弟弟的想法，听说哪里有俘虏了，他会立即赶过去，向人家打听他弟弟伍福国在解放军的哪个部队。我至今也不知道是怎么回事，他还真打听出来了，他弟弟在中原野战军第六纵队，也就是那支正在和我们正面对峙的解放军，他们的纵队司令叫王近山。我们师里下发的敌情通报说这个部队能攻善守，是一流的攻坚部队。

解放军的六纵果然是支很能打的部队，这是我见到的最强悍的军队，就是现在，回想起我们在淮海战场上的最后一仗，我仍然觉得惊心动魄。事后我才了解到，和我们三十三团对决的是六纵的红军团四十六团，在12月9日黄昏，他们突然向十一师的阵地发起猛攻。我们团坚守的大王庄首当其冲。解放军这次做了充分的准备，上百门火炮发出了山崩地裂般的响声，炮弹暴雨般地向我们的阵地倾泻而下。阵地上成了一片火海，修盖工事的木材、士兵的残肢断臂飞上了半空，衣物碎片飘到了半空又缓缓地落了下来……浓浓的烟雾笼罩着大地，使天边火红的残阳也黯然失色。炮火整整轰击了一个小时，17时45分，冲锋开始了，解放军士兵们一个接一个地跳出了堑壕，冲了上来。

我们团被赶出了大王庄。

大王庄一丢失，整个兵团都将暴露在解放军的眼皮底下。军长下了死命令：就是全团战死，也必须夺回大王庄！兵团组织了督战队，谁要是敢退下来，当场击毙。穷途末路的十二兵团，开始了最后的挣扎与疯狂！

我带着二连随着整个团一起又杀回了大王庄。双方展开了激烈战斗，枪声、手榴弹声，响彻天穹，杀声一浪高过一浪，村内一片火海。双方伤亡都很大。国军有的班全部战死。我们刚攻下，解放军又冲上来。几经反复，解放军仍旧死死地占据着大王庄，他们这是志在必得。天亮后，团长亲自指挥，发起大规模反扑。首先以密集炮火袭击解放军阵地，接着，步兵、坦克实行联合攻击。三十三团终于突入了解放军的阵地，解放军的士兵怒吼着，从战壕里跃出，端着明晃晃的刺刀迎了上来，双方开始了肉搏战。

每个人都像野兽一样厮杀着。解放军凶狠异常，成群地上，剩了单个的也敢上，有炮时上，没有炮时也敢上；枪法也准得很，拼刺刀也厉害。我的身边全是尸体，国军的，解放军的，每个人都是拼刺刀拼死的。什么都不想，都闷着头一个劲地杀人，就连解放军也不吹号了，他们叫骂着、怒吼着，人人都咬着牙，瞪着血红的眼睛，把刺刀狠狠地刺进对方的身体，然后拔出来，再刺入另一个人的身体中。手里的刺刀没有了，两个人就抱在一起，用牙咬，用嘴啃，用砖头砸。一个解放军士兵用铁锹砍倒了一名国军士兵，但另一名国军士兵的刺刀也扎进了他的喉咙，鲜血像箭一样喷射而出……

我不得不承认，解放军是不怕死的，十一师还从来没有遇到过这样的对手！

我踩到了一个浑身是血的尸体，一下子重重地摔在地上，脸贴在冰冷的地面上。周围都是二连的兄弟们，他们身上到处是刺刀划过的痕迹，那简直也不能称之为军装了，到处都是破洞，涂满了鲜血。莫少尉在我几步远的地方，他涨红了脸，眉头揪在一起，大声地叫喊着，挥舞着卡宾枪搏斗着。一个解放军士兵的刺刀从他的肩胛上穿了过去，他抢起卡宾枪，朝着那个解放军士兵的脑袋砸了下去，那个解放军士兵惨叫了一声，抱着脑袋歪倒在了地上。那只步枪还插在莫少尉的肩上颤动着，他抹了一把脸，手上全是血。他低着头看着脚下喷涌着鲜血的尸体、像虫子一样蠕动着的伤兵，他突然握着卡宾枪愣在那里，张着嘴巴，大口大口地喘着气，周围那些枪刺撞击声、喊杀声，好像慢慢地远去了，他仿佛置身事外。他的脸色变得灰暗，那个被他打破脑袋的士兵，头上的鲜血像箭一样喷射着，他捂着脑袋，在地上滚着，尖厉地惨叫着。莫少尉僵直着眼睛盯着他，一动不动地站在那里。我趴在地上，伸出手呼喊着他，想把他摇醒。我经历过无数场战斗，我见过很多像他这样的士兵，他显然已经崩溃了，不知道自己身处何方了。但我已经来不及了，一个解放军士兵冲了过来，他紧紧地攥着一支打开刺刀的步枪，吼着向莫少尉刺了过去。莫少尉看着他，他的眼神一片空洞，没有惊恐，也没有忧伤，他仍旧站在那里一动也没动，茫然地看着那个解放军士兵把刺刀捅进了他的身体内，鲜血顺着刺刀涌了出来，巨大的疼痛让他清醒过来了，他突然瞪大了眼睛，好像还有点不相信一样，低下头看了看胸口。那个解放军士兵也没什么力气了，刺刀进去的并不多。莫少尉完全有反击的机会，但他松开了手里的卡宾枪，抬起头看着那个解放军士兵，突然双手紧紧地攥着刺入他胸口的那支步枪，身子猛地扑了过去，刺刀整个没了进去，他的头昂了一下，鲜血从嘴里喷了出来，整个身子软软地倒了下来。那个解放军士兵也被吓呆了，他没有拔出刺刀，反而一屁股坐在了地上，愣愣地看着挂在刺刀上的莫少尉……

　　我长长地出了口气，终于结束了，一切都会结束的……

　　我跟跟跄跄地站了起来。弟兄们越来越少了。一个腰上挂着手枪的解放军军官像头暴怒的狮子一样左冲右突地厮杀着，他的军装已经片片缕缕了，身上到处都是鲜血，我不知道这是他的血，还是我们国军士兵的血。他大声地怒吼着，把刺刀狠狠地捅进了一个国军士兵的身体内，用力地向上一拨，士兵的胸口豁地出现了一个涌着鲜血的破洞，然后他猛地把刺刀拔出来，又扑向了下一个士兵，一下子又把这个士兵刺倒了。三班长冲过去了，他是个格斗能手，两个人的刺刀相撞，火花四溅。这时，一个还是满面稚气的解放军士兵大声呐喊着向我冲来，我忙迎了上去，拨开他的枪刺，反手把刺刀捅进了他的胸膛。等我从他身上拔出刺刀时，抬头一看，三班长已经躺在了地上，他的腿还在抽搐着。血涌上了脑门，我端着枪刺上滴着血的卡宾枪，向着那个解放军军官冲了过去。伍福贵在我左边，他也看到了被刺死的三班长，他扭过身，向着那个解放军军官一刀捅了过去。那个解放军军官用步枪挡了一下，刺刀划过他的胳膊过去了。这时我的刺刀也已经捅了过去，但那个解放军军官显然经过严格训练，他身体向伍福贵撞了过去，我的刺刀扎进了雪地里，我差点也跌倒了。我刚站稳，突然听到一声撕心裂肺的叫喊声："哥，我是福国啊！"这是那个解放军军官喊的。战场上一片混乱，喊杀声、咒骂声、刺刀撞击声刺耳而尖厉，两支队伍混在一起，像狗一样撕咬着。伍福贵愣了一下，他张开嘴巴，呆呆地看着那个解放军军官，身子晃动着，几乎要倒下去了。他的嘴巴嚅动着，想说什么，这时他身后那些杀红了眼的国军士兵们已经扑了上来，几把刺刀捅向了那个呆呆地站着的解放军军官。那个军官脸色惨白了，他艰难地抬起头，瞪着血红的眼睛看着伍福贵，他嚅动着嘴巴，嘴里突突地向外冒着血沫，他无力地伸出了胳膊，好像要抓着什么东西，但他什么也没抓到，重重地摔在了地上。伍福贵冲了过去，他跪了下来，把他的头放在膝盖上，使劲地喊着他，摇晃着他。但他已经死了。伍福贵站了起来，像狼一样嗥叫着，疯了一样，他不停地挥舞着卡宾枪，用刺刀，用枪托，不管是国军士兵，还是解放军，他都用刺刀捅着，用枪托砸着，整个战场就像大海一样波涛汹涌，只有他和弟弟的尸体那儿像个风暴眼一样安静，谁也接近不了……

我想冲过去拉住他，但我还没迈开步子，一个解放军士兵的枪托狠狠地砸在了我的脑袋上了，我摇摇晃晃地倒了下去，脑袋里嗡嗡地响着，那些厮杀声越来越远，越来越远，后来就什么也听不到了……

我再醒过来时，战斗已经结束了，大王庄到处都是死尸，满地都是西瓜似的绿色钢盔。我痛苦地闭上了眼睛，十一师战败了！国民革命军第十一师三十三团，这个赫赫有名的"老虎团"，这个打过无数胜仗的国军"样板团"就这样全军覆没了！

我吃力地把眼睛向上抬了抬，我看到了伍福贵，他紧紧地攥着卡宾枪，迷茫地四处张望，眼睛像黑暗的洞穴，了无生机，悲痛已经吞噬了他身上最后一点儿热情。我冲着他喊了一声："伍排长……"他迟疑地扭过头，茫然地看了我一眼，好像不认识我了一样，呆呆地收回了目光。他丢掉了卡宾枪，慢慢地弯下了腰，翻着脚下的尸体。他终于找到了他的弟弟，那个像狮子一样勇猛的解放军军官。他想把他抱起来，但他没能成功，他显然也受伤了，并且伤得还不轻。他坐了下来，用手擦着弟弟的脸庞，泪水涌了出来，他把自己的脸紧紧地贴在弟弟的脸上，像个无助的婴儿一样呜呜地哭着。那已经不是人的哭声了，尖厉刺耳，每一声都像针一样扎着我的耳膜。我挣扎着要站起来，但这时才发现，自己的腿上也中了一刀，鲜血已经凝固成紫色的了。伍福贵把弟弟抱了起来，跟跟跄跄地站了起来，喃喃地说："咱们回家，我把你带给爹娘……"

他抱着自己的弟弟，跟跟跄跄地走在硝烟弥漫的战场上，到处都是尸体，他们瞪着眼睛，空洞茫然地盯着天空。那些没有死掉的伤兵低低地哀叫着，在地上蠕动着。那些幸存下来的解放军士兵坐在地上，两眼呆呆的，不发一语。没有了敌人，有的士兵还发疯地用刺刀朝着树干一个劲地刺着……偶尔会从死尸堆里爬出来一个国军士兵，精神却已经崩溃了，看见一个人就上去问人家："老乡，广东怎么走？"谁也不知道他问这话是什么意思，也许那是他的老家吧。但他没走两步，突然一头栽倒在上，再也没有起来。伍福贵没有看他们一眼，向着西方，他家乡的方向，慢慢地走着……

我的泪水缓缓地流了下来，我的兄弟，亲爱的兄弟，但愿你能顺利地回到家乡，把你的弟弟带给爹娘，让他在母亲的温暖的臂弯里，在家乡盛开鲜花的土地上，安静地睡着……

我茫然地看着四周，身边连小声哼哼的人都没有了，几乎全都战死了。大王庄很静，静得听得见血往黄土里渗的吱吱声。打起仗来什么都忘了，这会儿我心里突然很难过，弟兄们都死了，二连完了，三十三团完了，十一师完了！

　　我吃力地向四周看着，旁边是个解放军士兵，他闭着眼睛，小声地呻吟着。我突然觉得他就像我的兄弟一样，那一刻我不知道自己是怎么想的，也许是我已经厌倦了战争，也许是终于在自己身边看到了一个还活着的人，让我觉得不再那么寒冷了。我伸出胳膊，把他的头抱在怀里，给他擦拭着被炮火熏黑的脸庞，他低低地说："水，水……"他的嘴唇因为失血过多而苍白、干裂。我身上没有带水壶，只好从袖子边的破洞里拽出一点儿棉花，蘸了旁边一个战死的士兵伤口上的鲜血，轻轻地润着他的嘴唇。他抓着我的胳膊，头吃力地抬着，几乎要把那块棉花吞掉了。我把棉花上的鲜血滴在了他的嘴里，他急切地咂着嘴，脸上出现了微微的笑容。过了一会儿，他慢慢地艰难地睁开了眼睛，眼睛突然瞪大，惊恐地看着我。我头上戴的钢盔上的青天白日帽徽吓着了他。我努力地朝他笑了笑，我们都是军人，战斗结束了，我们不必再撕咬了。他把手抖抖索索地放在了腰里挂着的手榴弹上，但又慢慢地把手松开了，他疲惫地看了看我，竭力地想朝我笑笑，但最后还是没有能笑出来……

7

　　前黄埔军校生仰躺在双堆集的大地上，他说他这时感到了巨大的空虚，灵魂出窍，俯视着整个大地，灵魂在无助地哭泣着。他甚至忘记了自己是谁，叫什么名字，为什么会出现在这里，所有的一切和他无关，他只记起了一个模模糊糊的少女的影子，她穿着一件很普通的点缀着黄色碎花的上衣，站在葡萄架下，美丽的脸庞像春天的鲜花。她从云端里看着他，朝他微笑，他伸出手来，想摸着她的脸庞，让她把他带走，但是什么也没有，他只接到了雪花。前黄埔军校生睁开眼睛，他看到 1948 年年底的那场大雪纷纷扬扬，飘在脸上，气息芬芳，像软软的手帕，很快掩埋了整个丑陋的、龌龊的战场……

前黄埔军校生艰难地爬起来，看见身下被炮火翻开的黄褐色泥土里，露出了干枯杂草的白色的根，他的嘴唇干裂，喉咙像火燎了一样，肚子里几天没有吃过像样的东西了，空荡荡的，很痛。他扯过那些草根，在袖子上擦了一下，揉成一团，塞进嘴里使劲地咀嚼着。草根的汁液流进口腔里，一股清苦的味道。他躺在大地上，就像小时候躺在母亲的怀抱里，吮吸着她那甘甜的乳汁。他坐起来，再次去扯那些草根时，惊奇地看到，有一窝蚂蚁被那些草根带了出来，它们在雪地上努力地爬着，在这寒冷的冬天，它们依旧执着地活着。活着，就有希望……

解放军过来了，我跪在雪地里，高高地举起了双手。我想活下去，回到确山，找到罗小姐，我爱她，我将用我的一生爱她。我们远离战争，哪怕是到乡下种地，我们再也不打仗了。我想好了，我叫赵大胜，家在河南确山，村庄毁于战火，父母早已病亡。我是一个孤儿，没有上过学，被国军抓了当壮丁，打过日本鬼子，现在是十一师三十三团一营二连上士班长。我不想死，我要活下去……

8

这个小说基本上就是这样了，你们也已经看出来了，我几乎什么也没做，就是把它们整理了一下。前黄埔军校生已经做得不错了。他的这些文字是在他河北老家写下的。按照他的说法，这是为县政协征集史料写作的，但后来为什么没有交上去呢？他没有说明，但据我推测，可能是不大符合人家的要求，也可能与后来在各种各样的运动中他都是被打倒被审查的对象有关，他把这些文字悄悄地藏了起来，一直到他去世之前才拿了出来。也可能很早就拿出来送给了他的孙子——住在我的上铺的这位兄弟了。他对我说过，他爷爷一直想让他当兵。这位前黄埔军校生显然还深深地热爱着我们这支伟大的军队。

这我相信，就是今天，任何一名军人，都会为自己在这支曾经创造了无数战争奇迹的伟大军队服役而自豪。

那个手抄本很厚，有几十万字，前面和后面的内容都很多，但这不是这篇小说所能容纳下来的。我只能简要说说后来的情况。赵大胜在被俘后加入了中国人民解放军中原野战军第六纵队，参加了渡江战役、进军大西南。在抗美援朝战争中，参加过第五次战役、上甘岭战役、金城防御作战，因作战勇敢，荣立一等功两次，二等功一次，提升为连长。1954 年 8 月，全军全面展开审查干部工作，赵大胜被查出是地主家庭出身，黄埔军校毕业，曾任国民党军军官，被开除军籍，遣送回河北老家务农……

小说结束了。既然是小说，当然都是我编造的。

我写这个小说的时候，正在第十二集团军步兵三十六师第一〇八团四连当兵，是个下士。那时我很喜欢一个叫阮晓星的诗人写的一首诗《睡着的士兵》，她在结尾这样写道：

> 太阳站在高高的山冈上
> 俯视睡着的士兵
> 像俯视一棵植物
> 或者是一块石头
> 一个屠夫，或者
> 一个孩子

这首诗发表在了 1987 年 5 月 16 日的《诗歌报》上，但我是在八年后才看到的，那是一个阳光灿烂的午后，战友们安静地睡着了，看着他们安详的面孔，这首诗突如其来地击中了我，是的，我也是一个士兵，也许我这一辈子都不可能打仗，但我通过这首诗和那些参加过战争的士兵心心相印息息相通了，然后就有了这个小说。就这么简单，但这是真的。那就谨把这个小说献给诗人吧。我爱诗人，世界因为有了你们而充满了更多的阳光！

（原载《大家》2007 年第 5 期）

士兵与蚯蚓

1

到了青龙山根据地，军分区保卫部干事王玉德先去见了那个叫李菊红的女兵。她被关押在一间民房里，房子破破烂烂的，屋顶上的茅草被风吹雨打得看不出茅草的样子，有些地方已经沤烂，阳光肆无忌惮地照进屋里，地上有一摊雨水。整个房间散发着一股难闻的潮湿、污浊气味，还有牛粪猪屎的痕迹，墙角边扔着一条断成两截的牛缰绳。王玉德抬头看了看破烂的屋顶，又看了看那条缰绳，皱了皱眉头，如果这个叫李菊红的女兵把身上的衣服撕成布条，再接上牛缰绳搭在屋梁上，她可以攀上去，从屋顶上翻出去逃跑，或者上吊自杀。无论哪一种，后果都很不好。他想回头瞪一眼跟在他身边的独立团保卫股长，但想了想还是忍住了，不管怎么说，自己毕竟是奉命来协助调查的，事情出在人家的团里，怎么收押、看管李菊红，还是人家做主。

等他仔细地打量李菊红时，他发现自己的顾虑多余了。这是一个瘦弱的女兵，细胳膊细腿，肤色白皙，脸色蜡黄，她坐在墙角边的稻草堆上，双手抱着膝盖，低着头一声不吭。她显然知道房间来了人，但却没有抬起头的打算。她的身边胡乱堆着一床露出肮脏棉絮的被褥，看得出来，被褥也是潮湿的。王玉德终于忍不住回头看了一眼保卫股长，不管怎么说，她现在只是一个嫌疑人，在事情还没有完全搞清楚以前，还是应该把她当作同志的，怎么能这样对待她呢？保卫股长上前一步，站在她面前，厉声地吼了一声："李菊红，赶紧给我站起来，首长亲自来审问你了，你要老老实实地交代！"

女兵抬起头，看了看保卫股长，又看了看王玉德，她的目光并不是王玉德熟悉的惊恐与不安，而是茫然，好像一切和她没有关系，她只是贸然撞进来的一个局外人。她低下头，把手从膝盖上拿开，撑着地，慢慢地站起来，垂手低眉地站着。她身子并不虚弱，但动作却有点呆滞。王玉德有点担心，事情发生十多天了，可以想象，团里肯定已经审问她无数次了。他很清楚这帮土老帽的能耐，其实也就是没有什么能耐，他们只会拍桌子，甚至动粗用刑。王玉德飞快地把她从上到下看了一遍，她穿的军装虽然破旧，但还算整齐，身上也没有伤痕。看来，她并没有被虐打。也是，不管怎么说，她毕竟是政委的爱人，即使犯了罪，也要给政委留个面子。

保卫股长似乎看透了王玉德的心思，把脸凑过来，低声说："我们审过几次，首长放心，我们是本着治病救人、惩前毖后的原则办案的，动之以情晓之以理，啥道理都给她讲了，她就是不说，翻来覆去地讲是日本兵把她放出来的。×的，脑袋比石头还硬。"保卫股长本来想让自己变得文雅一些，但最后还是忍不住爆了一个粗口。

王玉德并没有计较，他看着她，紧张地思索着从哪里下手，如何让她说实话。

整个案子并不复杂。在三个月前日军秋季扫荡中，部队突围，医院却没能跳出日军的包围圈。也是，只有一个排掩护医院，那个排的战士倒是英勇，拼死抵抗，最后全部壮烈牺牲，但也仅仅是迟滞了日军一个多小时而已，在将近中午的时候，日军还是追上了只有伤兵与医护人员的医院。情况很糟糕，伤兵几乎全部被日军杀害，三十多名医护人员，除了有三四个幸存下来，其余全部被日军搜出抓走了，包括院长周爱延。周爱延是军分区司令员的爱人。当然也包括眼前这个叫李菊红的女兵。

所有被日军抓走的医护人员都被关押在日军驻守的县城。院长周爱延在半个月前被杀害，头被日军割下挂在县城的城头上。他们想以此刺激军分区司令员，让他主动出击进攻县城。司令员带领的部队神出鬼没，这次又顺利地躲过了他们的重兵扫荡，他们快被他折磨疯了。

就是在这个时候，李菊红突然出现在了独立团的驻地。王玉德已经听保卫股长给他讲了一遍又一遍。那是一个午后，独立团隐藏在一个山谷里，最远处沟口边隐蔽在草丛中的哨兵看到远方一个小小的人影慢慢地过来了。日军正在到处寻找独立团，部队刚刚转移过来，还没顾得上喘口气，怎么就被人发现了？哨兵躲在草丛中，努力瞪大眼睛看着这个小小人影的背后，阳光白花花的，除此之外，并无他人。哨兵悄悄地松口气，把子弹推上膛，瞄准了这个神秘的不速之客。小小的人影越来越大，最先看清的是来人穿着八路军的军装。哨兵心想，也许是个掉队的吧。来人在离哨兵几步远的地方停了下来，疑惑地左右张望。哨兵瞪大了眼睛，来人是个女人。她的衣服破烂，还有点点滴滴凝结成紫色的血污。她的脸色仓皇如土，瘦得颧骨明显地凸出来了。哨兵站起来，拿枪逼着她，大声地喝问："口令。"她撇了撇嘴，嘴唇干裂，好像要哭了："我不知道，我是医院的……"哨兵吃了一惊，他早就知道医院被日军全歼的消息，院长头颅挂在县城的事情，像风一样传遍了整个根据地。他还写过血书请战，愿意参加攻打县城的敢死队。他的鼻子一阵发酸，忙收起步枪，上前扶住了她。她两只手抓住他的肩膀，整个人软了下去。她是被哨兵背回来的，又被泼了几碗从深井中打出来的凉水才醒过来。

最初大家都认为这是一个奇迹，她能死里逃生，是不幸中的万幸。所有的人都想，她肯定是在日军扫荡中躲在山洞或者是在老乡的掩护下才活下来的。他们给她端来洗脸水，换下肮脏发臭的军装，还从并不多的粮食中破例舀了半碗大米，熬了一锅米粥。稠稠的米粥刚盛到碗里，冒着热气，她就抱起来咕咚咕咚地喝，烫着她了，她也只是抬起头，吸溜了两声，又狠狠地埋下头去。五十多岁的炊事班长老王心疼地掉了泪水，喃喃地说，吃吧吃吧，看把孩子饿得。

当李菊红捧起第二碗米饭时，政委来了。所有的人都绽开一脸笑容看着政委，她是他的爱人，他们刚刚结婚还不到四个月，蜜月还没过完就遇到了日军扫荡，活活地把他们分开了几个月。现在好了，她活着回来了。谢天谢地，老天保佑。

政委并没有人们想象中的欢欣，他皱着眉头问她："你是怎么回来的？"

她看着他，眼睛里闪着光，溅着火苗，她撇了撇嘴，泪水滑出眼眶，晶莹剔透，她喃喃地说："他们把我放了……"

政委问："他们是谁？"

她摇了摇头，又点了点头，说："他们是日军鬼子，日军鬼子把我放了……"

所有的人都愣在那里，她被俘过？日本鬼子把她放了？日本鬼子就这样把她放了？他们再看她时，目光变得复杂起来，有些人连自己都没意识到，他们的脚步往后退了两步，离她远了些。

政委跨上一步，猛地夺下她的碗，重重地放在桌子上，砰的一声，白生生的稠稠的米粥溅出来，淌了一片。老王慌慌地扶着碗，不满地嘟哝了一句："粮食啊，这是粮食啊。"

政委朝她吼道："你还有脸吃饭？周院长被日本鬼子砍了脑袋，他们为什么却把你放了？你是王母娘娘还是天上的仙女？"

他的声音扭曲、尖厉，所有人都闻到了一股呛鼻的火药味，像是炮弹刚刚爆炸，火辣辣的弹片从耳边划过。

她呆呆地看着他，嘴巴张了张，还想说什么，政委已经扭过头去，冲着跟在身后的保卫股长和保卫干事喝道："把她关起来。"

保卫股长跨上一步，拽住她的一只胳膊，保卫干事扭着她的另一只胳膊，两人架起她往屋外走去。她"妈呀"地惊叫一声，脸上的肌肉抽搐，泪水泉涌。路过门槛时，她还差点被绊倒了。

保卫股长对王玉德说："我承认我那时是用了点力气，一想到她有可能投降了日本鬼子，我就生气。但我再用劲，她毕竟是个女人，我还是手下留情的，只用了四五成的力气而已，她却痛得连鼻涕眼泪都出来了，还妈呀妈呀地叫。你说说，连这点痛都受不了，她能受得了鬼子的酷刑吗？我觉得她投降的可能性非常大。政委最了解她，她一回来，政委就觉得不对劲。你看看，他什么人都不带，偏偏叫上我和保卫干事，说明他早就有预感嘛。"

一开始，王玉德觉得，这个女人确实可疑。

在日军扫荡结束后，他曾奉司令员之命化装到县城打听过，日军并不知道周爱延是院长，也不知道她是司令员的爱人。但没过多久，周爱延的身份就暴露了。被俘的医护人员里绝对出了叛徒。而现在，这个女人却毫发未损地回来了，并且还是被日军放回来的。

王玉德在心里冷笑了，如果说她真的是叛徒，就这样把她放回来了，日本鬼子未免也太愚蠢了。但如果她不是叛徒，日本鬼子怎么可能又会放了她呢？

2

尽管已经见过李菊红，看过无数次的审讯笔录，王玉德还是决定再会会李菊红，让她重新讲述一遍日军把她放回来的经过。如果她是编造的，必定会在某个不经意的地方露出破绽。他穷追猛打，不断地盘问，新问题一个接一个，她来不及组织，慌乱之中必会出现自相矛盾的地方。王玉德审讯过很多犯人，没有一个人能招架住，再美的故事也会很快千疮百孔。

让他失望的是，李菊红重新讲述的，和保卫股长所做的审讯笔录一模一样，天衣无缝，连风能吹过的缝隙都没有。

李菊红说，当日军出现时，周爱延院长果断命令部队分散突围，能跑出几个是几个。周爱延带着她和另外一个刚当兵不到一个月的护士英子躲在山洞里。这个山洞还算隐蔽，洞口灌木丛生，站在洞口往里面看，黑黢黢的，什么也看不到。她们偎依在一起，紧紧地握着对方的手，每个人的手心里都是汗。外面不时传来奔跑声、零星的枪声，她们连口气都不敢出。她们望着洞外依稀的亮光，盼着天赶紧黑下来，天黑下来，她们就有可能趁机逃出去。时间却过得那么慢，一分钟比一年的时光还要长。两个日本兵发现了山洞，他们吆喝着，慢慢地逼近洞口。她们在黑暗中惊恐地看着院长，院长把手从她们手中抽出，低低地说："你们待在这里别动，我冲出去把他们引开。"周爱延猛地站起来，冲向洞口。三个人中，只有她一个人有支手枪，她一边往外冲着，一边打着枪。她冲出了山洞，更多的日本鬼子从山洞前跑过去，大呼小叫地追赶着她。

半夜时分，整个山区安静下来，只有不知名的虫子唧唧细语，间或一只夜莺从空中飞过，翅膀拍打着空气，发出细微的唧唧声。李菊红爬到洞口，向四周瞭望，明亮的星空下，大地安详，万物已沉沉睡去。她带着英子，在星星的指引下，小心翼翼地向西边转移。她记得院长说过，部队要在青龙山西边的王老庄集结。

她们还是没能逃出敌人的包围圈，当黎明到来的时候，她们赶到了王老庄，却发现整个村庄都是日本鬼子。等她们想回头逃走时，日本鬼子发现了她们。

李菊红说，她抱定了必死的决心，日本鬼子问她什么，她都说不知道。她的确什么也不知道，她只知道部队在王老庄集结，但日本鬼子已经占领了王老庄，她唯一知道的机密也毫无机密可言了。她还说，她没有告诉敌人周爱延是院长，更没有告诉他们周爱延是军分区司令员的爱人。她根本就不知道周爱延也已经被俘了，她是回来后才知道周院长被日本鬼子杀害了。她怎么可能会出卖她呢？哪怕她曾经恨过她，但她也绝不会主动出卖同志的。

王玉德说，你最后是怎么逃出来的？

李菊红的脸上浮现出可疑的红晕，似乎有些羞涩，但那些红色很快褪去，取而代之的是一种困惑的土黄色，她看了看他，摇了摇头，眼睛里一片迷茫。她说，我也不知道是怎么回事，一个日本兵就那么把我放了。

根据李菊红的讲述，十多天前的一个早上，一个日本兵突然进来，把她带出牢房，押到了县城东边的一个小树林里，树林深处的落叶上有着点点滴滴的血迹，手掌大小的叶子是枯黄色，干涸的血迹是紫色，像叶子上的花朵，有一种令人惊讶的美。看来，这里是敌人枪杀抗日志士的刑场了。李菊红并不害怕，已经过去两个多月了，她对自己的命运早就想过很多次，死并不可怕，可怕的是被日军糟蹋，或者让她充当慰安妇。如果是这样的话，她会在它们发生之前，咬舌自尽或者一头撞死在墙上。相比这些，死倒是最轻松的。她甚至回头对那个日本兵笑了一下，觉得自己这样死去，真是捡了个天大的便宜，子弹呼啸，脑袋开花，生死瞬间，甚至连疼痛都来不及感觉。日本兵的眼角边沾着肮脏的眼屎，目光游离不定，脸上带着来路不明的疲累、厌倦神情。他看到她对他笑，好像有点害羞，躲过她的目光，把脸扭向一边。她觉得奇怪，她从来没有见过这样一个日本兵，枪拿在他手里，像多出来的一根树枝。阳光透过树林的缝隙钻进来，在他的步枪刺刀上舞蹈。那是一支令人厌恶的三八大盖，拿在八路军手里，是凶猛无比的杀敌武器，抓在日本兵的手里，就是一条毒蛇，而冰冷的刺刀是蛇的芯子，发出咝咝的声音。她并不害怕。看着这个长着一副忧伤面庞的日本兵，她甚至有点可怜他，他远离家乡，任何时候都有可能死去，也许尸骨就在异国的土地上腐败，成为一个令人憎恶的无家可归的游魂。而她，至少是死在了自己国家的土地上，那也等于是回到了大地母亲的怀抱。

　　她再次冲他笑了笑，很想让他看到她的骄傲，但他仍旧没有看她，只是把步枪收了回来，取下刺刀，把步枪背在身上，手里攥着刺刀走近她。她想让自己更加骄傲一些，但心脏却令人难堪地跳得更快了，她甚至能听到自己心跳的声音。这让她恼怒，忍不住狠狠地瞪着这个日本兵。八路军缺少枪弹，不得不节省子弹，你们这些魔鬼既然跑到中国来打仗，难道还在乎那一颗子弹吗？日本兵并没有像她想象中的那样勒住她的脖子，然后用刺刀一抹，把她丢在地上，而是用刺刀割开了紧紧捆绑她的麻绳。她的身子剧烈地颤抖起来，感觉到他的手也是颤抖的，本是锋利的刺刀，却抖索了半天才割开了麻绳。她感到一阵轻松，下意识地活动了一下僵硬的手腕，上面是被绳子勒出的紫色印痕。她茫然地看着这个日本兵，完全不知道他接下来要干什么。日本兵终于看她了，但也是蜻蜓点水一般迅即低下眼睑，用生硬的中国话低低地说：“你走吧。”她没有听错，他确实是这样说的。她迟疑地往前面走了两步，犹豫不决地回过头来，日本兵取下步枪，笨拙地上着刺刀。她的心又一下子揪紧了，他要在我身后来上一枪吗？她奔跑起来，多么希望自己跑得快些再快些，跑得比子弹还要快。这个可恶的日本兵，他肯定是故意放了她，然后再从背后向她射击。他是在戏弄她，他只是不想向一个静止的目标射击，而是想射击一个运动中的目标。她知道这些令人憎恶的士兵经常会把俘虏放掉，然后像打猎一样射击取乐。但是，自己仍然要试一试，万一这个士兵的枪法不准，自己真的能逃走呢？

她奔跑着，风在耳朵边呼呼地响着，空气中弥漫着清新的花香。这是冬天，哪里有什么花香？这是幻觉。她突然觉得生命多么宝贵，我不能死，我不能死啊。多么希望枪声能迟一会儿再响，让她再跑远一些，跑得远了，子弹击中她时，自然也少了许多力度，如果击中的不是要害，她还是有可能逃脱的。枪声还是响了，就像在耳边炸响的一样，她甚至闻到了火药灼烧的味道。她停下脚步，击中哪里了？她等着身体的某一个部位突然冰凉，发出鲜血迸溅的声音，但是没有。她迟疑地回过头去，那个日本兵的步枪对着天空，枪口上冒着袅袅的白色烟雾。他朝她挥了挥手，然后转过身子，慢慢地往回走。他的背向下坍着，像一条狗。她完全搞不明白这个日本兵是怎么回事，他是一个神经病？他蠢笨如猪？她咬着牙，埋头奔跑着，就像一个梦，她始终觉得这一切都不是真实的。

她回到了青龙山根据地的王老庄，她向见到的每一个老乡打听八路军的踪迹，没日没夜地在山区奔波，十多天后，她终于找到了他们……

李菊红说，我说的每一句话都是真的，没有加一点儿醋，也没添一点儿油，更没有偷工减料。我完全理解组织对我的审查，但事实就是这样，你们问我，我也不知道那个日本兵为什么会放了我，我也不知道他哪根神经出了毛病。如果我说了一句谎话，我甘愿接受组织给予的最严厉的惩处。

3

王玉德觉得，所有的口供都不可能无懈可击，都有美化自己减轻罪责的成分，只是或多或少而已，从来没有干干净净的口供。在亲耳听了李菊红的供述后，他并没有急于下结论，她说的，到处都是漏洞，可你一时却又不知道从哪里下手。第二天、第四天的时候，他又让她重复讲了两次。第一次，他把她请到自己的住处，独立团任何人都没有参加，就他一个人，他像对待一个多日不见的老朋友一样，给她倒茶，甚至还给了她两块独立团送来让他享用的点心。她倒也没有客气，喝了茶，还一下子说出了茶名，是南京的雨花茶。王玉德对茶没有研究，他没有喝茶的习惯。这是政委送来的。他后来问了一下政委，这茶是从日本鬼子那里缴获来的，确实是南京的雨花茶。政委还告诉她，李菊红本来是省城的一名女大学生，日本鬼子占领了省城，她跑出来参加了八路军。她原名叫李曼妮，他嫌它难听，改成了李举红。她不喜欢，但她那时刚到部队，可能也不好意思反驳，就说，能不能叫李菊红？城里的女孩子嘛，身上或多或少总有点小资产阶级情调，政委没再计较，就叫她李菊红了。政委心里还是有点遗憾，虽然国共合作，穿的军装是国军的，但时刻都要高举党的红旗，举红，多么诗意的一个名字啊。政委看着这个一脸稚气的女大学生，暗暗做了决定，我要娶她为妻，将来有了孩子，无论男孩女孩，一定叫他举红。

王玉德问他，你和她结婚，她愿意吗？

王玉德自然是熟悉政委的，他是一个老红军，虽然是政委，却没什么文化，当兵前也就是一个放牛娃，认识的几个字是当了红军后才学的。在他印象中，那些参加抗战的女大学生，没几个人愿意嫁给这些大老粗。就在不久前，延安一个团级干部因为追求一个女学生不成而把人家枪杀了呢。

政委哈哈一笑，说，她当初自然是不同意的，但组织决定的事情，她也只好认了，城里人聪明，知道胳膊拧不过大腿，没到南墙就回头啦。

王玉德不好再说什么了，他回想起审讯她时，她脸色平静，表情淡然纹丝不动，丝毫没有惊恐或者不安。倒是他有点不安了，也许她说的是真的？但怎么可能呢，从来没有听说日本鬼子会放走一个抗日战士。这是她编好的吗？但就算是她编好的，但在高压或者故作放松的聊天式审讯中，她总有松懈的时候，让她重复几次，总会出现一两个自相矛盾、说法不一的地方。就像打仗，撕开一个口子，大军如潮涌入，敌人就一败千里。但她没有，她说的每个细节都和以前一样严丝合缝地高度契合。

政委表情严肃，庄重地说，她是文化人，文化人都很狡猾，王同志，你不要掉以轻心，要有和她斗智斗勇打持久战的准备。我也提供一些情况供你参考，我和她结婚，她本来是不愿意的，代表组织做她工作的就是周爱延同志。我也知道，无论是结婚前还是结婚后，她对这桩婚事都不满意。我们吵过架，她居然说我把她这一生都毁了。你看看，这仇恨是多么大啊。从这一点来说，她有出卖周爱延同志的动机。

政委拍了拍他的肩，又哈哈地笑了，说，我刚才说的文化人都很狡猾，并不包括你，你对党对人民都是忠诚的，是让组织放心的人。

王玉德笑了笑，说，谢谢政委信任，我尽量把这个案子圆满解决了，不辜负你们对我的期待。

政委点了点头，说，王同志，你是军分区派来的，有水平有能力，我相信你能查明真相。不管真相如何，你都不要有任何顾虑，我全力支持你的工作，共产党员还是要有大义灭亲的觉悟。

王玉德其实并没有怎么听政委所说的话，他满脑子仍旧在想着李菊红所说的一切，他把她所说的每一句话都放在心里咀嚼再三，寻找可以击溃她意志的蛛丝马迹。难，太难了，她所说的，根本就不可能让人相信，你反而不知道从何下手了。有没有可能，事情真的就像她说的那样？他心里突然一动，觉得呼吸有些急促。他在屋里来来回回走着，反反复复地思考着自己的这个新的想法，不断地肯定自己，然后再推翻，再肯定，再推翻。这样的犹豫不决，在他作为保卫干部生涯中，从来没有出现过。他有点沮丧。他抬起头，政委正在用一种奇怪的眼神看着他。他停下来，认真地问政委，你说，有没有可能她说的一切都是真的，确实是一个日本兵把她私下放走的？

政委毫不犹豫地撇了撇嘴，嘴角边露出嘲讽的笑容，说，这怎么可能呢？日本鬼子根本就不是人，是畜生，她又是一个女同志，怎么可能就这样放了她？如果说强迫她做了慰安妇，天长日久，对她放松了警惕，她偷偷地逃跑出来了，我还信。

政委望着窗外连绵不绝的群山，长长地叹了口气，唉，如果她说实话，我其实一点儿也不会嫌弃她的，相反，我会对她更好，这笔债要算在日本鬼子的头上。我有这个觉悟。可她偏偏来这一套，骗鬼呢。

政委的脸上已经有了阴云，他重重地甩了一下手，恨恨地走了，脚步踏在地上，像踩在王玉德的心上。

王玉德对李菊红的第二次审讯是在村外的田野里。保卫股长还有些不放心，让他带上两个人，以防她使坏。王玉德笑着摇了摇头，说，没那个必要。他见保卫股长脸色仍旧凝重，就拍了拍腰里，那里别着一支二十响的驳壳枪。他心里甚至有点隐隐不快，他王玉德本来是军分区侦察连连长，枪法过人，军分区谁不知道？保卫股长觉得一个手无寸铁的女人就能把他收拾了？这未免也太小看他了。

田野里的庄稼正在慢慢成长，夕阳温柔地照耀大地，小河在安静地流淌。王玉德与李菊红并肩而行，两人喁喁细语，不知情的，还以为两个人是恋人呢。王玉德的语气与动作都很柔和，像邻居家的哥哥，引导着李菊红慢慢回忆整个事情的经过。这其实只是一种假象，王玉德的精神高度集中，捕捉着她所说的每一句话每一个字，甚至连她说话时的呼吸快慢、轻重都没有放过。但他仍然不知道从何下手，她还是那么平静，对组织上对她显而易见的怀疑也没什么不满与愤怒。这也有点不合常理，如果真像她说的那样，她现在被组织审查，她应该感到委屈，应该感到不满。她倒好，神情安详，眼神平静，就像叙述别人的事情，连一点儿感情起伏都没有。

王玉德有点不安，他突然想起了一句话，哀莫大于心死。她也许是在自暴自弃，任凭组织处置？这种情况，他遇到过很多，在"抢救运动"中，很多本来不是特务的人都主动承认自己是特务，以求早日解脱。在他看来，这就是一种自暴自弃，他心里清楚但却一直无能为力。军分区保卫干事王玉德陷入了深深的苦恼之中，他百无聊赖地回过头去，看到身后有两个人影闪到了一个土崖下。王玉德感到好笑，他让李菊红暂时等他一下，转身飞快地向土崖奔去，果然是保卫股长安排的两个战士。他们红着脸说，股长还是害怕李菊红狗急跳墙了。王玉德虎着脸把他们训斥一顿，坚决地把他们赶走了。看着他们垂头丧气地走远了，他正要回去，突然心里一动，回头站在土崖下冲着一个蚂蚁窝撒了一泡尿，又坐在石头上抽了一锅烟，看着天边的晚霞发了一会儿呆，这才出来了。李菊红仍然站在那里，抬着头向这边张望。看吧，她连一点儿尝试逃走的举动都没有。她真是一个奇怪的人。

王玉德过去，讪讪地笑了笑，说，是赵大炮安排两个战士跟着咱，怕咱俩出事儿，日本鬼子的特务、汉奸到处都是。保卫股长姓赵，嗓门很大，大家都叫他赵大炮。王玉德有些恍惚，一时却想不起来股长的真名叫什么。李菊红朝他笑笑，说，应该的，小心总是对的。

王玉德站在那里，定定地看着她，问她，菊红同志，咱们有啥说啥，你很清楚，我是组织派来审查你的，组织对你不放心。但你也要相信组织，组织上绝不会放过一个坏人，但也绝不会冤枉一个好人，你没必要自暴自弃……

李菊红扭过头，打断了他，我没有自暴自弃，我说的一切都是真的。

　　她的表情坦坦荡荡，眼睛直直地盯着他，连眨都不眨。王玉德愣了一会儿，他想说服自己相信她，但他又无法说服自己，每个人最初都会说自己是无辜的，还有，经验丰富的军分区保卫部长在他刚到保卫部工作时，也告诉过他，判断一个人是否撒谎，就在他说话时盯着他的眼睛，如果他的眼睛眨都不眨，那他一定是在撒谎，因为他怕你不相信反而会装作很坚信的样子。她现在就是这个样子。但不知道为什么，王玉德却对部长的这个说法又有了怀疑。他摇了摇头，朝她亲切地笑了笑，问她，如果你说的是真的，组织仍然这么怀疑你，你怎么不生气呢？

　　李菊红笑了笑，说，我为什么要生气呢？我经历过诉苦，还经历了整风，整风中那么多人都……和他们比起来，我已经够好了，组织既没有绑我，也没有打我，我还有什么意见呢？战争这么残酷，组织这么做，我完全理解。可惜，我也不知道那个日本兵叫什么名字，也不可能把他活捉过来问问他为什么就那么放了我。换了我，我也会怀疑我的。

　　王玉德尴尬地笑了笑，扭头看了看西边的晚霞，晚霞把天空映得一片通红，红色的云彩像愤怒燃烧的火焰。晚霞把她罩在其中，明亮的阳光在她头发上跳跃。他悄悄地做了一个深呼吸，告诉自己，不要下结论，没有证据，说什么都为时过早。

　　他们慢慢地走回村庄，整个村庄很安静，柔弱的光线纯净，树叶微微闪光。在这美丽的天空下，就这么无声地走着，未免有些沉重。他正在想着如何开口，她突然拉住他，把他扯到一边。他本能地把手伸向腰里，手指碰到坚硬的驳壳枪。她松开他的胳膊，指了指他的脚下，说，别踩着蚯蚓了。脚下是一摊涌出地面的松软泥巴，露出半截难看的湿漉漉的蚯蚓。他感到奇怪，问她，不就是一条蚯蚓吗？她垂下头，喃喃地说，我想做一条蚯蚓。这真是个奇怪的想法。王玉德皱着眉头，问她，为什么呢？她绞着手指，低低地说，你知道吗？蚯蚓是一种喜欢安静的动物，哪个地方热闹了，它们立即就搬家了。它们藏在泥土里，躲在黑暗中，昼伏夜出，草叶、垃圾，甚至泥巴都可以养活它们，它们从不去招惹任何人，任何人也不会去注意它们，这一生都是安安静静的，多好。她抬起头，直直地看着他，喃喃地说，如果有来生，我想做一条蚯蚓。

王玉德看着她，她的洁净面庞上，细小的茸毛轻微颤动，她望着远处，眼睛像一潭水。她确实是个安静的女人。他不知道说什么好了，只好闷头走路。路上又有一摊蚯蚓吐出的泥巴，他跳了过去。让它们安静地待在地下吧，别打扰它们。也许她说得对，做一条蚯蚓未尝不是一件幸福的事情，至少对她来说，肯定是的。

4

正如王玉德所预料的，在没有可靠证据的情况下，李菊红是不可能被放出来的。王玉德曾经试探地提出来，是不是先放出来控制使用？但政委第一个站出来否决了，说，你们不要因为她是我的爱人就网开一面，该怎样处置就怎样处置，在她没有洗清投敌叛变的嫌疑前，绝不能把她放出来，我们要为革命事业负责。

政委这样说了，其他人还能说什么呢？

李菊红被关押了一年多，在第二年夏季日军对青龙山根据地发动大规模扫荡时，她的生死被提上议事日程。日军正从四面合围而来，部队要强行军转移跳出敌人的包围圈，一切都需要轻装，不必要的装备隐藏或者破坏，不必要带上的人员也被处理了，比如伤员，就地安置在了老乡家里。而那些被关押起来的犯人，根据罪行大小，该放的放了，该处决的处决了。

保卫股长赵大炮在半年前的一次战斗中壮烈牺牲，王玉德此时任独立团保卫股长。对所有犯人的处理，大家基本上都没有异议，但轮到李菊红时，出现了分歧。王玉德觉得，虽然没有证据证明李菊红所说的都是真的，但也没有证据证明她投敌叛变了，如果不放她，他建议还是把她带上，等日军扫荡过后，再慢慢计议。

政委立即打断了他，严厉地说，我们在这里只讨论是放了还是处决。每个战士都是宝贵的，都要用在刀刃上，全力粉碎敌人的扫荡，我们不可能再把他们浪费在看守犯人上。

难道因此就把李菊红处决了吗？王玉德看看团长，又看看参谋长，最后看了看政治处主任，还有列席会议的几位股长，没有人吭声，屋里静得能听到每个人的喘息声，喘息声里带着他们从嘴巴里呼出的臭味，臭味让他们更加心神不宁。

王玉德说，那，我建议还是把她放了吧。

所有的人都去看政委，她是他的老婆，他最有发言权。政委皱着眉头，说，我不同意王股长的意见，我建议处决。如果我们把她放了，下面的战士会怎么看？就是因为她是我的爱人就网开一面？我们以后还如何带兵打仗？非常时期非常措施，立即处决。我建议由王玉德同志亲自执行。

政委口气坚决，态度明确，无可置疑，他不是在讨论，而是直接给王玉德下命令了。王玉德放在膝盖上的手微微颤抖，他感觉自己的腿不听使唤，想要站起来，他嘴唇抖动着，想冲着政委吼。旁边的宣传股长紧紧地抓住他的手，冲着他摇了摇头。王玉德明白他的意思，别再自找麻烦了……

他说，那好吧，我执行命令。

李菊红被关押在村子东边一个破烂的草屋里，那本来是一家地主喂牛的地方，几年前，那个地主受不了斗争批判，在那间草屋里上吊自杀了。这房子自然也就充公了。当王玉德赶去时，看到门口多了一个哨兵，本来并没有捆绑她，此时也已经被结结实实地捆绑起来了。她的脸色发黄发暗，目光无神，看到王玉德时，她的眼睛突然闪出奇异的亮光，颤抖着问他："为什么要把我捆起来？你们哪怕不相信我，但你们也没有证据证明我叛变投敌了，你心里最清楚……"

王玉德不想和她说任何话，任何话此时都有气无力，没有任何意义。他也不想看她，扭头对站在门口的两个哨兵说，把她押出来吧。

王玉德带着这两个战士押着李菊红向村子后面的山沟里走去，那里是处决犯人的地方。八路军处决犯人并不用枪，而是用刺刀捅。这样可以节省子弹，一颗子弹消灭一个敌人。到处都是野花，微风拂来，弥漫着淡淡的花香。李菊红走得跌跌撞撞，有好几次，她都毫无征兆地突然跌倒，王玉德去拉她时，感觉到她的手冰冷。她带着哀求的眼神看着他，嘴唇翕动，却一句话也说不出来。土黄色的脸变得苍白，她肯定已经明白接下来要发生什么了。

王玉德的心情沉重，每一步都走得异常艰难，而村后的山沟却又是那么近，很快就要到了。他终于鼓足勇气扭过头去，认真地看着她，她的目光充满迷茫，直直地盯着他。王玉德躲开她的目光，看了看村庄，村里人喊马嘶，部队正在准备紧急转移。他看了看那两个战士，他们背着的长枪上刺刀在阳光下闪耀，发出冰冷的光芒。王玉德咬了咬牙，叫住那两个战士，对他们说，你们先回去吧，帮助大家收拾东西，我一个人就行了。

那两个战士相互看了看，立正敬礼，响亮地回答了一声，是。他们转过身向村里跑去，刚跑了两步，一个战士回过头来，取下步枪上的刺刀，递了过来，说，股长，你得用这个吧？王玉德忙接了过去，带着赞许的表情友好地朝他点了点头，以示感谢。

终于进了山沟，王玉德回头看了看，村庄已经被挡在身后。他叫住李菊红，说，好了，就在这里吧。嗓子奇怪地有了些沙哑。李菊红停下来，回头看着他，浑身颤抖。她终于发出声音了，声音被风扯得支离破碎，她说，你，你们这是要处决我吗？王玉德不想说话，他把脸扭向一边，点了点头。他不敢看她的脸。

她突然扑通跪了下来，头磕在地上，泪水涌出来，吧嗒吧嗒地落在地上，像砸在他的心上。她嘶哑着喉咙哭着求他，首长，我不想死，我还年轻啊，我不想死……你心里清楚，我根本就没有投敌叛变，我说的都是真的……

王玉德摇了摇头，说，我确实不知道你说的是不是真的。

他攥着刺刀向她走去，她更加绝望地扯着嗓子叫起来，首长，你不要杀我，我不想死，我真的不想死啊……

王玉德把她拎起来，她的身子那么轻，像一片羽毛。他攥着刺刀，把捆绑她胳膊的绳子割断，扔到了一边。他把刺刀插在腰带上，扶住她的肩膀，她好像被剔掉了所有的骨头，软软地往下坠。王玉德不得不在手上使了更多的力气。他很想给她擦去脸上的泪水。他说，你哭什么呢？谁说我要杀你了？

她吃惊地瞪着他，目光里并不是他所期待的喜悦，而是疑惑不解。她好像很冷，紧紧地缩着身子，像寒风中无家可归的狗。她问他，你不是骗我的吧？你真的会放了我？

王玉德坚定地冲她点了点头，我没骗你，你走吧，沿着这条沟向西边走，那边没有敌人，走得远远的，再也不要回来了。

李菊红跌跌撞撞地走了两步，又迟疑地停下来，问他，你把我放了，他们要是知道了怎么办？他们会把你也处决了……

王玉德笑了笑，说，你不用担心我，大家都在忙着反扫荡的事儿，没有人顾得上这个。再说，我是保卫股长，要想自保，那还不是很容易吗？

他的鼻子有些发酸，这个女人，到了这个时候，还在关心他的事儿。

　　李菊红盯着他，问他，首长，你给我说实话，你把我放了，是不是因为相信我说的话了？

　　王玉德咬着嘴唇，点了点头，我相信你说的是真的。

　　她脸上突然浮现出红晕，像一棵插在泥土里的树枝，呼呼啦啦地长出了树叶，向着天空生长起来，枝繁叶茂，碧绿的树叶在风中唱着歌。她朝他笑着，笑容像盛开的花儿。她转过身，飞快地向着西边跑去……

　　年轻的保卫股长默默地走回村庄，他像走在云里头，把平平荡荡的大地走得高一脚低一脚。脚下的大地上蚯蚓窝一个接一个连绵不绝地伸向天边，他小心翼翼地躲着它们，欢快地跳过一个又一个蚯蚓窝。她年轻的脸庞在他的眼前晃动，他兀自摇头暗笑，我哪里敢肯定你说的是不是真的，我只是，我只是不忍心伤害一个想做一条蚯蚓的女人……

补　遗

　　这个故事是王玉德给我讲的。他离休的时候，已经是名将军了，住在城市郊区一个安静的干休所。那时我是这所干休所的助理员。

　　在给我讲了这个故事的第二个月，他去世了，享年八十九岁。

　　在王玉德去世的那个月，一个叫约翰·伯格斯的美国作家来到了日本，他想为纪念世界反法西斯战争胜利六十周年写一本书。伯格斯利用两年时间在日本各地采访参加过第二次世界大战的老兵，他用这些老兵的回忆写作出版了《我记忆中的战争》。这部书后来被译成多种文字，包括中文版。以下是我看到的其中一篇。

我的战友大岛健二的故事

（讲述人　岩田正邦　退休公务员　筑紫野市）

　　我是昭和十七年夏天参的军，刚开始时老兵们天天带着我们到野外训练。可以说，这些老兵都是粗暴和野蛮的。我们这些可怜的新兵，每天都要被他们拳打脚踢一番。最可怜的要算是大岛健二了，我们这些来自乡下的，本来就吃过很多苦，受过很多罪，虽然身体上的疼痛与精神上的折磨让人难以忍受，但咬着牙也就挺过来了。大岛健二不一样，他是我们家乡小学的美术教师，刚大学毕业没多久，真不懂为什么也把他征过来当兵了。有人说，他在大学时选修过中文，会说中国话的原因。谁知道呢。他在我们这群野蛮的士兵中，算是最文明的，从来不说脏话。

　　老兵训练我们时，手拿竹刀，看谁不顺眼，呼地就招呼身上了。我们那批新兵，挨打最多的是大岛健二，他体能比较弱，训练跟不上来。有时一天训练下来，都被打得一瘸一拐的。有一次，他的脸都被老兵抽肿了，成了猪肝色。就是这样，我们还不能对老兵有任何怨言，要感谢老兵的恩情，因为他们说，这是在向我们灌输军人魂。

　　我记得很清楚，在我们出发前往中国的头天晚上，轮到我和大岛健二站岗。我们在家乡时就认识，他还教过我哥哥的儿子。我们两个关系算是最好的。大岛健二用失神的眼睛看着我，说，我厌恶战争，杀来杀去有什么意思呢？我们日本根本就不可能统治中国那么大地方、那么多人，我们也打不过美国佬，最后肯定要失败。与其这样，为什么还要打仗呢？

　　他的话把我吓坏了，我吃惊地瞪着他，当时觉得这根本是不可能的，皇军战无不胜，中国军队不堪一击，美国兵都是好吃懒做的少爷兵，我们怎么可能打不过他们呢？现在想想，大岛健二不愧是大学毕业，他比我们所有人都看得清楚，甚至军部那帮人也没他看得长远。

秋天的时候，我们到了中国北方。暂时没有什么战事，我们仍旧每天训练，但和国内训练不一样的是，有时他们会抓到俘虏让我们训练刺杀。有一天就抓来了七个中国兵，他们被绑在木桩上，每个人的军装上都是泥土和鲜血，身体非常糟糕，一点儿精神都没有。他们惊恐地看着我们，浑身抽搐。我们以前用稻草人当刺杀的靶子，现在却要用活人了，心里还是很害怕的。不幸的是，大岛健二是第一个被叫出来刺杀的，也许，他的惊恐反应比我们更强烈，被军曹盯上了吧。我们担心地看着大岛健二，替他捏着一把汗。他的脸抽搐着，双腿抖个不停，站在俘虏跟前，手里的步枪一直在晃个不停，怎么也下不了手。军曹扬起一脚把他踢到一边，那脚踢得结结实实，他在地上翻了几个滚。军曹瞪着我们吼道，看老子的！说完，转过身，吼了一声，狠狠地捅过去，步枪上的刺刀没进了俘虏的胸口，把刀拔出来，鲜血喷涌而出，俘虏的脸慢慢地变得煞白。军曹还觉得不解气，又过去对着大岛健二拳打脚踢一番，他的脸被打破了，鼻子也流血了，除了穿着一身日本兵的军装，他的样子和那些俘虏没什么两样了。看着军曹凶狠的眼睛，我们都吓坏了，什么也不顾了，拼命地捅着那些俘虏，他们身上全是窟窿，一直在尖厉地惨叫。这一可怕的场景我到今天还忘不了。

一直到第二年，我们这个小队被调到了八路军青龙山根据地的一个县城时，大岛健二的处境才有所改善。驻守县城的大队长喜欢画画，听说大岛健二当过美术老师，就常让他过去教他画画。再加上大岛健二会说中国话，原来的小队长阵亡后，大队长就让他当了我们的小队长。

大岛健二当小队长后，上面还不时地送来俘虏，让我们训练刺杀。大岛健二当然也不敢违背上面的命令，但他事先都要在俘虏心脏的位置用粉笔画个圆圈，命令我们必须刺中心脏，他说刺杀最重要的是精确，战场上不会给你刺出第二刀的机会。他说的也是蛮有道理的。那时我心里还觉得，这对俘虏来说，也是好事，他们反正都得死，这样死去，算是最好的死法了。而有些小队就不一样了，他们也在俘虏的心脏部位画上圆圈，但却是为了不让人刺中那个部位，这样，一个俘虏可以供很多人练习刺杀，俘虏很久才会痛苦地死去。现在想想，大岛健二可能是受不了这种用活人练习刺杀的方法，有意让俘虏少受一点儿痛苦吧。

秋天的时候，我们参加扫荡青龙山根据地，俘虏了很多人。八路军的一个医院也被我们打掉了，那些医护人员大部分都没有武器，很多还是女的。其中有一个后来听说是八路军军分区司令员的爱人，她最后被杀掉了，头颅还被割下挂在城头上，说是恐吓八路军。还有人说，是为了激怒那个八路军司令员让他攻打县城，这样，我们就可以以逸待劳把他们一网打尽。当然，八路军是不可能上当的。

俘虏太多，审讯后，那些不太重要的都分到各小队看押，我们小队看押了十多个，后来陆续都被上面提走了，听说被当靶子杀掉了。最后剩下一个女兵，这个女兵面容姣好，脾气也很好，并不哭闹，我们也就不怎么烦她。由于有大队长的支持，大岛健二这时又拿起了画笔，他还给这个八路军女兵画了一幅画。这个八路军女兵也很配合，让我们给她打来水，好好地洗了脸。大岛健二画她的时候，她很安静地坐在那里，脸上还带着笑容。我们都传看了那幅画，都夸大岛健二画得像，是个当画家的料子。他也很高兴，说，战争结束后，他准备不教学了，好好画画，争取当个画家。大岛健二似乎很喜欢那个女兵，没事就经常找那个女兵说说话。有一次不知道大岛健二说了什么开心的事儿，我听到她咯咯地笑了起来。我们还跟他开玩笑说，战争结束了，他可以把她带回去当媳妇。

我记得很清楚，有天早上听说来了一批国内送来的慰安妇，大家都很兴奋。离开家乡那么长时间了，能看到来自家乡的女人，无论如何，都能慰藉一下思乡的情绪。正在这时，上面传来命令，让我们把这个女兵处死。按照惯例，我们应该用她来练刺杀。但大岛健二说，她是个女的，咱们还是枪决吧。我们都理解他的心情，同时也觉得相处这么长时间了，刺死未免也太残忍了，都同意了。枪决一般不在城里进行，而是放在城外的树林里。谁都不想去，大家都急着去一睹国内来的女人的风采。大岛健二说，我理解诸位的心情，你们就去看望家乡来的女人吧，我来执行这个命令。我们当然很高兴，对他充满感激之情，真是一个体贴的小队长啊。

这之后过了很长时间，大岛健二才悄悄地告诉我说，他那天其实没有杀死那个八路军女兵，他把她带到城外的树林里，朝天空放了一枪就把她放了。他觉得杀死了她，对战争的局势也没有什么影响。我想，这可能只是他的一个借口，最根本的原因，他还是下不了手。也有可能他喜欢上她了吧。我没有顾得上问他是不是这样，这件事要是

传出去，会要了他的命的。我忙严肃地告诉他，你刚才对
我说的，我一个字都没听见，这件事到此为止，不要再对
任何人讲了。归根到底，让他来当兵是个彻头彻尾的错误，
他本来就应该在家乡老老实实地当个老师啊。

　　大岛健二后来变得精神不太正常，是有预兆的。我们
有次行军经过一个村庄，前卫部队已经扫荡过这个村庄，
房屋被烧掉，人被杀光，到处是死尸。我们在一堵断墙下
看到一个八九岁的小女孩，胸口有个破洞，鲜血还在汩汩
地流着，很明显，是用我们的三八式步枪刺刀捅的。她还
没有死，不知道是吓傻了，还是疼得麻木了，她用手捂着
胸口，朝我们傻笑。这样的情景看得真令人难受。我们低
头从她身边走过时，大岛健二掏出手枪，对准她的脑袋，
砰的一枪，女孩的头往一边一歪死掉了。我知道，大岛健
二这样做，其实也是为了她好，让她免受一些痛苦。但大
岛健二却因此大受刺激，手抖得怎么也不能把手枪插进枪
套里，还是我帮忙把手枪收好的。他不停地喃喃地说，我
这样做也是为她好，我这样做是对的，我这样做是对的。
他如果喃喃自语一两句也没什么，问题是，他从中午说到
了晚上，翻来覆去就这两句话。一个军曹看不下去了，给
了他一记耳光，他才醒过来。从那以后，他就有点不对劲
了，看什么眼睛都直勾勾的，有时你和他说话，他好像没
有听到一样，你得趴在他耳边大声重复几次，他这才像从
睡梦中醒过来，带着歉意朝你笑笑，那笑，也是空洞无神
的。他这样子，实在是无法再担任小队长了，他的职务也
被撤掉了。

　　后来没多久，我和其他几名士兵被抽调出来参加省城
的宪兵队。半年后回来，听说大岛健二已经疯掉了。我问

他们，大岛健二是因为什么事儿疯掉的，他们也说不清。我感到挺难过，就约了几个一起当兵的同乡到医院去看他。他住在医院最深处，那里很暗，窗户上安着铁栅栏。屋里环境极差，只有一个马桶，散发着令人头晕的臭味。他穿的病号服上黑色黄色的污迹斑斑，不用说，那是他自己的大便。他瘦得皮包骨头，只是两只眼睛还在闪闪发光。他看到我，兴奋得脸都红了，说，岩田君，你来看我了？我有点心酸，使劲地忍着泪水，说，大岛君，你还好吗？他笑嘻嘻地说，好啊好啊，我现在天天画画。我实在不知道如何安慰他，也不知道他能否听懂，就只好随口问他，大岛君，你画了什么，能拿出来让我看看吗？他从潮湿的被褥里抽出一沓纸，果然是他画的几十幅画，奇怪的是，所有的画都是蚯蚓，各种奇形怪状的蚯蚓。我困惑地问他，你为什么要画蚯蚓？他好像有点不好意思，挠了挠头，说，我想做一条蚯蚓。这可真让人感到奇怪啊。我问他，你为什么想做条蚯蚓呢？他吃惊地瞪着我，好像我问这个问题显得多么幼稚。他说，做一条蚯蚓多好，我藏进泥土里，你们就再也找不到我了。

我无奈地摇了摇头，他这个想法真是怪异，不是我们常人所能理解的。这是我最后一次见他，终战以后回到日本，再也没有见过他。我问过很多人，他们说，他在终战回国时，从船上掉进了大海。有人说是他不小心掉下去的，也有人说是他自己跳进去的。谁知道呢。直到今天，每每想起大岛健二，我都感到心在绞痛。如果没有战争，他说不定能成为一个很优秀的画家呢。

（原载《长江文艺》2015 年第 6 期）

苍　蝇

1

天气一直像个老太婆一样，凄凄惨惨戚戚地哭哭啼啼，绵绵阴雨下了大半个月还没下够，把我们的战壕都淹没了还不满足，都不知道她要哭到什么时候才能满意。每天都在死人，有些尸体找到了，有些尸体就找不到了，他们藏在水里，使劲地喝那浑浊的水，一直喝得身子像牛一样粗了，这才从水里浮出来了，上面还爬满了长尾巴蛆。到处都是长尾巴蛆，晚上趴在战壕边睡觉时，它们钻进头发里，钻进耳朵里，有时还会向嘴巴里拱，好像人家很喜欢它们似的，一点儿都不知道人家其实恶心死它们了。

雨一停，又开始打仗了，那些炮弹也不和我们商量，愣头愣脑地就从山上掉下来了，它们还恐怕我们不知道，很远就开始吹着口哨，还带着家乡唢呐的声调。我觉得这音乐不错，歪着头，把耳朵伸出战壕想听一会儿，排长一把拉着我，把我按在战壕边，脸贴着泥巴，那里还有一个长尾巴蛆，我的嘴巴差点碰到它，这不好玩。排长很生气地问我："你想找死啊？"

我这才想起，我们现在正在打仗。我一想起这是在打仗，那些炮弹的声音就不好听了，它们像狗一样汪汪地叫着，恐惧和夏天的寂静让狗的叫声像大铜锣一样地响亮。那些狗落在地上，地上都是弯弯曲曲的战壕，战壕里都是淹到胸口的水，它们的声音一下子被水淹没了，像放了一个闷屁一样，一点儿都不嚣张。可还是有人害怕，我就看见我们村的张三胜在那个炮弹要落下来时，突然就把怀里抱着的枪扔掉了，一个猛子扎进了水里，他以为他藏在水里，那个炮弹就找不到他了，但那个炮弹也跟着钻进了水里，把他从水里拽了出来，他的身子在空中翻了一个难看的跟头，一条腿还落在了我们面前，连裤子都没穿，早就被水浸得发白。我咽了一口唾沫，他的腿比我老婆的腿还要白。

我就抱着枪趴在战壕边想我老婆。

我觉得这个女人一点儿都不爱我。我当兵走时，她抱着孩子到村口来送我，我本来想她舍不得我走，会流几滴眼泪让我感动一会儿，谁知她很高兴，觉得我当兵是件很光荣值得庆贺的事情。她的脸上像鲜花一朵朵地盛开着，她笑得嘴巴像坏了一样合拢不上，从我们家一直追到村口，不停地对我说："孩子他爹，你到部队好好干，争取早点把立功喜报拿回来！"她的声音像苍蝇一样在我耳朵边嗡嗡地叫着，我都答应她了，它们还不放过我，还在那里嗡嗡地叫着，叫得我都得了中耳炎，有半个月的时间里，耳朵里总是往外面流着黄色的脓水。我当然不会怪她的，她什么都不懂，这都是我们区长刘玉柱害的，他这人嘴巴能说，能把死人说成活人，这你不得不佩服。我压根就不想当兵，可到了他嘴里，我反而成了自愿当兵的典型了，人家刘长庚有文化，是药行的学徒，吃穿不愁，人家还主动当兵，保卫胜利果实，你们这些贫下中农不是更应该当兵吗？人家那是一种什么样的思想觉悟？和人家比比，你们分了土地，分了地主的浮财，政府让你们过上了好日子，你们还好意思不去当兵吗？你们这不是忘恩负义吗？他说的次数多了，区上干部也学会了，后来动员别人当兵时就是这么讲的。时间长了，连我都有点半信半疑了。

敌人打了半天炮弹，我们也不理它，他们后来觉得没什么意思了，就不再打了。

2

我们是晚上开始打的。这事谁也瞒不住，所以我们一开始冲锋，敌人就知道了，他们把整个天空都打红了。那些密密麻麻的子弹像苍蝇一样乱飞，它们的翅膀像刀片一样，把树枝削断了，把人的耳朵削掉了，有时还能在头上钻出一个洞，把白白的脑浆都弄出来。这些苍蝇特别喜欢血，落在身上，都能咬出一摊的血来。我得提防着它们。

整个战场美丽极了，敌人的火力点到处都是，在远处看，就像落了一地的星星，慢慢地接近了，眼前都是突突叫着的火舌，就没星星好看了。我们没有重武器，就靠炸药包一个一个地去炸。我们趴在地上，泥巴乱飞，有块泥巴还糊在了我脸上，热乎乎的，还带着弹药的香味。我把它们从脸上抠掉，就那么一抬头，看见我们一个战士抱着炸药包冲了出去，刚跑出没多远，一发炮弹下来，把他抱着的炸药包也引爆了，一声巨响，震得我们的耳朵都痛了起来，什么也听不到了，就看见那个战士成了肉泥，整个身体都碎了，冲向天空，然后又像雨点一样落下来。连长急了，让那些工兵继续上去，二十来人，一袋烟的工夫不到，全部死掉了。这是我当兵后第一次打仗，是有点害怕，那是夏天，但我还是浑身发冷，抱着枪不停地发着抖。那一会儿，我几乎什么都不知道了，大家往上冲时，我也就赶紧站起来跟着大家跌跌撞撞地往前冲。

我们 A 团还是能打仗的，很快就攻到了山半腰。我们连继续像蚯蚓一样向前拱，沿着那些陡坡，抓着一点儿草或者树根，后面的人用肩膀或者脑袋顶着，一寸一寸地往前爬。我正爬着，虽然觉得有什么东西不停地往我脸上头上滴，我伸手一摸，湿乎乎的，还带着腥味，借着火光一看，全是血。我忙抬起头，是敌人一个伤兵趴在山梁上，脑袋耷拉着，肠子滑出来了，就挂在外面，血水滴答滴答的。他还没死，蠕动着想用手去捞他的肠子，样子很滑稽。和我一起当兵的刘长德把枪举了起来，我忙按着了他的枪。他没死还好点，他要是死了就更难看了，我不想看到他难看的样子。我又往前爬了两下，硝烟呛得我鼻子发酸，嗓子发痒，于是，我就趴在地上干咳起来。排长爬到我跟前，问我："怎么样，没事吧？"

我忙朝他点了点头。我就是害怕了也不能和别人说，何况我也不知道我害怕不害怕，就是浑身发抖，我把全身的力气都聚集起来，甚至把脚指头与头发上的力气都集中起来了，还是控制不住，整个身子还是发抖。我都想哭了，它们根本就不听我使唤了。

连长带着我们，用手榴弹开路，不停地投弹，几乎没歇气，终于打下了两个小山头。这时天也亮了，敌人开始反扑。

我们一下子傻眼了，就我们连上来了，其他的部队都没跟上来，可能是天黑，他们没找到路吧，谁知道呢。我们只剩下三四十人了，要命的是，我们身边还有二十来名俘虏，这就让人头痛了，你得打仗，又得看俘虏，哪有那么多工夫？连长想出了一个主意，说，找两个战士看着他们，把他们人和枪分开，背朝我们蹲在一起，不许动。他刚说完，反扑的敌人拥过来了，他们从山上向下面冲着，不时地很滑稽地跌坐在地上，起来了就往我们这里扔东西，我还以为是他们从地上捡的石块，谁知是一排排手榴弹，它们活蹦乱跳地滚了下来，我们忙卧倒在战壕里。等我们再站起来时，我甚至都看到他们钢盔下面晃动的脸了，脸都和我们一样，也是疲惫不堪，但眼睛里都闪着要杀人的凶光，他们奔跑着，举枪射击着，枪口里闪着丑陋的火光，我甚至都听到了他们在高声喊着："抓活的，抓活的！"

　　排长急了，他突然蹿出了战壕，抱起一挺轻机枪站起来扫射起来，打倒了一些敌人，但他一下子把敌人都吸引过去了，敌人的子弹像群苍蝇一样嗡嗡地扑了过来，密密麻麻地叮在了他身上。他一头栽倒在地上，滚到了战壕里，背在肩上的一长袋子公款银圆掉了下来，滚了一地，掉在我脚下两块，都被子弹打得缺了边。我忙爬过去，把他翻了个身，他的肚子上全是弹孔，至少有十多个，血像喷泉一样射了出来，溅到我脸上，我感到像被虫子咬了一样疼痛。我忙朝着连长喊："排长死了！"连长回头朝我吼了一声："死了就死了，你他×的叫什么？快打敌人！"我刚把枪端起来，子弹又飞过来了，打在我耳朵边，把我的耳朵震得嗡嗡地响。我很生气，端起步枪不停地射击着，机械地推拉着机栓，使劲地扣着扳机，我什么也没想，也没什么害怕的，大不了就是死了。我肯定是杀人了，因为我亲眼看到了有好几个敌人倒了下去，他们一头栽倒在地，钢盔像西瓜一样骨碌碌地往下滚，有一个还滚到了我的脚下。我咽了口唾沫，真要是个西瓜就好了……

　　我的目光刚从西瓜上移开，突然听到几乎是在我耳朵边传来一声刺耳的枪声，趴在我旁边的一个战士脑袋猛地向前一磕，整个脸都贴在了泥巴里，鲜血从他的后脑勺喷了出来。我扭头一看，那二十多名国民党军的俘虏没听我们连长的话，明明让他们不许动，他们可能没听到，也可能是故意捣乱，不但动了，还把看守他们的两个哨兵捅死了。这真让人头痛。他们有的正冲过去抢夺他们被缴掉的枪，有两个正用哨兵的枪向我们射击。其中一个正举着枪瞄着我，黑洞洞的枪口几乎就顶在我脑门上，那么近的距离，他张着嘴巴像狼一样冲着我叫喊着，脸上的五官扭在一起，狰狞而可怕。我的眼前发黑，脑袋抽搐着，浑身发冷，好像打摆子一样，牙齿咬得咯咯地响。我这时真的就想到了我老婆和儿子，他们在我眼前晃着，儿子伸着小手，抓了一把月光，冲着我咯咯地笑个不停，我也不恨我老婆送我当兵时没流泪了。我都想哭了，我就这样死了，再也看不到他们了，我的泪水就出来了，蜇得我的眼睛很痛。谢天谢地谢菩萨谢玉皇大帝，那个士兵的枪里没子弹了，他扣了两下扳机，只是两声啪啪的声音。他脸色也变了，惊恐地看着我，我也愣在那里了。我要是一个老兵，他就没命了。我手上就拿着一支刺刀已经打开的步枪，只要把枪口转过来，用刺刀捅过去，或者轻轻一碰扳机，他就玩完了。他肯定也会谢天谢地谢菩萨谢玉皇大帝的，因为我完全忘了要拿枪打他，慌慌张张地一脚踹过去，那一脚可是用了我全身的力气，踢在他腿上，他一下子向后倒了下去。那个战壕几乎被炮火炸平了，我收不着脚，跟着向山下滚去。我那真是无意间滚下去的，但别人却以为我这是要跑了，其他的也跟着连滚带爬地向山下跑。这下好了，我们连队全都跑下来了，就连那么能打仗的连长也没办法了，朝着天空开了两枪也没制止住。我一看，忙从地上爬起来，也急急忙忙地跟着大伙儿一起跑。那些刚投入战斗的连队，一见我们下来了，也跑了起来。我的本事不小，把整个 A 团都带着跑了下来……

3

首长带着一群比他更小的首长来看我们来了，他们也漂在水里，长尾巴蛆没有因为他们是首长就放过他们，也往他们身上爬，但首长们就是好，他们把那些长尾巴蛆掸在水里就算了，不像我们，烦它们烦得不行，谁爬在我们身上，我们就把谁按在战壕上掐死了。我的手指上都掐出硬茧来了。

首长没怪我们，可能是敌人的确太强大了，他让我们好好休息一下，援军正在路上，等他们赶来了，那些敌人就完蛋了。他们说完，还朝我们笑了笑，很亲切地问我们习惯不习惯，觉不觉得苦？我们都声音很大地说，我们习惯，一点儿都不苦。

<h1 style="text-align:center">4</h1>

人一闲下来就会胡思乱想。我想起六个月前，我按照刘掌柜的吩咐去省城送款子的事。

我那时在镇上的"刘记药行"当学徒，掌柜姓刘，他和我父亲是拜把子兄弟，让我在药店里干着，平常也教我背一些汤头歌，教我号脉看病，算是学个手艺，在乱世之中，有个吃饭的本事。我有点文化，也是跟着这个刘掌柜学的。我永远都感谢他。我还感谢地主恶霸冯寿二。村里土改时，把冯寿二家的东西都分了，给我们家也分一张八仙桌，还有一头牛，五亩地。那头牛刚分到我们家时，还嫌我们家里穷，不愿意跟着我们过日子，曾经用脑袋把我爹撞得飞出两三尺，差点把他的腰撞断了。我爹只得把区长刘玉柱喊来做它的工作。刘玉柱就掐腰站在它面前，挥舞着手说，再不老实，就把你像冯寿二一样枪毙了。在大背坡下枪毙冯寿二时，这头牛就在旁边吃草，它亲眼看见冯寿二是如何被刘玉柱枪毙的，它这才老实了。

枪毙了地主恶霸冯寿二，我们村里的年轻人都想去当解放军。我们把他们家的东西都分了，按照你们的理解，我们应该是过上好日子了，但我告诉你们，你们全都想错了，这日子反而过得提心吊胆的，总怕共产党走了，冯寿二的两个儿子回来找我们算账。他那两个儿子都很有本事，故乡到处传说，二少爷冯志安还是国民党军的一个连长什么的。解放军再来征兵时，那些斗争过地主的人都争着要当兵，他们害怕冯寿二的两个儿子回来找他们算账。刘玉柱来动员我当兵时，我说什么也不干，我结婚才一年，老婆刚给我生了一个男娃子，她长得还不错，我在战壕里泡了半个月，腿才变得白生生的，她不用泡，身子就很白。再说了，我家分了冯寿二家的一张八仙桌，一头牛，五亩地，这也不是我们抢来的，就是国民党再打回来了，还给他们就是了。这没什么难的，牛从村东头牵到村西头，也不累。刘玉柱动员了我半天，我就是不答应他，他最后没办法了，只得很失望地站起来了，一脸恨铁不成钢的样子，好像牙痛一样咂着嘴，一个劲地说我是木头脑袋。我有点过意不去，摸着自己的木头脑袋只会朝他傻笑。我那时就想着好好在药行学个手艺，将来开个药店，让他们母子两个人过上好日子。

可世事难料，形势越来越紧张了，国民党军离我们这里越来越近了，到处都在打仗。兵荒马乱的，谁也不敢出远门，可药店有一笔款子要给省城一家卖药材的商号。我们刘掌柜又是一个特别讲信用的人，他一定要按时把这笔款子送给人家，他就让我去送。我去送过几次，已经很熟悉了，按道理说，没有什么事的，但刘掌柜还不放心，他让我把棉袄拆开，把银圆缝在里面。我还觉得他这是脱裤子放屁多此一举，事后证明他很英明，多亏他这么干了，要不是这样，这笔款子早就被人抢走了。

我到了省城门口，那里已经站上国民党军的岗哨了，我本来以为没有自己什么事，就大大咧咧地走了过去。谁知还是被人家拦住了，他们把刺刀一横，刺刀晃得我眼睛痛。他们瞪着眼睛问我是哪里人，到城里干什么。我就说了是哪里人，但没有说是来送款子的，兵荒马乱的，他们要是把这些钱抢走了，我就没法回去交差了，刘掌柜要是以为我独吞了，我就是跳进黄河也洗不清，何况黄河离我们这里又很远。我就脑袋一转，随口说想到城里找个小工干干。谁知我这一说，人家的脑袋转得比我还快，说，好好，我们正好缺少小工，到我们那里干吧。

他们就把我抓到了一个壮丁部队，就是给他们挖战壕修碉堡当苦力的。我在那里干了两个月，那真不是人干的活儿，他们不是正规部队，根本不把我们当人看，白天晚上连轴转，吃的是半生不熟的窝窝头，喝的是烂白菜叶子煮的汤，这饭菜要是喂猪，猪都会咬死你的。我们猪狗不如，不但不敢咬他们，连屁都不敢放一个。我们住的是一个破屋子，能从屋顶上看到星星月亮，一到晚上，它们就眨着眼睛嘲笑我们，我们也没办法。要是下雨了，那些雨点就像逃难的灾民一样往我们屋里涌，把我们挤得都没法睡了，只能靠在墙上睡，后来我就练成了站着就能睡着的本领。我能在战壕里泡半个月，出来了眼睛还能闪闪发光，精神十足，就是在这个时候打下的基础。但我真的不喜欢这个地方，因为这个地方总是死人，你刚认识几个人，他们说死就死了，生死离别，总是让人难受的。短短两个月时间，那个一百多人的壮丁队就因为生病、逃跑、累成肺痨等原因，少了将近一半。他们还不放过我们，把我们都剃成光头作为标记，走到哪里，头皮都亮闪闪的，要是晚上想逃跑，也是明晃晃的，人家很容易瞄准射击。我们就只好不跑了。挖完战壕修完碉堡，我们想，这下该让我们回家了吧，谁知不行，给我们每个人发了军装和枪，说是要把我们编到部队里。我想这下完了，解放军的兵我都不当，却跑来当了国民党军的兵，这辈子看来不想当兵也不行了。早知道会这样，我就当解放军了，当了解放军，刘掌柜就没法子让我到省城来送款子了，我也就不用再当这个国民党军了。

我们要正式编入部队前，国民党军的长官要来视察我们。我没想到，我们村地主恶霸冯寿二的二儿子冯志安也在那拨长官里，我到现在也闹不明白他那时是什么职务，反正挺威风的，戴着白手套，皮鞋擦得锃亮，都能当镜子用了。我心里七上八下的，心扑通扑通地跳个不停，要不是我死死地按着它，它一定会蹦出来不可。我知道这是我的最后一个机会了。他肯定认识我，小时候我们还在一起玩过，玩过家家时，我们俩都争着当王二妮的男人，我还把他打了一顿，鼻子都出血了。我希望他现在把这事忘了。他是在十五六岁时离开我们村的，听说还上过黄埔军校。我紧张得不行，手心里全是汗，背上也是，像蚯蚓一样爬着，但我也不敢动，挺着腰站得直直地，眼巴巴地看着他，心里拿不定主意。他父亲被村里土改工作组枪毙了，他会不会因此把我们都恨上呢？虽然我和我爹在斗地主时都是跟着凑热闹，没有动过手打过骂过他们家的人，但他又不知道，他万一把我也恨上了，我就弄巧成拙了。我这样翻来覆去地想了半天，最后还是决定抓住这根救命稻草，无论是福是祸，我都认了。我耐心地等着他们来到我跟前时，我突然从队伍里跨出一步，伸出手，抓住了他的胳膊，急急地叫道："二少爷，我是咱村的刘长庚啊，你还认识我不认识？"

那群人都愣在那里，陪着他们的壮丁部队的长官狠狠地瞪了我一眼，那眼神像子弹一样飞过来，恨不得嗒嗒嗒地毙了我，但我顾不得那么多了，继续摇着他的胳膊说："二少爷，你认不出我来了？"

二少爷是个好人，他知道在那样的场合，他不可能给我说什么，就拍拍我的肩膀，轻轻地说："好啊，以后在队伍里好好干，会有前途的！"说完，就抹下我的手走了。

我的脑袋嗡的一声，我觉得我这是完了，人家已经出来六七年了，可能早就把我给忘了，怎么会记得起我这个平头百姓呢？就是记得，人家凭什么要救你？就凭是一个村子里的？但你们分了人家的地，分了人家的财，还枪毙了人家的父亲，小时候还和他抢过女人，把人家打得鼻子出血，人家不找你事就够大度了，还要救你吗？有一会儿，我甚至都恨自己鬼迷心窍了，怎么会动让他救我这个念头呢？谁知我还真是想错了，冯志安还真的把我救出来了。他第二天就找人到壮丁队把我接走了。他问了村里许多事，当然最多的还是他父亲的事。我都对他说了，我还有点不安，说："二少爷，我们家分了你们家的一张八仙桌、一头牛、五亩地，如果你回家了，我们还会把它们还给您，我们不要。"他愣愣地看了看我，来回走了几步，然后摆了摆手，说："这和你没关系，你不明白的……分给你们家，你们就要吧。"然后他又问我结婚没有，有孩子没有，我都一一回答了，我说我和王二妮结婚时，还有点不好意思，总怕他想起小时候我打过他的那件事。谁知他还真的忘了，连王二妮都忘了，根本就没再问她。这下我又有点生气了，他这是在大城市待久了，看到的漂亮姑娘多了，连我们村里最漂亮的王二妮都看不上了，当然也看不上我了。他问我到底想不想当兵，我就摇了摇头，说不想当兵，我想回家，王二妮刚给我生了个孩子，我得回去照顾他们。我特地又提了一下王二妮，谁知他还没问她。他让我把国民党军的军装脱了，又掏了几块银圆让我做盘缠，让我赶紧回家去，说省城这边可能也要打仗了。我激动得嘴唇哆嗦着说不出来话，也不怪他把王二妮都忘了，我连给他跪下来磕头的心都有了。谁知他不稀罕别人给他磕头，伸出白手套拦着我，说，你不要这样了，都是一个村里的，我能帮上忙当然要帮了。我就哽咽着说，二少爷，你的大恩大德我一辈子都忘不了，有朝一日我一定会报答你的。我那时就想，我是穷人，没法子报答他，如果有一天，他要我的命，我也愿意给他。真的，我那时就是那么想的。

当然了，这样的机会也是不可能有了，他当的是国民党军，我当的是解放军，我们没机会在一起了。这样其实更好，我就不用把命给他了，别人也不会说我说话不算话了。

我回来后就当了解放军。他们这次是动真格的了，不像上次，是自愿，你愿意参加了，就给你戴上大红花，敲锣打鼓地把你送到部队。这次是要做思想工作了，区上的干部整天缠着你，像影子一样跟着你，连上茅房也跟着你，也不嫌臭，劝你赶快参军保卫胜利果实。许多人经不起折腾，就报名参军了。我没办法了，只好也当兵了。再说了，国民党军迟早会打到我们这里来的，他们来了，同样会把我抓去当壮丁的，更不把我当人看了，我还真不如当个解放军。

我于是也就戴上了大红花，那是用纸做的。区上干部说，这是用烈士的鲜血染红的，你们一定要向他们学习，舍得一身剐，敢把皇帝拉下马，消灭蒋介石，解放全中国。我听了吓了一大跳，看着那个大红花，整个晚上都没睡好，心里想，千万不要用我的血来做大红花啊。我可想活着回家。

5

我们是志在必得，上级又调来了两个纵队，最后这才把那场仗打下来了。

整个战场一片狼藉。一座好好的山，本来有树有草的，现在连块完整的草皮都没有了，只剩下一截截烧得焦炭一样的树桩，只剩下一堆堆燃烧的火焰。还有那个集镇，几乎没一间完整的房子了。敌人是政府军，我们把他们包围了半个多月，他们说什么也不投降，我还以为他们生活很好，谁知比我们还苦，他们的战壕里堆满了死尸，因为一直下雨，战壕里和我们一样也蓄满了水，他们那地方还小，尸体都堆在战壕里，水泡雨淋，全腐烂了，散发出难闻的恶臭，成群的苍蝇嗡嗡地趴在上面，水面上都是长尾巴蛆，一个挤着一个，一层压着一层，在尸体上到处乱拱，整座山臭得让人恶心。我捏着鼻子，都不敢看了，也不想闻那个味道了，都知道那个味道很不好闻。

我刚跨过一条恶臭的战壕，就看见了我们村的二少爷冯志安。他的脑袋还是好好的，所以我一眼就认出他来了，他身上的鲜血已经凝结，变成黑色的了。他几乎被炮弹炸烂了，整个胸膛被掀开，内脏都出来了，还有一条腿从大腿根被炸掉了，根本就找不到了。他是我的敌人，我应该高兴才是，我就试着咧开嘴巴想笑，但嘴巴咧开了，却比哭还难看，不是高兴，而是心脏像被一堆长尾巴蛆咬着了一样难受。我以为自己心肠很硬，谁知它不听我指挥，偏偏又让我想起他在省城救过我的事。一想起这事，我用石头做的心就软了，向四处张望，犹豫着该不该把他也处理一下，至少找个地方先埋起来吧，万一将来他老婆儿子什么的来找他，也有个地方。我往前走了两步，刚把腰弯下来，他身上的苍蝇嗡地飞起来了，密密麻麻的，都很亲热地扑到我脸上了，身上还带着他尸体腐烂的黏液。那种恶臭的味道，让我一辈子都忘不了，一想起来就不想吃饭了。我一阵恶心，跑到一边，大口大口地吐了起来，鼻涕眼泪都出来了，最后都吐出来黄色的胆汁了。我蹲在那里一呕吐，贫下中农的觉悟就从天上掉到地上了，又成了一个无头苍蝇一样的农民了，这仗不管谁输谁赢，都赶快打完吧。想想吧，就像冯志安，我们本来就是一个村庄的，小时候还在一起玩过，现在他却死在这里了，还是我们把他打死的。我摇了摇头，想把觉悟用力地甩到天空中，让它升得更高些，谁知怎么也甩不上去，还是死死地黏在地上，眼前总是晃着几个月前在省城见到二少爷的样子，那时他戴着白手套，皮鞋擦得锃亮，那么干净帅气的一个人，现在身上却落了一层苍蝇，爬满了蛆虫。我越想越难受，呕吐得脑袋都有点痛了……

我挂着坚硬如冰的步枪，艰难地转着脑袋寻找其他兄弟。

我特别佩服那些老兵们，他们在战场上转来转去，居然没一点儿事，有时甚至挥舞着步枪把那些苍蝇驱赶走，用刺刀把敌人尸体上的胶鞋挑了起来，丢在旁边的水坑里洗了洗，然后直接就穿上去了。我们连长也厉害，他过来了，皱着眉头朝我撇了撇嘴，说："你这个新兵蛋子，连死人都怕，真他娘的没出息！"我抬起头，艰难地看着他，头晕得很，他的人影直晃。他懒得理我了，低头看了看冯志安，用刺刀把他胳膊上的手表挑了起来，刺刀上还沾着那些腐烂的死肉，他却连眉头都不皱一下……

我没有勇气再待下去了，虽说我是个新兵，有这样的反应很正常，但我还是怕别人看到我这样子笑话我，就踉踉跄跄地离开了那里。奇怪的是那些苍蝇一直追赶着我，可能是我身上也有死人的味道了吧。它们嗡嗡地叫着，一只只地从硝烟中钻过来，一只咬着一只，不断地朝我身上俯冲着，落在我的头发上，落在我的衣服上，一些黏稠的黏液也沾在了我身上，散发着浓重的臭味。我跑到哪里，那些苍蝇就跟到那里，怎么也摆脱不了。我觉得这就奇怪了，我又不是一个死人，为什么总是跟着我呢？我气喘吁吁，像只硕大的无头苍蝇一样乱跑，最后实在没劲了，我就一屁股坐在地上，心想，算了吧，你们有本事就把我吃了吧。说来奇怪，我刚坐下，那群苍蝇就嗡地散开了，扑到旁边的一具尸体上了。它们趴在上面，很快就把他覆盖了，只露出了一个脑袋。我再一细看，汗毛都竖起来了，这不是二少爷吗？我跑了一圈，最后还是回到这里了。真怪了，大白天遇到鬼了。一想到鬼，我就开始迷信了，这是天意啊，这些苍蝇说不定就是二少爷的魂变的，逼着我把他好好收拾收拾埋了。这样一想，我心里更害怕了，赶忙从后背把铁锹取下来，挖了一个半人深的坑，准备把他埋了。奇怪的是，我一动手挖坑，那些苍蝇就嗡地飞起来了，在我头上盘旋着，不去叮他，也不叮我了，黑压压地堆在一起，就像一片树荫一样给我遮凉，声音也很好听，就像村里瞎了眼的王老头拉的二胡一样悠扬。我把那个坑挖好，把二少爷的尸体一块不剩地放在那个坑里埋了，又跪在那里给他磕了三个响头，生前他不让我磕，我现在非给他磕不行，这样我们就扯平了，谁也不欠谁了。我长长地出了口气，刚站起来，那些苍蝇嗡的一声散了，落在他的坟上，变成一束束绿油油的杂草，其实那草也没什么稀奇，就是我们村庄周围常见的狗尾巴草。

　　我一屁股跌坐在地上，心想，这真怪了，大白天遇到鬼了。

（原载《西南军事文学》2009 年第 4 期）

櫻花与刀

1

我得承认，我要讲述的是一个传奇故事。在我写过的所有小说中，没有比这一篇更传奇的了。那些曾经喜欢过我小说的读者不必感到意外，这同样是篇不错的小说。我所有小说都遵守一个原则：我写的是真事。

确实有周樱或者叫松井樱子的这个女人，但我没有坦白相告她住址的义务。她让我转告将要看到这篇传奇的读者，她不愿意被人打扰。我能告诉你们的是，她现在生活得很好，很幸福。

好了，开始吧。

2

故事发生在 1935 年的北平。这是一个让人心里很不是滋味的年头。6 月，何应钦与侵占华北的日军司令梅津美治郎谈判，签订《何梅协定》，北平除了西南卢沟桥尚在国军手里，最近的日军已经驻扎在了丰台。我们知道，丰台现在已经是市区了。想想吧，1935 年的时候，这里驻的是日军，这是一件多么可怕的事情。

在那一年，许多日本浪人拥进北平。他们开办了大量合法或非法的商铺，合法的如洋布行，非法的如鸦片馆。鸦片馆将在这个传奇故事中扮演重要角色。现在不提。

且说在这一年的春天，帽儿胡同的四合院里来了一位 18 岁的姑娘。她告诉人们，她叫周樱，协和医院的护士，是来租房的。她还告诉人们，她父母本来是南京金陵大学医学院的教授，半个月前，接到北平协和医院的聘书。父母在金陵大学将近二十年了，想换换环境，于是就来了。但不幸的是，到天津的时候，父母染上风寒，双双不治而亡。她本来应该回到南京，她对那里很熟悉。但就是因为太熟悉了，她反而不敢回去了。南京的每个角落里都留有父母的足迹和气味。她说这话时，明亮的眼睛里已经有泪珠在滚动了。李太太一边用手帕擦着泪水，一边朝着这个姑娘摆手："别说了，别说了……"她是一个有着菩萨心肠的女人，听不得看不得世上悲惨的事情。她让姑娘住在她家的两间空房里，一个月应该收两块大洋的租金，但她只向这个姑娘要两个月一块大洋的租金，并且送给她很多家具和生活用品。姑娘并不知道北平的房租，当她第二天知道后，坚决要求还是按照市价来付房租。姑娘还说，父母都是大学教授，她并不缺钱。李太太说，她也不缺钱，两个月一块大洋只是象征性的，本来就不应该要她的钱。"人都有落难的时候，这个时候最需要大家帮助，我怎么能再要你的钱呢？"一个坚持要给，一个坚决不收那么多。姑娘实在没有办法了，就说："李太太，我感谢你的好意，但你如果再不收，我就搬走了……"

这是一个星期天，李太太的儿子李铁正坐在一边看书，他是燕京大学的学生，这时抬头对她俩说："你们两个别争了，这样吧，大家都各让一步，一个月一块大洋，行不行？"姑娘想了一会儿，只得无奈地点了点头。李太太自然不愿意姑娘搬走，也同意了。

李太太确实不缺钱。她丈夫是北平的一个警察局长，名字叫李虎啸。

3

李虎啸正在为北平城里的日本浪人发愁。《何梅协定》签订以后，北平就没有安静过，隔三岔五，青年学生就要到街上散发传单和标语，或者举行游行，一是抵制日货，二是呼吁政府抗日。李虎啸当然和这些青年学生是心心相印的，从东北到华北，日本人一步一步地占领着中国的土地。每个人心里都清楚，日本人迟早要蚕食掉整个中国。他甚至巴不得老天爷发怒，来场地震，把那个小小的岛国震到大海里。整个世界都清净了。和青年学生不一样的是，他是警察局长，坚信任何一个政府都不可能是卖国的，都要保护自己的国家。国之不存，家之焉在？问题是，中国太弱，要"忍辱负重"。蒋委员长说，和平不到绝望时，绝不放弃和平；牺牲不到最后关头，绝不轻言牺牲。他相信委员长不是说着玩的。他是警察局长，消息自然是灵通的。比如他就听说过，委员长正在秘密装备、训练四十个德械师，准备将来收复东北，还在华东修建永久战备工程。所有这一切，都是为中日一战做准备。这个时间当然拖得愈久愈好。这帮学生总会坏事。他一再告诫正在燕京大学读书的儿子，不要跟着别人瞎跑，上街不是爱国，是误国，读好书是你们学生最大的爱国举动。儿子自然听不进他的话，虽然没有当场反驳，但那眉头皱得很难看。

警察局长陷入两难之中。政府要求他压制学生的抗日热情，以免被日本人抓到口实，日本人也在向他施压要求惩办抗日积极分子。北平驻有日本的特务机关，给警察局长打交道的是一个叫樱井兆太郎的课长。一个小小的课长，威风比北平市长还大。他的消息比警察局更灵，过几天就会送来一个名单，让警察局长去抓人。李虎啸问他们，这些人犯什么法了？这个家伙就像背书一样指着一个个人名告诉他，某日某时在某某地方发表了什么言论，或者做了什么破坏"中日亲善"的事情。李虎啸只得让自己的手下穿上便装，偷偷地找到名单上的那些人，动静闹得大的，不抓不足以向日本人交代的，他让警察给他们几块大洋，让他们赶紧离开北平避避风头。日本人再来问时，他双手一摊，说找不到了。那个樱井课长倒也没什么办法。

这一次就不同了，他李虎啸必须得去找樱井课长交涉了。

事情是这样的：北平有个破落的八旗子弟，家里没什么财物，却染上了抽大烟的恶习。毒瘾犯了，就摇摇晃晃地上街找鸦片馆。他平常是不敢上日本人开的鸦片馆的，但这次不同，毒瘾来势凶猛，鼻涕眼泪一大把，他用袖子去擦，涂了一脸。这样的人，放在其他鸦片馆，看门的就不会让他进去的。但日本人却不这样想，任何人进他们的鸦片馆都不拦，你敢进来，就只有乖乖掏钱的分。他们从来不相信，身上没钱的人敢上他们的馆子。这个人进去抽饱了大烟，苍白的脸上有了红润，精神也来了。日本人过来找他要钱，他耍起无赖，头抬得直直的："没钱。"日本人一巴掌拍在他仰得直直的脑袋上，吼他："你再说一句没钱？"鲜血从鼻孔里流出来，他用袖子擦一下，脸上鼻涕和鲜血混在一起，像唱戏的小丑，他重新把头抬得直直的，瞪着日本人，声音响亮地说："没钱就是没钱，要钱没有，要命一条。"这些破落的八旗子弟北平还有不少，啥本事也没有，就会吃喝玩乐耍无赖。在中国人那里，倒也没什么事，多说挨顿揍，也不会往死里揍的，揍死人是要吃官司的，犯不着为这些混混去吃官司。他们就这样在北平混吃混喝一年又一年。他没想到，日本人不是中国人，日本人不怕吃中国的官司。他话音刚落，木棍拳头都上来了。人被打倒在地，哭叫着求饶时已经晚了，日本人存心打死他。他确实被打死了。死掉了如果偷偷地处理掉，只要没人追究，警察局也就睁一只眼闭一只眼——总而言之，日本人得罪不起。一点儿芝麻大的小事，这些日本杂种都能弄成国与国之间的纠纷，就要大做文章，就要让军队开枪放炮。欺负到头上来啦。忍辱负重吧。但这一次不一样了，日本人何止是欺负到头上了，是到头上拉屎来了：他们把打死的那个中国人扔到了大街上！光天化日之下，他们就这么干了！

　　警察局长带着五个手下去了鸦片馆。这是人命关天的事情，他有理，他可以把这些日本浪人捉拿归案。他都忘了，日本人在中国的土地上是不和他讲理的。他本来带了手枪，但他想了想，还是把枪取下来放在了警察局。那五个警察也是徒手的。他都这样了，日本人总不会不给他面子吧。谁知到了鸦片馆，他刚一开口，就被日本浪人挥舞着木棍和武士刀赶了出去。李虎啸和五个手下狼狈地站在大街上，眼前无数金星闪烁，鸦片馆的大门像头张着嘴巴的怪兽朝他嘿嘿地笑着。在那一刻，他都有端挺机枪把北平城的日本人全部扫掉的想法了。想归想，最终还得直面惨淡的现实：如果要把凶手捉拿归案，非得动枪不可——可谁又敢对日本人动枪呢？

　　回到警察局，骂了半天日本人的娘，最后还得硬着头皮去找日本人。这次他是带着副局长一起去找樱井课长的。樱井坐在堂屋，阴沉着脸。旁边放着两个半人高的百子闹春的地瓶，中堂挂着一副对联："琴有古声清耳目，鹤缘仙骨近云霄"，中间是清代画家戴熙的《墨松图》。这些应该都是文物，但不管是他买来的，还是偷来的，他李虎啸都没办法。李虎啸说了来意，樱井的眼睛眯起来，皱着眉头狠狠地盯着他，突然站起身来，抽出指挥刀。副局长吓得不由自主地后退一步。李虎啸心头一凛，这个日本人想干什么？下意识地摸了一下腰，腰里没挂手枪。

　　桌子上放着一个果盘，樱井用指挥刀挑起一只苹果，递到李虎啸的鼻子下面："李局长，请吃。"李虎啸愤怒地瞪着樱井，最初的慌乱过后，他决定不再示弱，哪怕今天死在这里，也不能被日本人欺负了。他猛地张嘴咬住苹果。在那一刻，警察局的副局长几乎要泪流满面了，他是理解局长的，他能想象出局长会继续忍辱负重地把苹果咽进肚里。他没想到，局长咬着苹果"呸"地吐在地上。樱井课长瞪着地上的苹果，好像不认识苹果了一样，看了半天，抬起头瞪着李虎啸，脑袋向前伸着，那张狠毒的脸逼得更近了："我好心好意地请你吃苹果，你却把它吐在地上，这不是对我们大日本帝国的侮辱吗？"强盗居然有理了。李虎啸仍旧用愤怒的目光瞪着樱井课长，说："你用刺刀挑着苹果让我吃，即使低等动物也不会有这样的待客之道，何况现在是在中国的土地上，我们才是主人，你们是客人。要说侮辱，是谁在侮辱谁呢？"樱井手里的指挥刀抖了一下，厉声问道："你难道想出风头当什么民族英雄吗？"李虎啸说："生为中国人，做民族英雄不是出什么风头，是做人的本分。相信阁下作为日本人，自然也有此心吧。"

樱井课长哼了一声，收回指挥刀，说："你想怎么办？你说吧……你总是给我们找麻烦。"

这些狗一样的日本人啊，颠倒黑白张嘴就来气不发喘脸也不红，脸皮之厚世界之最。

李虎啸忍住气，把事情经过讲了一遍，要求惩办杀人凶手。

樱井坐在办公桌前，脸绷得紧紧的，闭着眼睛，用手指敲着桌子，听李虎啸说完，面无表情地说："知道了，我们会调查的，如果真像你说的那样，我们会严办的……你要相信大日本帝国。"

警察局长当然是不会相信大日本帝国的，但他只能做到这一步了。果然，日本人没有追究凶手任何责任，赔偿二十块大洋了事。政府愿意息事宁人，何况死的仅仅是一个抽大烟的中国人，如此而已。警察局长再次忍辱负重了，但北平的老百姓、青年学生不会忍辱负重。李铁就质问父亲，当一个中国警察不能保护自己同胞的安全时，这是不是一种耻辱？究竟要忍耐到什么地步？父亲还没有学会如何和儿子对话，他粗暴地打断儿子的话："国家的事情，你操什么心？你读好书，就是爱国报国……"儿子说："忍忍忍，当华北成了东北，平津成了沈阳，还忍不忍？"父亲回答不上来，也没有儿子的口才，在日本人那里受够了气，回到家里又要受儿子的气，警察局长忍无可忍，霍地站起来，给了儿子一个响亮的耳光。

那天晚上，当协和医院护士周樱回到四合院时，与正要往外走的李铁撞在一起，娇小的护士被撞得跌跌撞撞地要往后倒下去时，李铁忙放下捂着脸的手，拉住她。周樱惊异地看着一脸愤怒的青年学生，问道："你怎么了？"李铁说："日本人没一个好东西，我当兵去！我要把在中国的日本人一个不留全杀光！"李铁说完就走了。他没有看到，姑娘扶住门框，愣愣地看着他愤怒的背影慢慢消失，眼里涌出大颗大颗的泪珠，在月光下，那些泪珠格外明亮……

4

在 1935 年的冬天，这个小小的四合院发生了两件大事。第一件事是，李铁加入了驻扎在北平的国民革命军第二十九军学生军训总队，也就是说，他当兵去了。这是好事。国难当头，有钱出钱，有力出力。看不出来，人家还真是热血青年。好。第二件事，有点难以启齿。怎么说呢？周樱姑娘，多么好的一个姑娘，谁也想不到，她居然会是那样一个人。周樱在这大半年里，在这帽儿胡同，是公认的好心人。人小，懂事。谁家有个头疼脑热，给她说一声，再晚，天气再坏，她都会赶过去，该吃药的吃药，该送医院的送医院。虽说她只是一个护士，但不亏父母是医学院的教授，她的医术在帽儿胡同足够用了。这让生活方便了很多。她还喜欢孩子，谁家孩子哭了，她过去抱抱，逗逗孩子，孩子一会儿就咯咯地笑个不停。这样的姑娘，谁不喜欢？

到年底的时候，没人不喜欢她了。

那天是个大晴天，还是个星期天。四合院里的人都在院里坐着晒着太阳聊着天，聊天当然就是聊日本人，个个聊得咬牙切齿恨不得把所有的日本人都咬死。李铁一身军装，他不说话，只听大家说。有趣的话，他竖着耳朵听。没意思的话，他就悄悄地看看周樱住的那两间房子。周樱的房门开着，但看不到人。有人从窗下经过，说，人家在看书呢。还有多嘴的问，看的是啥书？正在纳着鞋底的吴婶抢着说，还能是啥书？肯定是医书呗。李铁本来想去看看周樱看的是什么书，从那本书开始聊，说不定就能聊到一起了。但一听说是医书，只好打消了这个念头，他对医学一窍不通，聊起来只会出自己的洋相。他不想在周樱面前出洋相。

就在这时，四合院门前突然来了一辆小汽车。除了李虎啸局长的小汽车，四合院里从来没有来过其他车。但李局长在家休息，这车是来接他的吗？北平又有什么事儿了？吴婶说，肯定又是日本人闹事了。刚说完这话，车门就开了，下来一个穿着和服的日本人。吴婶一阵慌乱，拿的针扎进手里，她把手放在嘴里吮吸着，心里忐忑不安：这个日本人有没有听到我刚才说的话？日本人没有听到，他甚至还心情很好地向大家弯腰鞠躬打个招呼："大家好啊。"大家一阵忙乱，不知道如何回应，都忙站起来，吴婶还把屁股下的椅子抽出来，说，你坐你坐。日本人的目光从众人的脸上扫过去，落在了仍旧坐在椅子上的李铁身上。李铁没有起身，日本人一点儿也不生气，脸上反而出现了更多的笑容，说，年轻人，你应该是李局长的公子李铁吧？这个日本人居然知道自己的名字！李铁愣了一下，问他，你怎么知道我的？日本人递过来一张名片，原来是驻北平特务机关的樱井兆太郎课长。李铁皱了一下鼻子，直直地问他，你来这里干什么？

这个时候，李局长已经从屋里出来了。樱井一进来，他就看到了，心里一惊，不知道这个家伙来这里干什么，善者不来，来者不善。但看他一脸笑容，不像是来找事儿的，心里更疑惑了。他葫芦里卖的是什么药？静观其变吧。但看他纠缠儿子，他就不能不出来了。儿子一腔热血，两句话不对，两个人发生冲突就不好了。从小处说，吃亏的只会是儿子，从大处说，吃亏的只会是中国。日本人，惹不起。

李局长绷着脸问这个笑眯眯的日本人，你找我有什么事儿？他本来还想说，今天我休息，有事明天到警察局去讲。但想了想，还是忍住没说。日本人说，李局长你误会了，我不是来找你的，我来找周樱。所有人都吃了一惊。周樱这个小姑娘，平常除了医院就是这个四合院，从来没见有什么亲朋好友来过，怎么惹上日本人了？眼睛里都有了些担忧。吴婶嘴唇嚅动着，想说，我们这里没有这个人。但鼓了几次勇气，话到嘴边还是泄了气。有警察有当兵的在这里，我一个女人家，我为啥出这个头呢？她这样想着就看李局长和李铁。李局长说，我们这里没有这个人……樱井打断了他的话，李局长，你就不要瞒我了，我没有把握，也不会来的……我来了也没什么事，就是来看看这孩子……他的口气让众人更加不解，日本人是看不起中国人的，但他说到周樱，就像说到自己的孩子，脸上的笑容不但不像装的，反而多出了更多像是慈祥的东西。这真是一件奇怪的事情。

李局长的心里安定了一些，他知道北平什么事儿都瞒不过这个狡猾的日本特务。他们如果要找一个人，那肯定能找到。他只好指了指周樱住的那两间房子，她住在那里。樱井过去时，李局长也跟着过去了。他觉得自己有这个义务，他有义务保护任何一个中国人的安全。但走到门口，樱井回过头来，说，李局长，你不用陪我，我这次来看周姑娘，完全是私人行为。人家这么说了，并且说得心平气和，局长只好停下脚步。整个四合院一下子安静下来，包括局长，都站在院子里，静静地看着周樱的房间。房间里传来男人的日本话，姑娘的中国话。姑娘说，先生，你说的话我听不懂，我是中国人，请你用中国话。男人又固执地讲了一通叽叽歪歪的日本话后，不得不说中国话了。他的中国话比很多中国人说得更好更清楚。男人的话让所有人吃了一惊。男人说，这大半年来我一直在找你。姑娘说，我在这里生活得好好的，找我干什么？男人说，你叔叔委托我找你，要我好好照顾你。姑娘说，我在这里生活快二十年了，我一直生活得好好的。谢谢我叔叔，请他放心。男人沉默了一会儿，说，不仅仅是你叔叔关心你，这兵荒马乱的，我也很担心你。你可能不知道，我和你父母是东京帝国大学医学院的同学，我们一直是好朋友……我对他们的去世感到很难过……

一切都明白了：周樱是个日本人！

天啊。

李局长最先从震惊中恢复过来，他下意识地摸了摸腰，那里平常总是挂着一支手枪，今天他穿着便装，没有带枪。他喃喃地说，这个女特务，装得太像了！可怕，太可怕了……大冬天的，他额头上的汗水亮晶晶的。太太不满地瞪他一眼，说，什么女特务？人家就是一个护士嘛。李铁没有瞪父亲，他皱着眉头对父亲说，她是日本人，但她肯定不是特务，她如果是特务，樱井就不会公开来找她了……樱井大白天大摇大摆地过来，是不是就是让我们知道，她不是特务？父亲狠狠地瞪了儿子一眼，说，反正她是日本人，日本人都不能相信，都是我们的敌人……除了太太和儿子，他这话说到了众人的心坎上，都点着头低低地说，就是就是。

他们在那里议论，错过了最重要的话。男人劝姑娘和他一起去日本特务机关驻地，中国人仇日，将来必有一战，留在这里不安全。

姑娘说，有什么不安全的？我从出生到现在，一直住在中国，我的父母也葬在这里……日本和我有什么关系？我已经完全是个中国人了。男人的声音猛地提高了，听上去还有些生气，你怎么不是日本人？你名字就叫松井樱子，这名字，还是我起的。你内心也不会觉得自己是中国人的。你说你是中国人，那你为什么还叫周樱？你这不是还在想念着富士山下的樱花吗？樱花是我们大日本帝国的国花……

姑娘说了什么，没人能听清。

日本人出来了。他的脸色有些苍白，但他还是笑呵呵的。他站在周樱的门口，向大家鞠了一躬，谢谢大家了，请大家以后多多关照她，她是大日本帝国的子民，请大家多多关照了！日本人向中国人主动鞠躬，还说得这么客气，大家反而不知道如何才好。还好，年轻人反应比较快，还是李铁开口了，我们一直当周姑娘是中国人，从前是这样，以后还是这样。日本人愣了一下，但眉头很快舒展开来，喃喃地说，这就好，这就好……

当天晚上，李家发生了一场小小的不愉快，按照李局长的说法，周樱就是日本特务，以后家里都不许和她来往。李铁说，傻瓜也能看出来，她根本就不是特务。就说她是日本人吧，但她在中国生活这么多年了，她也完全把自己当成中国人了，你看，她都不和樱井说日本话，有什么可担心的？叫我看，她比大多数中国人都要好呢。父亲瞪着眼睛看他，他毫不畏惧，说，我说错什么了？父亲拍了一下桌子，吼道，我说不许交往就不许交往！李铁哼了一下，说，有本事冲真正的日本特务去啊，去打日本军队啊，去收复东三省啊，冲一个小姑娘要什么威风？这话太伤警察的自尊心了，要不是李太太拦住，局长的拳头肯定就要揍到他身上了。

这事有点难堪了。尽管还有李太太和李铁见到周樱还打招呼，但帽儿胡同其他人就没这么客气了。谁会和一个日本人客气呢？日本人对中国人客气过吗？看到日本人就恨不得把他杀了。她是一个弱女子，好男不与女斗，但咱有骨气，不理你总是可以的吧。周围的邻居开始躲着周樱了。周樱逗小孩，大人抱着小孩就走。她塞给小孩的糖，大人会当着她的面立即扔掉，大声地训斥小孩，别吃，谁知有没有毒呢。还有人经过她身边时，故意大声骂日本人不得好死。姑娘开始低着头急急地走路，脸上的笑容越来越少，不再逗小孩，也不再给小孩糖了。她养了一只猫做伴，第二天早上起来，那只猫被人勒死吊在树上，上面贴了张纸条，在"日本猫"这三个字上面打了一个大大的红色的叉子。周樱把猫取下来，抱在怀里，坐在树下，突然呜呜地哭起来。人们倚在门边或者凑到窗前，带着满足的神情看着这一切。她再可怜，有东北三省的中国人可怜吗？她终归是日本人嘛。只有李太太一个人出来了，她给姑娘擦着眼泪，低声地安慰着她。姑娘伏在李太太的肩上，哭得肩膀抽搐着，反复地说，我是一个中国人，我永远都是一个中国人，怎么会这样呢，怎么会这样呢……

5

就这样过了一年多，一直到七七事变，事情才有了更多的变化。事实上，七七事变并不是一个突发事件，它是有前兆的，甚至可以这么说，如果中国军队相信一个日本女人的话，他们可能就不会那么被动了。在1937年6月底的一天，当国民革命军第二十九军少尉排长李铁正在射击场上带领士兵训练时，值星军官派人来叫他，说是部队大门口来了一个漂亮姑娘来找他。来人把"漂亮"两字咬得重重的。能有这样一个漂亮的女朋友，他们很为自己的排长自豪。

会是谁呢？

李铁皱着眉头，一个都想不起来。他倒是有几个表姐表妹，但在他看来，她们都不漂亮。她们也没来军营找过他。当他看到站在部队大门口那个漂亮姑娘的身影时，眼睛一下子亮闪闪的，脚步突然加快了。来的是周樱。

和李铁的意外与欣喜表情相反，姑娘心事重重，她直接告诉李铁，必须尽快向更高的长官反映，她不懂军事，但她知道，肯定会有大事发生。李铁忙安慰她，有什么事儿慢慢说，别着急。姑娘喘口气，焦急地说，你也知道了，那个樱井课长不但和我爸爸妈妈是同学，他们还是好朋友。他昨天夜里来找我，让我务必跟着他走。你当然知道，我不会跟着他走的。

李铁忙问，他说什么了？

姑娘说，我问他了，他不肯详细说，只让我相信他，北平近期将有大事发生，并且会很可怕……你说，会不会要打仗了？

李铁的心猛烈地跳动着，他低低地说，除了我，这话你谁也不要讲了。我会向长官汇报的。

姑娘的眉头舒展了一些，说，我不认识军队的人……我没一个亲人，我只能告诉你。

姑娘水汪汪的眼睛盯着他，李铁的脸红了，他慌慌地说，我立即去报告长官。你赶紧回去吧，路上要注意安全。

姑娘点了点头，走了两步，李铁又叫住她，你一个人住也不方便，以后干脆住在我们家里吧，有我妈和你做伴会好些。

姑娘咬着嘴唇点了点头，其实她知道这是不可能的。自从樱井课长来过四合院以后，李铁的父亲再看到她，总把头仰得高高的，紧紧绷着的脸上冷冰冰的。她甚至都不敢和他打招呼。她感到委屈，自己哪里做过一件对不起大家的事情，大家为什么这样对待她？可怜的姑娘只能安慰自己，他们恨的不是她，而是日本人。那就行，她不是日本人，她是中国人。虽然这样，李铁的话还是让她感到温暖。但愿他能把话传到更高的长官那里，做好准备，不要吃亏了。

可惜，李铁的报告根本没有被更高级别的军官看到。他报告给营长，营长讥讽他说，一个小小的排长知道什么？他报告给团长，团长追问他的消息来源，当得知来自一个女人，而这个女人又是从日本特务机关课长那里听到的，他更生气了，用脑子想想都不可能，这么大的事情，日本人怎么可能会泄密给一个女人呢？什么？这个女人是日本女人？那就更不能相信了。她是你未婚妻还是你女朋友？她凭什么告诉你？这本身就可能是个阴谋。胡闹！

李铁所在部队在当天"阵中日记"中有这样的记载：上午二营四连排长李铁报告，听一个日本女人说，日本驻北平特务机关传来消息，北平近期将有大事发生，恐日军将有异动。草木皆兵，殊为可笑。

<h1 style="text-align:center">6</h1>

七七事变的过程不用我详细说了，只说和我要讲的这个故事有关的部分。李铁所在的部队参加了南苑之战。当事变发生时，国军是没有思想准备的。南苑之战发生在 7 月 28 日，距离七七事变已经过去 21 天了，南苑守军还根据南京方面的和平幻想，命令部队不许抵抗。

可以这么说，南苑之战是将士按照自己的良心各自为战的。所以，整个战场呈现出很奇怪的态势，有的部队乱成一团，有的部队英勇作战。这样的军队是无法抵抗日军有组织有准备的进攻的。从早上日军开始进攻，到中午时分，第二十九军军部就命令各部队撤退。

当李铁接到部队撤退的命令后，第一件事就是顺着战壕找父亲。兵力不足，和他们在一起守卫南苑的有刚刚参军不到一周的学生兵，还有北平部分警察。警察毕竟不是军人，一个小时不到，上百名警察只剩下十五六个，个个都是缺胳膊断腿，负的都是重伤。父亲的腿被炸断了，巨大的疼痛让他脸上的肌肉不停地抽搐着。更让李铁吃惊的是，那十五六个警察的身上捆满手榴弹。父亲当然也是。在惊天动地的炮声枪声中，父亲大声地说，你快走吧，别管我们这些老家伙了。李铁扶住父亲，焦急地喊道，你们要干什么？父亲说，我们就趴在这里等敌人的坦克过来，一个人炸掉一辆坦克，够本了！李铁摇了摇头，说，爸，你别这样，我来背你走，我来背你到医院去……父亲抓着他的肩膀，力气真大，李铁感到肩膀一阵揪心的疼痛。父亲的脸被硝烟熏黑了，只有他的两只血红的眼睛还在闪闪发亮。父亲大声说道，你走！这场战争不会停下来了，国家需要你们年轻人！

再不走就来不及了。敌人的坦克已经隆隆地驶来了，在弥漫的硝烟中，隐隐可见它的狰狞嘴脸。李铁只得走了。当他随着撤退的部队跑出没多远，听到了身后传来的巨大的爆炸声，他回过头去，看到了冲天而起的黑色烟柱……

第二十九军退守土城，在土城之战中，李铁负伤。当他第二天醒来时，他发现自己正躺在设在永定门的野战医院。他睁开眼睛，看到一个护士，白大褂上斑斑血迹。她太累了，趴在床边睡着了。让他感到不安的是，她的手紧紧地握着他的手。他动了一下身子，疼痛让他小声地呻吟了一下。护士醒了，看到李铁，灿烂地笑了。等她发现自己还抓着他的手时，慌乱地抽出来，整个脸都红了。李铁的脸也红了。她是周樱。李铁往四周看了一下，医院躺满伤兵，而那些医生和护士却都是地方上的，没有一个军医。他充满疑惑地看着周樱，周樱说，第二十九军已经撤离北平，昨晚 10 时走的。他们把这些伤员交给了地方医院来护理。李铁闭上了眼睛，泪水缓缓地流了出来。在那一刻，他确实对自己所在的国军寒心至极，这些英勇作战的士兵就这样被他们遗弃了。这也许就是他后来潜出北平，没有重回国军而投奔八路军的主要原因吧。

7

伤兵被分散到北平各个医院，李铁在协和医院住了三四天，能下来走路了，他就坚决要求回家了。日本人说进城就进城了，他待在医院里，未必安全。他的想法是对的，日军进城后，第一件事就是全城搜捕第二十九军的官兵，不少人惨死在日军刀下。

当李铁伤势痊愈，母亲就催促他离开北平回部队去。在母亲看来，他是军人，回到部队理所当然。另外，在日军铁蹄下生活，他还是不安全的。如果日本人知道他当过兵，那绝无生还的可能。与其窝窝囊囊地死在北平，不如轰轰烈烈地死在战场。她还有另一层担心，那个来找过周樱的日本人知道李铁是军人，如果哪天再来四合院撞到李铁，李铁就会落到日本人手里。四合院里的人都知道，那个日本人不是好惹的。他们甚至都不敢再公开挖苦周樱了，有时还会生硬地笑着和她打个招呼。等她走过时，就回过头来，把目光当作刀子狠狠地戳在这个日本女人的身上。日本人已经开始打中国了，她居然还有脸住在这里，她还真把这里当作自己的家了！

让他们高兴的是，日本兵也没有因为她是日本人放过她。

那是一个中午，四个日本兵突然提着长枪闯进四合院，他们用带着刺刀的步枪在人们眼前挥舞着，用蹩脚的中国话问他们，有没有中国士兵在这里？有没有？有没有？交出来良民大大的好，藏起来死啦死啦的不好。当然都说没有。当然都知道李家屋里有一个。四个日本兵闯进屋里搜，用刺刀扎床上的被子，趴在地上看床下，从吴婶家里出来，抱走两个花瓶，甚至还抱走一个早已经不用的尿盆。他们觉得那是古物，是好东西。接着他们就闯进了周樱的屋里。当他们看到一个漂亮的姑娘时，他们突然觉得那些古物没什么稀罕了，他们放下花瓶和尿壶，流着口水叫着"花姑娘的，大大的漂亮"撕扯着她。人们突然不再害怕了，从屋里走出来，站在院里看热闹。日本兵欺负日本女人，嘿嘿，这不关中国人的事儿。姑娘惊叫着，大声地骂着他们，畜生，你们是畜生！日本兵撕掉了姑娘的袖子，姑娘的痛骂声变成了哭叫声，她伸着手抵挡着，当把一个日本兵的脸抓出五条血道子时，那个日本兵火了，一记耳光扇在她的脸上，她一下子摔倒在地上。日本兵撕掉了她的上衣，她用胳膊护着身体，向院里的人们求救，救救我，救救我！人们不由自主地后退一步，互相看看，都看出来其实每个人心里都充满欢乐，日本兵欺负日本女人，报应啊报应，嘿嘿，这不关我们中国人的事儿。最清醒的还是吴婶，她低低地对旁边的人说，她怎么还说中国话啊？她怎么不用日本话呢？她一说，日本兵不就知道她是日本人了吗？旁边的人忙朝她挤了挤眼，这个日本女人被吓糊涂了，不能提醒她，对，不能提醒她。吴婶忙闭上了嘴巴。

一个人影冲了上去，那是李铁。他一拳打倒一个日本兵，一脚踹倒另一个日本兵，扑上去抱住第三个日本兵，撞向第四个日本兵，五个人倒在地上厮打着。姑娘从地上爬起来，慌乱地把破烂的衣服披在身上，站在一边瑟瑟发抖。毕竟人家是四个人，李铁很快就被扑倒在地，四个日本兵的拳头像雨点一样击打在他的身上。姑娘朝着院里的人们扯着嗓子喊着，快来帮帮他，快来帮帮他！没人敢动，有人甚至往后又退了两步。这是他们当兵的事儿，关我们什么事儿呢？周樱突然像发怒的母狮子，扑到一个日本兵的背上，朝他的脖子狠狠地咬去。日本兵怪叫着，把她摔倒在地上。日本兵抓起步枪，对准躺在地上的李铁，好像在大声地叫着让其他的日本兵闪开。他们闪开了，他高高地举起步枪，刺刀被阳光照着，发出惨白的光芒。胆子小的闭上了眼睛，胆子大的也吓傻了。就在这个时候，他们突然听到周樱大声地叫起来。他们第一次听到她的日本话，听不懂她说的是啥，她张着双臂护着李铁，嘴里高声地冲着日本兵说着叽里咕噜的鸟语。说实话，女人说的日本话，有点软软的，听上去还真不错呢。四个日本兵疑惑地站在那里，高高地举着步枪的日本兵把步枪慢慢地放低了。姑娘从口袋里掏出一张名片，有人看出来了，这是那个叫什么樱井兆太郎的日本人留下的。四个日本兵脑袋凑到一起看了看，把名片还给姑娘，点头哈腰地向姑娘说着什么，像是道歉的样子。一个日本兵甚至弯下腰来拽着李铁把他拉了起来，另外三个赔着笑脸。所有的人目瞪口呆地看着这一切，他们想不通事情怎么变成了这个样子。就说他们知道这个女人是个日本女人，但李铁是中国人啊，他们用不着对他也这么客气吧。就连李铁也被搞迷糊了，傻乎乎地看看周樱，又看看日本兵，他脸上的表情像是在梦游一样。

后来他知道了。周樱告诉日本兵，她是日本人。日本兵还有点不信，她拿出了樱井兆太郎的名片，他们当然能看懂樱井的来头。他们又问她，这个中国男人是怎么回事？她告诉他们，这是她的未婚夫。当她在日本兵走了以后，在李铁的询问下，这样告诉李铁以后，她的脸又红了。她是一个很容易害羞的人。

那天晚上，四合院还发生了一件大事，李铁的母亲上吊自杀了。

所有的人都明白，这都是为了能让李铁离开北平，投身抗战。按照李铁的想法，父亲已经牺牲，家里只剩下母亲一个人，他不能走。母亲知道他的想法，为了让他安心地离开北平，她就自己先走了。若干年后，到了"文化大革命"时，当"造反派"前来调查李铁的下落时，四合院的人们还记得这个事儿。但李铁到底去了哪里，他们没一个人知道，他们从此再也没有见过李铁。第二年夏天的时候，那个日本女人也离开了四合院。他们对"造反派"说，听说是跟着那个叫啥子樱井的日本特务头子走了，要么是回日本了，要么是当了特务帮着日本人继续祸害中国人了。

"造反派"的人摇了摇头，告诉他们，她没回日本，但她确实成了日本特务，混进了八路军，还参加了抗美援朝，后来就消失了。那个李铁也一样，是混进八路军的国民党的特务，是国民党的贤子孝孙，就是追到天涯海角，也要把他们两个人缉拿归案，交给人民审判！

8

我不知道这些"造反派"从哪里搞来的材料，但有一点他们说对了，李铁确实参加了八路军。他离开北平，到了山西，山西有国军，也有八路军，他毫不犹豫地参加了八路军。

周樱确实是跟着樱井兆太郎走的。在此之前，樱井一直想让她搬到北平特务机关驻地去，她没有答应。她觉得还是住在这个四合院比较好，说不定哪一天，李铁就会悄悄地回来的。一直到1938年夏天，樱井来到协和医院告诉她，他要到太原了，希望她能跟他一起去，因为他向她叔叔保证过，会好好照顾她。即使没有她叔叔的叮嘱，作为她父母的同学、好友，他也会好好照顾她。他甚至可以献出自己的生命来保护他。他说得如此真诚，以至于眼睛有些湿润，眼眶里泪花滚动。他定定地看着这个认定自己是中国人的日本女人，因为拼命克制泪水，下巴抽搐着。在那一刻，周樱有些感动。这个只因为和父母有同学情谊的日本人确实是真心想要帮助她的。当他再次恳求她和他一起到太原时，她答应了。

在前去太原的火车上，樱井兆太郎给周樱讲了一个故事。

9

樱井兆太郎的故事很长，我们简单地复述一下。二十年前的时候，一位年轻人从东京帝国大学医学院毕业。第二年春天的时候，他结婚了。在他结婚的那天，在一间简陋的出租屋里，一个叫大冈川子的歌妓生下了一个女孩。这个歌妓是这个年轻人的情人，这是他们的孩子。但自从她怀上孩子开始，这个年轻人就没有去看过她。他出生在东京一个有名望的家族，家族是不允许他娶一个歌妓的，只允许他娶他们替他挑选好的妻子。照顾这个歌妓的是他的好朋友，东京帝国大学医学院的同学。当他在婚宴上强颜欢笑地与宾客周旋时，歌妓因为难产而死亡。孩子保住了，但他肯定不能带回家里，甚至也不能让人知道。还是他的那位同学，带走了孩子。这个年轻人生活在痛苦与悔恨之中，在新婚不久就报名参军了，他参加了军队的特务机关，并且主动要求到最危险的中国东北去搜集情报。他在中国一待就是近二十年。但他心里一直挂念着死去的情人和活着的孩子，他后来知道他的朋友把孩子带到了中国，他曾经偷偷地去过南京，在孩子上学放学的时候，在学校旁边偷偷地看着孩子。他几乎每年都要冒着生命危险到国民政府的首都去看望她……他是从小看着她长大的，虽然她从来没有见过他。

　　樱井说，你应该知道这个孩子是谁了吧，她的名字叫松井樱子，樱并不仅仅是指樱花，它还是樱井的樱。

　　火车拉响了一声长长的汽笛，坐在对面的姑娘打了一个冷战。她的胸脯剧烈地起伏着，脸色苍白，嘴唇上没有一丝血色。她定定地看着对面的男人，男人的眼神热烈地看着她，充满期盼。他还能有什么期盼呢？姑娘苍白着脸，摇了摇头，说，樱井先生，我相信你的故事是真的，这真是一个不幸的故事，但我确实不知道你说的是谁，我是一个中国人，从小在南京长大的，没见过什么世面……请原谅，你以后还是叫我周英吧，英雄的英……

　　男人愣愣地看着她，嘴角边的肌肉抽搐着，泪水滚动，他几乎要哭了。姑娘站起来，低低地说，请原谅，我要去趟洗手间。

　　姑娘走了，男人抽动着鼻子，大滴大滴的泪水汹涌而出。他把头扭向窗外，看到了中国的大好河山。绿色的山上，星星点点的野花灿烂绽放，鸟儿在天空中飞翔，快乐歌唱。他突然有一种冲动，呼唤大日本帝国所有的炮火，覆盖这个国家所有的土地，把它炸烂吧，把整个世界炸成碎片，包括自己。他用手帕捂住脸，更多的泪水渗出来，像冰冷的刀子割着他的脸……

　　他不知道的是，周英此刻也趴在火车的厕所里哭泣。是的，从现在开始，我们就叫她周英了。这不是作者的本意，而是她的意愿。她就是从那一刻开始决定自己叫周英了，一个完全中国化的名字。一个带着坚强和无畏的名字。她很感谢这个日本男人给她讲述的这一切，这一切都是父母没有来得及给自己讲的。所有的一切都明白了，这个日本男人是自己的亲生父亲。当她意识到他是在讲述她的身世时，最初的震惊过后，她有一种想扑到他怀里的冲动。但这仅仅是一瞬间，等她再看这个男人时，她甚至觉得有点好笑，他怎么可能是自己的父亲呢？自己的父母完全是中国人了，穿中国服装，吃中国饭菜，说中国话，给中国贫穷的人们免费看病、治疗，桃李三千，学生也都是中国人。父亲甚至还给蒋委员长看过病呢。而这个日本人呢，穿着和服，有着日本人的狂妄与无知，他来到中国，就是来杀中国人的。好了，终于知道这个男人为什么总是黏着自己了，不过如此而已。他给了自己的生命，除此之外，他和她没什么关系。她出生后她就有了自己的生命，而这个生命是自己身为金陵大学医学院的父母给的。她是他们的女儿。南京是她的家，而不是东京。就这么回事。

　　她回到车厢，像没有发生任何事一样，朝他笑了笑。男人也慌慌地朝她笑笑，表情如冬天的荒原，萧索而荒凉。她突然和他有说不完的话，说南京的紫金山、夫子庙，说夫子庙的鸭血粉丝、裴氏小笼包、尹氏鸡汤包……她真怀念啊。她滔滔不绝，不再给他说他或者东京的机会。她也不想听了。她当然更不会告诉他，她之所以答应跟着他到太原，是因为她听说山西那里有国军。从那天对日本兵说李铁是她的未婚夫开始，她在心里就认定了李铁就是她的未婚夫。离前线越近，就越有可能找到李铁。

她只想到了李铁仍然会在一支中国军队里，没想到的是，李铁参加的是八路军。

10

樱井把周英安排到了太原的一家医院。这既是他的想法，也是周英的想法。他考虑到，她在中国的时间太久，可能在感情上还无法接受与中国人作战的日本军队，所以并不要求她到日军的医院工作，她可以到太原任何一家医院去。周英当然也同意了。她本来是想到日本军队的医院去，可以接近日本伤兵，打听到更多关于中国军队的情况。但为日本军人服务，这是她不愿意的。这些军人是和李铁他们的军队作战的，她帮助他们，让他们重返战场，杀死李铁的战友，杀死中国人，她将来如何面对李铁？那时，她就有一个固执的念头：她一定能找到李铁的。

在思念和等待中，周英在太原的每一天都像一年那么漫长。

樱井一到太原，就秘密组建了"特别挺进队"，这是一支特种部队。有百十来人，专门用来对付八路军。队员一直在太原城郊训练，他们穿八路军的军装，甚至和八路军一样穿草鞋，吃窝窝头，枪支也是八路军用的五花八门的武器，有汉阳造，有三八大盖，还有鸟铳。当然也说中国话。樱井希望用这支部队渗透进八路军根据地，搜集情报，伺机捕杀八路军高级将领。这支"特别挺进队"是他的得意之作，他寄予厚望。

樱井有时会请周英去给"特别挺进队"教汉语。

周英并不愿意教"特别挺进队"学习中国话，但她也无法直接拒绝樱井。在以"身体不舒服"为由推托两次以后，她答应去看看。这一天当她赶到"特别挺进队"驻地时，司机直接把她送到了训练场。让周英没有想到的是，樱井为了让队员练胆子，居然用活着的中国士兵让他们学刺杀。训练场上竖着六根杆子。每个杆子上都绑着一个中国士兵。他们身子很虚弱，身上肮脏不堪，看着面前站着的人都穿着八路军军装，眼里还很疑惑，但很快就明白这不过是穿了八路军军装的日本兵而已，他们开始颤抖。周英手心里都是汗水，惊恐地看着这个有些滑稽的场面，心脏咚咚地跳个不停，不会是刺杀这些还活着的中国士兵吧？还是让她猜中了。樱井在这些中国士兵的破烂衣服上用红色粉笔画了一个圆圈，那里正是心脏部位。周英咬着嘴唇，浑身颤抖地看着樱井从容地做着这一切，仿佛那些不是活人，只是一根木头。周英捂着胸口，她知道这些中国士兵是活不了了，落到日本人手里的中国人都活不了。这样也好，一刀刺中要害，他们不会痛苦。她还是想错了。刺杀开始时，樱井指着那些圆圈对队员说，不准刺杀画圆圈的心脏部位。这是为了让这些可怜的中国士兵活得更长一些，让队员多刺杀几次。那些队员的脸都变得煞白，刺刀也在颤抖。樱井愤怒地冲过去，扇了一个颤抖最厉害的队员好几记耳光，耳光响亮，周英到现在还记得那击打在脸上的啪啪声呢。周英眼睁睁地看着那些中国士兵被日本兵刺杀着，他们像虫子一样痛苦地挣扎着，身上破破烂烂，鲜血流淌，他们的惨叫像锤子一样击打着她的心脏。同样是中国人，他们被杀了，而她，却和日本人在一起……她突然感到一阵反胃，蹲在地上，大口大口地呕吐起来。

樱井终于看到她了，大步走了过来，瞪着血红的眼睛盯着司机，谁让你把她带来的？

司机是个中国人，他颤抖着身子低低地说："我想你们在这里，就带、带来了……"

　　樱井一记耳光抽过来，司机踉踉跄跄地后退了两步。樱井的手按在了指挥刀上，眼睛里闪烁着愤怒的光芒，光芒像刀子一样。周英使劲地咽下了涌到喉咙的酸液，艰难地抬起头，对樱井说，别怪他，是我让他直接开过来的……

　　周英再也无法在太原待下去了，对她来说，这里就是一个魔鬼巢穴，让她窒息。她每天站在窗前，向太行山区的方向瞭望，心里呼唤着李铁的名字。

　　时间并不是很久，她就得到了李铁的消息。

　　在樱井到山西的第三个月里，一个叫森木久人的日军少将战死了。在日本报纸上，森木久人死于与八路军的英勇作战。但在太原的每个人都知道，森木久人死得很窝囊，他连一个八路军的影子都没看到就死了。他是带队去太行山扫荡，本来扫荡回来就准备提升中将的。他的死亡让日军大本营极为生气，责令负责山西情报工作的樱井兆太郎调查森木久人死于哪支八路军，这支八路军的负责人是谁，然后实施报复。

　　樱井不愧是个搞特务工作的老手，他很快就搞清楚了，森木久人死于八路军的一个县大队，大队长叫李铁。这个名字如此熟悉，他掐着太阳穴使劲地想着，终于想起来了，在北平的时候，他负责的特务机关曾注意到这个坚决抗日的燕京大学的学生。他同时也想起，当他到帽儿胡同四合院时，见到过这个已经参加国军的青年。李铁的面孔出现在他面前，那是一个英俊的青年，他看着樱井，目光里充满倔强和无畏。他想知道更多关于李铁的消息，所以他问了当时也住在那个四合院的周英。周英听到这个名字，眼睛一下子亮了，她尽管在竭力掩饰，但这个老牌特务的心彻底地凉了，她爱上了这个中国男人。这是他最担心的事情。他不动声色地安排手下监视周英。说监视也有点过了，他主要是不想让她离开太原，离开自己。他能看出来，如果有机会，她会弃他而去寻找那个中国青年的。

想到这里，这个日本男人不禁面对墙壁流下了泪水。他也曾考虑过把她送回日本，但每次想对她说时，又悄悄地把这些话咽进了肚里。她怎么可能同意呢？

<h1 style="text-align:center">11</h1>

李铁并不知道自己炸死了一个日军少将。

在日军开始扫荡的时候，他带领县大队在山区的道路上埋设地雷。这条路是日军必经之路。他们是在头天晚上埋的。埋的时间太早，草就枯了。敌人会看出来的，他们不是傻子。当剩下最后一颗地雷时，李铁没有埋在路上，他向旁边走了20多米，爬到一座高坡上，把地雷埋在了坡顶。其他民兵还感到奇怪，问他，大队长，你为啥把地雷埋在这个鸟都不拉屎的地方？这不是浪费了吗？李铁说，你们看看，周围就这一个地方比较高，日本鬼子到了这里，说不定他们的指挥官就会到这里来观察一下地形敌情啥的。其他民兵还是摇头，觉得这不大可能。李铁就说，反正就埋这一颗嘛，碰碰运气吧。

李铁这是对他们客气。实际上他觉得自己的想法是正确的，他有预感，日本鬼子的指挥官肯定会到这个山坡上来。果然，森木久人带着队伍经过这里，当踏响第一颗地雷后，他立即让工兵部队过来排雷。两三个小时后，工兵向森木久人报告，地雷全部清除了。森木久人正要带着队伍继续前进时，心里有点不安，觉得有必要观察一下情况再走。他看了看四周，只有20米外有座比较高点的土坡。他的手下还不放心，让工兵跟着排雷。工兵搜索到山坡下，没有发现地雷。森木久人这才放心地爬到山坡上，身子还没挺起来，那颗地雷爆炸了，当场把这个日军少将炸得全身破碎一地鲜血。

当八路军总部得知炸死了一个日军少将时，已经是半个月后的事情了。

当日军大本营得知森木久人死于八路军的县大队时，极为震怒，命令樱井兆太郎的特务机关加紧活动，查出李铁的县大队所在，予以歼灭。八路军神出鬼没，用常规方法自然是捕捉不到的。樱井决定用他的"特别挺进队"了。他本来想训练几个月再把这支部队放出去，森木久人之死使他不得不提前使用了。队员的中国话还不纯熟，他怕有什么闪失，决定自己亲自带队。

日军这支"特别挺进队"伪装得如此之好，以至于大摇大摆地深入了八路军的抗日根据地。他们过漳河时，樱井居然直接去找当地的农会，告诉他们，他们是一二九师师部的，护送八路军高级干部到太岳军区，现在要返回师部。他那流利的汉语以及对八路军内部组织的熟悉轻易地骗过了农会干部。他们立即发动村民把沉在河里的船打捞上来，把他们送到了对岸。

他们甚至还曾经在一个村庄里住宿，而这个村庄住着真正的八路军，也没有人怀疑他们。樱井记住了这个村庄叫王村。

当他们终于搜集到李铁所在的县大队驻地的情报后，日夜兼程地赶去时，李铁的县大队已经撤走了。他们在周围几十里搜索了一天一夜，李铁的县大队像一滴水融进了水里，没有一点儿踪迹。队员疲惫至极，有些已经情绪不稳。樱井唯恐再待下去露出马脚，只好往回返。路过王村时，一个队员饿得受不住，钻进一家农户，拿起窝窝头就啃，被农户骂了两句，大意是说，没见过你们这样的人，像强盗一样。这个队员忘了自己现在是"八路军"了，见那农民居然敢骂自己是强盗，从肩上取下长枪，捅进了那个农民的胸膛。

整个村庄陷入恐惧之中。樱井立即让人封锁整个村庄，不让一个人漏网。没有抓到李铁，无功而返，他心情很不好。同时也担心自己的这支"王牌"部队曝光，他命令日军杀死王村所有的人。王村成了火山血海，全村的村民被杀害，无论大人和小孩，没有一个幸存者。那些女人都是被侮辱后而被杀害的。更多的惨景我不愿意过多描述。樱井并没有直接杀人，在部下恣意妄为时，他坐在碌碡上，眯着眼睛看着鲜血流淌的村庄，听着女人和男人的惨叫，心情很好。他觉得自己回去可以交差了：虽然没有抓到李铁，但他消灭了八路军的另一支队伍。另外，让他格外满意的是，这次是"特别挺进队"的第一次实战，居然没有引起根据地人们丝毫的怀疑，说明这支部队还是成功的，将来必定大有作为。

回到太原，上司倒没有怪他，只是怪八路军太狡猾，但樱井还是当头挨了一记闷棍，十多天都过得恍恍惚惚的：周英不见了！在他离开太原的当天下午，周英就从太原消失了……

那天晚上，给樱井站岗的日本兵听到了一个男人压抑的哭声。他悄悄地循声上楼，看到樱井抱着脑袋蹲在角落里，哭得肩膀抽搐着。他在拼命地克制着，但那些哭声还是钻出指缝，断断续续地在整个楼道回荡着。那个日本兵悄悄地退了出去，心里还在想，胜败是兵家常事，有什么好哭的呢？一直到半夜时，哭声还在。那些悲痛的哭声勾起了哨兵的思家之情，他撇了撇嘴巴，泪水无声地漫出了眼眶。在太原明亮的月光下，哨兵面向东边大海的方向，发疯般地想念着远方的亲人，泪流满面。

12

我们已经知道，樱井兆太郎的"特别挺进队"并没有多大作为。他后来组建了两支"特别挺进队"，另外一支挺进队第一次行动即被八路军识破，除少数几个人逃脱外，其余人被歼灭。他亲自带领的这支挺进队也没有什么可供炫耀的战功，随着樱井的死亡，最后也被解散。

日军的"特别挺进队"之所以没有对八路军根据地造成重大损

失，这是因为八路军很快就知道了这支部队的存在，加强了反特务工作。这个事情和周英有关。当樱井兆太郎带领"特别挺进队"出发后，周英决定立即离开太原，找到李铁，至少要找到八路军，告诉他们这个消息。八路军知道了，李铁也就知道了。

周英对八路军一无所知。但她一直在留心中国军队的情况，她知道太原以东的阳泉有中国军队。她先是到了阳泉，接着到了武乡。在此之前，一切都很顺利。她对樱井兆太郎的特务机关太了解了，她伪造了有樱井签名的通行证，使她顺利地出了太原，到达了武乡。当拿着红缨枪的儿童团让她出示路条时，慌乱之中，她习惯地掏出了日军的通行证。结果可想而知，她立即被儿童团押到了民兵那里。这样也好，省得她再漫无目的地寻找了。当她见到当地的民兵队长后，她说她从太原来的，要找李铁。李铁所在的县离武乡还很远，而武乡是八路军总部所在地。她说的一切他们并不相信，他们只相信通行证上像蝌蚪一样的文字是日文。这是一个特务，甚至有可能是来八路军总部搞暗杀的日本特务！周英被关押起来，并有五个持枪的民兵在外面看守。这是一间破烂的草屋，除了她，还有一头牛。草屋里铺着麦秸，麦秸上沾着牛粪，房间散发出来的臭味让她觉得头晕，更让她着急的是，她在这里待的时间越长，李铁他们就越危险。她的焦灼神情让那些看守理解为了恐慌，他们更加警惕地监视着她。

第二天中午的时候，终于来了更大的官。来人穿着八路军正式的军装，很严肃地问她，这些消息是从哪里听到的，日军的"特别挺进队"的路线是什么？周英把自己知道的都一五一十地告诉了来人，但对"特别挺进队"的具体路线她确实是一无所知。来人有些失望，但也有点高兴。高兴的是，他们就是从周英这里得知八路军炸死了日军的一个少将。这是一件了不起的战绩。他走的时候，把周英也带走了。周英后来才知道，来人是八路军敌工部的，专门反特的。到了八路军总部驻地，周英仍然是被看押的。对周英来说，这没什么，她把情报送来了，李铁应该没危险了。那天晚上，她睡得很香。

八路军对周英提供的情报半信半疑。她毕竟是一个日本女人，按她的说法，她只是和李铁相识而已，那么，她为什么要冒着这么大的危险来通知他呢？不合情理嘛。他们一方面通知李铁迅速转移，一方面派出部队搜索她所说的日军"特别挺进队"。李铁所在的县大队转移两个小时后，樱井带领的"特别挺进队"就赶到了。如果没有周英的情报，县大队很有可能被日军的"特别挺进队"包了饺子。当然，这也是后来才知道的。

事实上，八路军的搜索部队遇到过樱井的"特别挺进队"。但由于这支队伍伪装得如此逼真，樱井的山西话说得又是那么地道——他现在改口说他是八路军一二九师七六九团三营的。这是一支大名鼎鼎的部队，抗战一开始，就在阳明堡烧了日军 24 架战机。搜索部队自然十分敬佩，也就没有更多盘问。如果盘问，估计也很难找到破绽，樱井敢冒充七六九团三营，说明他对七六九团相当熟悉。他是一个老牌特务嘛。

当"王村惨案"发生后，八路军才准确地捕捉到了这支凶悍的日军部队的踪迹。当他们赶到王村时，村庄到处都是尸体，有的百姓被砍了脑袋，有的被砍了四肢，有的被剖开了肚子五脏坠地……

他们来晚了，樱井的"特别挺进队"溜出了根据地。

13

周英顺理成章地加入了八路军。没过多久，她和李铁结婚了。周英在八路军非常受将士的欢迎和爱戴。在根据地，她的医术算是很高的。更重要的是，她还会说日语和写日文。她有时是在野战医院，有时是在敌工部参加策反日军工作，进行战场喊话或者刻印传单。她还教那些敌工部的同志学习日语。周英的名声在太行山区流传，她的存在羞愧了日本人。华北日军司令冈村宁次签发命令，要求不惜一切代价捕杀这个日本女人，为国雪耻。但两三年的时间里，他们用尽各种办法都没有得到这个神秘女人的一点点可靠的线索。

周英总是那么忙，一直到 1942 年夏天的时候，她才有空和李铁厮守在一起。那年五月初，她和李铁生下了他们的第一个孩子。

孩子刚一出生就遇到了日军的大规模扫荡。

日军为这次华北大扫荡准备了两个师团和四个独立混成旅团。日军称之为"晋冀豫边区作战"，志在彻底消灭在山西的八路军根据地。在此之前，日军也曾多次发动扫荡，但八路军总是神出鬼没，使日军有劲使不出。这次扫荡展开前的三天，他们派出樱井残存下来的另一支"特别挺进队"先行潜入根据地。樱井是个有心机的特务头子，为了谨慎起见，早在两年前，他就把那支曾经潜入过八路军根据地的"特别挺进队"的队员全换了。挺进队的任务是携带小型电台，侦测八路军总部及一二九师师部所在地，同时伺机捕杀八路军高级将领。

尽管八路军已经做了防范，但还是被樱井的"特别挺进队"钻了空子。在得知八路军总部撤往郭家峪后，立即用电台把情报传递给了正在指挥扫荡的日军第一军参谋长花谷正，日军立即调整部署，在十字岭截住了撤退中的八路军总部。经过激战，八路军总部突出重围，但左权将军英勇殉国。

在日军围攻八路军总部时，樱井带领着"特别挺进队"绕过一二九师两个团的阻击线，在十字岭和南艾铺之间，当樱井看到一支规模很小的八路军中有个人身带短枪，身后跟着警卫员时，他判断这是八路军的一名高级将领，指挥"特别挺进队"突然袭击。这是一支八路军的后方部队，主要是医院等后勤机关，主要是由非战斗人员组成。护送这支队伍的一个排经过殊死搏斗，多数战死，其余被俘。日军杀死了所有的八路军俘虏。

不，不是这样的，还有三个俘虏没有死。

美国记者艾·康格曾经在 20 世纪 90 年代到日本访问第二次世界大战的老兵，撰写了纪实文学《日本老兵记忆中的第二次世界大战》，讲述了第二次世界大战中日本兵在中国、朝鲜、东南亚的一些经历，其中有这么一篇：

　　我因为会说一点儿中国话，被驻太原的特务长樱井兆太郎挑选出来，编入"特别挺进队"……樱井是我见过的最残暴嗜血的军官之一，他的死还颇有戏剧性呢。我们都没有想到，他这样的人，居然会突然大发慈悲，也会放掉八路军的俘虏呢。那是昭和十七年 5 月，日军在山西向八路军根据地扫荡。我们挺进队提前潜入八路军根据地。在日军扫荡展开后，我们在一个地方截住了八路军总部一支规模不大的队伍，这支队伍里非战斗人员多，战斗人员少。我们接近他们后，他们也没有防备，我们突然发动袭击，给他们造成了重大损失。最后我们俘虏了二十多个八路军，有男人，也有女人，甚至还有抱着孩子的女人。我们发愁了，放吧，我们的安全得不到保证，不放吧，难道把女人和小孩也杀了吗？樱井让我们把他们都杀了。自己那时确实麻木了，没有想那么多，战争把我们身上那点可怜的人性都剥夺了。最后剩下了一个女人和男人，那个女人抱着一个好像还不满月的孩子。樱井显然对那个女人很感兴趣，问了她很多话。他是用中国话问的，当时情势紧急，我没有那个心思，再加上我的中国话也不是那么熟练，听不大懂他们到底说了什么。我后来问过其他队员，他们也不知道。总而言之，樱井没有当场杀他们，对我们的队长说，这三个人由他来处置吧。他把他们三个带到了旁边的一个小树林里。我当时还想，这家伙怎么良心发现了，不忍心当着我们的面杀那个小孩了？他们在那个树林待了很久，队长有些着急，就派我去看。我起身正准备去看时，传来了三声枪响。我们都知道，这家伙下手了。当时还感到奇怪，他怎么拖了这么长时间啊？要知道，我们是在八路军的根据地活动，多待一会儿就多一分危险。可三声枪响过后，还没见到樱井出来。队长再次命令我过去看看。我跑过去，一直到树林尽头才看到他，顿时惊呆了：那个男俘房、女俘房和他们的孩子都不见了，樱井倒在地上，头上都是血，手枪还在他手里。我立刻大叫着跑回去。队员赶来后，都不知道这到底是怎么回事。樱井显然放跑了俘房，可能觉得对不起天皇自杀了吧。这很明显。可他自杀也不用打三枪啊，打一枪就可以了嘛。再说，日本军人向天皇谢罪自杀，一般都是用武士刀剖腹，很少用手枪自杀的。但我很快就想明白了，他前两枪是对天空打的，最后一枪打的才是自己的脑袋。他这是故意让我们以为他杀了那三个中国人，借此拖延一点儿时间，怕我们追那三个中国人。我们实际上也不敢追的。万一再遇到八路军大部队就不好办了。队长让我们把他的头颅割下来带回去，但不许我们说是自杀的，就说是在战斗中被打死的。这终归是件很丢人的事情。

　　我一直到现在都不明白，那么残暴嗜血的樱井，在那一天到底遭遇了什么，让他宁愿自杀向天皇谢罪，也要放跑那三个中国人？这真是一个奇怪的日本人啊。

14

你们肯定猜到了，樱井兆太郎放走的那三个人是周英、李铁和他们的孩子。是的，确实是的。周英对这一点并不隐瞒。如果不是樱井，他们那次是逃脱不了的。

樱井让被俘的八路军站成一排，他从左边开始，一个一个地盯着看。他的眼睛闪烁着凶狠的光，但奇怪的是，他紧锁的眉头流露出来的却是痛苦和不安。如果俘虏脸上有尘土和硝烟，他就示意俘虏擦掉。当俘虏拒绝时，他就示意手下擦掉。他盯着俘虏看一会儿，然后挥下手，两个手下就扑过来，用刺刀捅在俘虏的胸膛，不管是大人，还是怀里的小孩，他一个都不放过。当他看到一个抱着孩子的女八路时，他停了下来，眼里凶狠的光芒消失了，脸上的肌肉抽搐着，死死地盯着那个女八路。女八路也直直地看着他，目光里充满了愤怒。每一个俘虏都对这个杀人魔鬼充满愤怒。这个魔鬼脸上的戾气消失了，他突然一脸温柔，变得像一个父亲一样，他用手指碰了碰女八路怀里的孩子，问她，这是你的孩子？女八路的目光充满挑衅，是的，这是我的孩子，他叫李中华。魔鬼好像有点意外，手指停在半空，脸色通红，大口大口地喘着气。他扭头看了看远处，又扭头看了看女八路，愣了一会儿，点了点头，说，好，好，好，这个名字好。

你们当然能猜到，这个女八路就是周英。她身边的那个男八路身上全是鲜血，胳膊受伤了，血滴滴答答地往下掉着，他的脸色苍白，但一直笑呵呵地看着樱井。在他眼里，樱井仿佛并不是一个可怕的杀人魔鬼，只是一个可怜的孩子。对，他是李铁。他做好了必死的准备。只是想到孩子还这么小，他心里像刀绞一般。但他忍住了，不能让这个杀人魔鬼看到他的一丝软弱。他知道这个杀人魔鬼认识自己的妻子，和自己妻子的父母是同学。是的，在此之前，周英并没有告诉李铁，樱井是她的亲生父亲。她在内心里觉得这是一种耻辱，她愿意永远把它忘记。李铁了解自己的妻子，她不会用日本话向这个杀人魔鬼求饶的。妻子的表现让他自豪，她无所畏惧。

奇怪的是，这个樱井并没有立即杀害他们。他回过头，对另一个当官模样的日军说，这三个人由我来处置吧。他手里提着枪，向旁边的那片小树林走去。那个接受艾·康格采访的日本兵并没有说实话，也可能是他忘了，押送这三个人的并不仅仅只有樱井一个人，还有另外一个日本兵。队长本来让两个日本兵跟上去，这种事怎么能让特务长亲自动手呢？樱井似乎并不愿意他们跟来，朝他们挥了挥手里的枪，说，你们搜索一下，看看有没有什么重要文件……这里交给我一个人就行。队长当然不会放心的，在他的坚持下，还是有一个日本兵跟上来了。

他们走进树林里，樱井仍旧走在前面，甚至都没有回头。李铁悄悄地伸了伸胳膊，胳膊一阵剧痛。如果胳膊没有受伤的话，他猛地扑上去，完全可以箍住这个杀人魔鬼的脖子，咔嚓一声把他的脖子扭断。李铁当时的想法和那个接受艾·康格采访的日本老兵想法一样，这个家伙也许是良心发现，不愿意面对众人枪杀他们一家三口吧。樱井一直带着他们走出了小树林，然后回过头来，把手枪举起来。李铁紧紧地靠着妻子，妻子抱着孩子偎依在他怀里，脸上带着微笑看着他。一家人能死在一起，也算是一个不错的结局。枪响了，震得耳朵嗡嗡地响。妻子没事，孩子哇哇地哭起来。李铁扭过头，看到跟在后面的那个日本兵倒在地上，嘴里汩汩地往外冒着血沫，两条腿痛苦地抽搐着。李铁惊愕地看着樱井，樱井转过身，指了指东南方，急急地说，你们往那个方向去吧，那里暂时还没有日本军队，你们很快就会遇到你们的军队了……

　　是的，李铁在那一刹那完全惊呆了，他的脑袋一片空白，他为什么要杀那个日本兵？他要把我们都放了？他看看妻子，妻子看着樱井，脸上倔强的表情消失了，眼前像覆盖了一层雾，没有仇恨，甚至，甚至还有些像泪水一样的东西，她的眼睛有些发红。樱井的表情也很奇怪，他脸上出现了笑容，笑容单纯而亲切，他低下头，用手抚摩着孩子红红的脸蛋，手指依依不舍。孩子本来在哇哇啼哭，这时很奇怪地停止了哭泣，瞪着乌黑的眼睛冲着樱井甜甜地笑，伸出手去抓樱井的手。樱井握住孩子的手，他的脸是温柔的，眼睛也是温柔的。更奇怪的是，妻子的胳膊微微向前送着，那样子分明是在配合樱井更好地爱抚孩子。

　　李铁从震惊中清醒过来，管它呢，他要是真放我们，我们就走。他把樱井的手扒拉到一边，用没受伤的胳膊圈住了孩子的襁褓，对妻子说，我们走。妻子跟着他走了。李铁那时走得心里七上八下，一切都像一场梦，一点儿都不真实。这个魔鬼不会是在耍我们吧？他会不会在背后打黑枪呢？他们走出了七八步，身后没有传来枪声，传来了樱井的叫声，李铁。李铁回过头去，狠狠地瞪着他。他要干什么？樱井的表情仍旧和刚才一样，是温柔的，不同的是，脸色绯红，像个害羞的孩子。他说，请你以后替我好好照顾她，照顾孩子……他的口气完全是在哀求他。更令他吃惊的是，樱井说完这话，深深地弯下腰，朝他鞠了一躬。李铁冷冷地说，我自然会好好照顾他们，但我不是替你，他们是我的妻儿，保护好、照顾好他们，这是我的责任。樱井点了点头，喃喃地说，好，好，好，这很好……

　　他们翻过一个土坡，回头望去，那个日本男人仍然直直地站在那里。当他们跌跌跄跄地往坡下跑时，听到了身后传来的沉闷的枪声……

15

周英和李铁后来参加了抗美援朝战争。1954年春天,当志愿军回到国内时,李铁和周英立即打了复员报告,他们不要政府安排,自愿复员成为农民。这是共产党员的高风亮节。他们被部队表彰后戴着大红花复员了。

李铁家在北平,组织安排他复员到了京郊的大兴县。可以肯定的是,大兴县从来没有接收过一个叫李铁或者叫周英的志愿军军官。所有档案里没有这两个人的任何记载。

事情很简单,他们根本就没有到大兴县报到。

这是李铁的想法。他告诉周英,她是日本人,有着一个曾经做过日本特务的父亲,他曾经当过国军,还有一个当过国民党警察局长的父亲,如果有人要找他们的麻烦,无论是把谁的历史翻出来,都是无法翻身的。他把所有能证明他们身份的东西销毁,带着一儿一女来到了豫西南伏牛山区一个在地图上根本就找不到的村庄……

故事到这里就要结束了。

他们的故事确实很传奇,如果你们认为是我虚构的,那我也没办法。我能告诉你们的是,他们现在仍然生活在那个村庄里。原谅我,我不能告诉你们这个村庄的名字。他们喜欢这种安静的生活,喜欢山区的阳光、空气和水,它们永远是新鲜而又干净的。我能告诉你们的是,这是一个真实的故事,所有的这一切,都是他们告诉我的。他们现在生活得很好,很幸福。对了,他们家门前还种了一片樱树,每年春天,樱花就开了,很美。

（原载《解放军文艺》2013年第10期）

跋："一切好小说都说真话"

我创作的很大一部分小说有一个共同特点，那就是在小说叙事者的选取上，一般兼用"我"与小说中的某一个人物"他"。"他"以参与者甚至主人公的身份对故事及其中的人物进行叙述，"他"是作为事件亲历者而存在的。同时，还有一个另外的叙事者"我"置身故事之外，对"他"因带有强烈情感和有限认知而导致的权威性缺失进行纠偏。两个有限叙述视角有机结合起来，结果就形成了一种奇妙的全知全能叙述，使故事既有真实感又有权威性。不但中短篇小说是这样，就连长篇小说《往生》也是这样。

我仔细地回忆我的创作经历，终于明白，我之所以如此下意识地处理小说叙事，还是被小说的"真实性"所困扰，千方百计地想让读者相信，我是在给你们来真的。

在"70后"作家中，我接受的文学启蒙可能是最糟糕的。老家在物质与精神皆贫穷的豫西南伏牛山区，从小到大，一直没有什么书可读。村里有个老教师，"文化大革命"时是个"造反派"头头，家里有十年"文化大革命"时期的《解放军文艺》和《朝霞》，我一篇不落地把它们全看了。那正是20世纪80年代中期，文坛上风起云涌，作家们都在玩现代主义、后现代主义，我却在苦读"文化大革命"十年的文学刊物。这本身就像一部后现代黑色幽默小说里的滑稽情节，让人想笑，却不由得流下了心酸的泪水。

我在中学时发表过百余篇作品，但现在连一篇也找不到了。我有意把它们遗弃了。我从小学到高中，几乎所有的作文都会被老师当作范文在班级阅读。这并不值得我骄傲，只会让我感到羞愧。它的主要特征就是虚假，内容是虚假的，感情也是虚假的。

如果我意识到这是一件多么糟糕的事情时，我会比别人更加彻底地告别它们。军校毕业后，有六年时间，我和几位年轻军官跟着几位从枪林弹雨中活下来的老兵，为集团军编写军史。他们雄心勃勃地要求我们采访每一个幸存的老兵，然后创作出一部扎扎实实的纪实文学作品出来。

我们在全国各地奔波，夜以继日地采访战争亲历者。这是一次惊心动魄的经历，那些老兵毫无保留地讲述自己在战争中的遭遇，讲述战争中那些血淋淋的往事。他们给我描述了一个我从来都没有见识过的世界，完全颠覆了在此之前我通过阅读建立起来的战争经验。在此之前，我用丰富的想象写过战争，但那些想象在这些老兵描述的战争面前，荒唐可笑，那种对战争想当然的想象浅薄滑稽。这让我意识到，想象是自由的，无限无边的，但它同时受制于我们的经验与知识。小说具有自己的律法，必须在真实的土壤上进行想象与虚构。

小说的真实性是它的灵魂，是作家与读者订下的契约。小说的说服力取决于小说想象力的感染力，取决于作家表达真实的勇气与虚构能力。小说是一种最靠谱的艺术。要让读者相信虚构的故事，作家必须使出浑身解数来弄假成真，让读者信以为真。作家只有从真实出发，才能在小说中把不可能变成可能，才能让小说得到读者的信任。作家必须写你自己相信的东西。当你都不相信的时候，别指望读者会相信。这是小说的要求，也是一种写作自觉。

任何时候，我都感谢这支军队。职业决定军人不应该是一个与现实虚与委蛇的人。在和平时期，他要扎实完成训练，如果作假，毫无疑问会让他在随时降临的战争中得到报复。在战争中，更不容存在任何侥幸心理，他必须正视战争。这些职业素养已经深入军人的魂魄。军旅作家作为军队的一员，他的身体里流淌着同样的血。优秀的军旅作家敢于正视历史与现实，崇高的使命感与责任感让他有表达的勇气。

但我仍然感谢我阅读过的十年“文化大革命”文学刊物和发表的那百余篇作品，这使我能够很迅速地辨别出哪些是好小说，哪些是坏小说。

基于一个作家应有的诚实，我得告诉你们：“‘一切好小说都说真话’这句话并不是我的发明，而是巴尔加斯·略萨说的，他接着说：‘一切坏小说都说假话。’”

我愿意成为一个只写好小说的作家。